The Return

此岸，彼岸

—— 曾经拥有和未曾失去的

章珺 著

人民东方出版传媒
東方出版社

目　录

展飞知道韩希的底线是什么，但他还不能确定她是否会逾越她的底线。在韩希一步步地接近了那个底线的时候，他还是觉得有些意外。他们刚刚有过一个美好的交集，那一切离他还很近，还没有超过二十四个小时。他有些冲动，想阻止这件由他开头的事情。他想让韩希知道，她对此事的疑虑不仅仅是这个诱饵存在的漏洞，还有可能是一个陷阱。但展飞的这个冲动是稍纵即逝的，他早就知道，商场上不谈感情，何况，他这次牵针引线的目的之一，就是想看韩希的反应。他只是不知道，当他看到韩希走过了她的底线的时候，他是应该感到欣慰，还是要感受更深层的幻灭？

韩希的心头又刀割般疼痛起来，像那次展飞在全体大会上做检讨时，她就感觉到了这样的疼痛。原来她早就爱上了他，从第一次为他感到心疼，她就爱上了他。可是那时候她以为她放不下的是蓝天航。爱是没有理由的心疼，何况她有这么多为他心疼的理由。

已经过去了很多年，很难再回到原点了，但有很多东西还是一样的，再往下走很多年，甚至几十年，还会是一样的。所以我们才能一次次地离开，又一次次地回到这里。

第一章

即将离开北京的时候，韩希突然意识到，人生是从告别开始的。所有的婴孩来到这个世界时，他们要告别那个他们赖以生存的温暖的母腹。没有人能逃脱了离别，这一生，是用一次次的离别串联起来的。自己的离去，或者至爱亲朋的离去，直到最后的那场告别。而她现在，正在跟她稔熟于心的一切道别。她可以带走所有的思念，可有些东西她是带不走的，它们只能属于这片土地。

1.

韩希穿过北方大学的校园，朝蓝天航的办公室走去。

傍晚时分，校园里渐渐热闹起来。上了一天课的学生们川流不息地走出了教学楼，运动场上和条条马路上都是人声鼎沸；也有一些地方永远是安静的，肃穆的图书馆，可以坐在那里静静地读书的花园的一角，走进这样的地方，语笑喧哗的人们会很自然地敛声屏气。韩希从热闹和安静中走过。好像走了很久，她从未感觉到校园如此辽阔，她急于见到蓝天航，走了这么长的时间才走到管理学院的办公楼前；走到跟前时，她又觉得校园还不够大，她想多走上一段路，那些早已稔熟于心的要说的话又生疏起来，她想在心里多说上两遍。

韩希没有马上走进楼去，她的脚步迟疑起来。她不知道能不能找到蓝天航，能找到的话，那些她想要对他说的话，她又一次在心里重复时，却让她面红耳赤起来，她不知道她能不能说出口。

韩希有些茫然地站在那儿。夕阳照亮了她的脸庞，稠厚的阳光在那张因为羞涩更加温润的脸上轻柔地化开。漂亮的五官精致地搭配在一起，夕阳灿烂的余晖正好可以错落有致地勾勒出精巧的形状。那张青春洋溢的脸上的每个部分都灵动起来，单看某个部分或合在一起看都是无可挑剔的。有两个男生从她身边走过，回头偷偷多看了她几眼。韩希没有注意到，她早就习惯于忽略那些迷恋或暧昧的目光。但她并不是一个早熟的女孩。韩希出生在一个顺遂和睦的家庭中，爸爸是医生，妈妈是个大学老师，都有很好的事业和人缘，爸妈很相爱，也很爱她，在一个幸福美满又与世无争的家庭中长大的女孩往往成熟得晚一些，无论是在人情世故上还是在男女风情上。岁月对她的侵蚀晚了一些，也就为她保留住更多的善良和大气。有了这样的底蕴，在如花似玉的年龄，她的身上多了些同龄人少有的沉稳和定力，也多了些纯粹和美好，加上她自身的美貌，她在人群中很容易散发出光芒，也很容易吸引住异性的目光。相对于追求她的人开始的年龄，她的心动晚到了好几年。她拒绝了那些追求者，不是因为她孤傲，只是因为她对他们没有男女间的爱恋，她只接受她真的爱上的人。她喜欢上一个人，一定是在心里喜欢上了这个人，不会受世俗标准和他人意见的左右。

韩希快十九岁的时候，才第一次为一个男人动了心，她喜欢上了那个年轻的代课老师蓝天航。

蓝天航很意外地出现在韩希的面前。韩希上的一门课的任课老师因为母亲病危，不得不请假，蓝天航帮忙代了两三个星期的课。

蓝天航研究生毕业不久，比韩希这帮学生大不了几岁，还没有正式上过大班课，可他一经出现在讲台上就惊艳了全场。这个清秀的白面书生刚进教室时还没引起多少人的注意，有些人把他当作来听课的学生，等他站上讲台开始讲课时，他马上散发出勃勃的生气和雍容的华贵，大教室里很快安静下来。他伫立在那儿，面对着台下近百个学生，好像是面对他最爱的人，他的身心和表情都被激情和真挚点燃了，那饱满的情绪迅速感染了所有的学生。这时候的他像一个领舞者，他的出类拔萃吸引着全场的目光，他用优雅的举止，灿烂的微笑，智慧的谈吐，焕发出所有伴舞者的默契，把这场“舞剧”一次次地推向高潮。可他又不是一个明星，他是那么的轻松自然，平和随意，在不知不觉中许多疑难问题已经迎刃而解。他亲切得像个大哥哥，学生们陶醉其中，把最信任最欣赏的目光毫无保留地交给他，韩希也是无以抗拒地一步步地走进他的迷宫。

蓝天航俘获了韩希的初次心动和全班同学的热爱后就悄然离开了，原来的老师又回来给他们上课。对蓝天航念念不忘的一帮学生只能盼望着第二学年能选上蓝天航的课，可他没有出现在任课老师的名单中，他甚至没再出现在北方大学。他离开了北京，去了外地的一所大学读博，把遗憾和伤心留给了韩希和很多听过他的课的学生。对韩希来说，她感觉她错过的不仅仅是一个优秀的老师。

韩希大学毕业后接着在北方大学读研究生。读硕士的第二年，她的导师姚定远申请到一个科研项目，除了他带的几个研究生，他还专门邀请了两个青年拔尖人才加入这个项目，提高研究水平。第一次为这个项目开会时，韩希竟然见到了蓝天航，蓝天航总是这么意外地出现在她的面前。韩希这才知道蓝天航是姚定远邀请来的那两个青年才俊之一，他已读完博士，又回到了北方大学。有了这个契机，他们越走越近。

开始的相聚总有些偶然，时光在他们的身边悄悄流淌，不知不觉中，韩希和蓝天航就熟识起来。韩希开始惊讶于他们之间的默契，也常常感动于蓝天航心有灵犀的微笑。在朋友们的聚会上，在上课或工作的间歇，在郊外的野游中……两个人成了彼此的影子。他们一起去过酒吧，昏黄迷蒙的酒吧里，他们一起对饮。他们都不胜酒量，于是他们用激情和梦想，用快乐和单纯，用往事和憧憬酿造啜饮只属于他们自己的美酒。老旧的色彩，浪漫的气息，游离的人群，衬托着彼此的他们和此时彼时的心情。也许他们要的只是那种氛围，在那种甜蜜而感伤的氛围中，他们可以沉默不语，也可以一起放牧他们的思绪放纵他们的语言，一起逍遥于世俗之外。他们也在电影院里一起消磨过时光，他们为别人的离别而忧伤，为别人的重逢而欣喜，有时他们也会幻想成为那些电影中的主人公。他们在黑暗中颤栗，为别人的故事和自己的心情感怀悲伤。时光流逝，那些他们为之付出了眼泪和欢笑的电影最终都随风而去，那些创造了悲剧或喜剧的主人公们也都虚幻成一个个的名字，对于韩希，只有电影之外的蓝天航还如此的清晰，他在她的记忆里衔接着一段段的场景，并且成为无可替代的主角。

几年前韩希就为蓝天航心动过，几个月密集的相处后韩希完全爱上了蓝天航。她不会轻易爱上一个人，一旦爱上一个人就会一心一意死心塌地。浓情蜜意让韩希和蓝天航深陷其中，他们也并不避讳什么，外人都认为他们在谈恋爱，可两个当事人并没说过他们已是男女朋友。这多少让韩希感到困惑，蓝天航从未向她表白过什么。她从他的眼睛里明明白白地看到了爱情，被很多男人喜欢爱慕着的女孩在这方面是很敏感的，韩希知道蓝天航也爱上了她。可他们都没有明确的表示，他们还是一如既往地交往着。

两个月前有人质疑韩希的一篇论文出自蓝天航之手，让他们两个人一下子陷入风口浪尖中。经过一番调查审核，似乎已还他们清白。韩希很快走出了这个阴影，可蓝天航很明显地疏远了她，除了工作上不得不打的交道，他们几乎不再有任何交集。如果不是那个美国人布莱克·泰勒今早向她求婚，韩希愿意耐心地等上一段时间，等着蓝天航跟她重归于好。

二十一世纪已过去了好多年，相对于大学校园的清静和行动上的滞缓，整个中国却是喧嚣激昂的。中国人更加意识到金钱的价值和美妙，创造财富发展经济的潮流风起水涌。除了快速行动着的中国人，也有不少从世界各地涌来的淘金者，来自美国纽约州州府奥尔巴尼的布莱克·泰勒就是其中的一员。布莱克并不是一个狂热的、或者说真正意义上的商人，他把目光投向中国并不仅仅是看到了这里的商机，还来自于他对这片神奇的国土和文化的一种向往和好奇。布莱克到北京考察他的投资项目。对经济和赚钱并无多少兴趣的韩希，因为一个朋友的邀请，来为布莱克做了几天的翻译和助手。韩希第一次出现时就给布莱克留下了很好的印象，但那只是一个男人对于一个漂亮女孩本能的回应，并没有感情的因素。接触了几天，布莱克对韩希的好感与日俱增，最吸引布莱克的是韩希的不卑不亢不温不火，还有不加雕琢的轻松自然。但因为公务繁忙，布莱克心无旁骛，他们的合作关系也止于机场的道别。倒是回到美国后，布莱克越来越思念起那个叫韩希的中国女孩。几个月后，布莱克再次来到北京，他不仅特别邀请韩希再来为他做翻译，而且在他离开北京之前正式向韩希求婚了。

布莱克的求婚让韩希不知所措。她爱着蓝天航，并没打算接受布莱克的求婚，布莱克开口之前，她也没想到过布莱克会向她求婚。她又不知道如何拒绝他。她跟布莱克相处得很愉快，她折服于布莱克的优秀，布莱克的幽默风趣又给她带来很多欢笑，在她爱着蓝天航的时候她不可能再爱上布莱克，可她是喜欢布莱克的。对于一个自己喜欢的人，她害怕她的拒绝会伤害到他，她不知道该用怎样的措辞和理由去拒绝他。

布莱克看出了韩希的尴尬和犹豫，他赶紧说：“你不用现在就回答我，等你想好以后再说。”

他们本来就约好那天晚上一起吃顿晚饭，为工作的顺利进行庆祝一下，也是彼此道别，布莱克明天要回美国。

韩希知道她在吃饭时应该给布莱克一个明确的回复。左思右想后，韩希决定来找蓝天航。她要把布莱克向她求婚这件事告诉蓝天航，她希望借着这件事，挑破她和蓝天航的关系，这样她可以告诉布莱克她有男朋友，这是最合适最温和的拒绝布莱克的理由，又能让她和蓝天航的爱恋明朗起来。

韩希看了眼手机，已经快到她跟布莱克约好吃饭的时间，她不敢再站在那儿停留，快步走进教学楼，很快就到了蓝天航的教研室门前。

蓝天航这个时候一般会待在教研室里做他的研究。教研室是几位老师共用的，其他老师上课之外的时间里都不来，大部分时候只有蓝天航一个人在里面。他很喜欢这里的安静，做起事来效率很高。韩希跟蓝天航相熟后，时不时会来这里，蓝天航也有意在这里等她。他们有时会在这里聊天，讨论下他们正在研究的课题；有时会约了先在这里碰面，然后一起去其他的地方。

韩希走到门口时才意识到，自从发生了论文事件，她再也没跟蓝天航在这里见过面。她来过几次，蓝天航都不在。韩希突然想到她有可能在这里找不到蓝天航，如果他不在，她是应该给他打手机还是应该去他宿舍找他？她在见布莱克之前没有多少时间了，韩希的情绪低落下来。

韩希敲了门，很快听到里面有动静。这个时候若有人在里面，那一定是蓝天航了。韩希的心跳因为兴奋和紧张猛烈地跳动起来。

出现在门口的果然是蓝天航。蓝天航看到韩希，愣了一下。

两个人一时都不知道该说什么，僵立了片刻。

韩希压抑着自己的心跳，尽可能轻松地一笑，说：“我经过这里，正好你在，我可以进去坐下吗？”

蓝天航不好说不行，把韩希让了进来，两个人面对面地坐了下来。房间里的气氛有些生硬，这会儿的他们更像是师生关系，跟他们以前的谈笑风生和如胶似漆大相径庭。对这样的变化两个人都有些无所适从。两个人心里都明白，这样的变化开始于论文事件。

蓝天航迟疑着说道：“论文的事情……希望以后不再发生这样的事情。”

“清者自清，可能只是个误会。”韩希并不是为这件事来的，那篇高水准的论文完全出自她手，她问心无愧，也就不在乎别人怎么说了，虽然这件事刚发生时她很是难过沮丧。

蓝天航在心里轻轻叹了口气。他明确地知道这不是一个误会，是有人因为嫉妒他而想方设法陷害他，把韩希也牵连进来，可悲的是很多人竟然相信了。像韩希这么漂亮的女生好像就不该写出那么优秀的论文，她跟蓝天航又过从甚密，蓝天航帮她写论文很是顺理成章。如果陷害他们的人真能得逞，蓝天航和韩希都会名誉扫地，韩希很可能毕不了业，这将成为她一生的污点。单纯的韩希还不知道人心的险恶，她眼里的世界还是干净简单的。这次这件事情基本上得到了澄清，可谁知道会不会有下一次呢，而且还有一些人依旧不明真相。蓝天航不想把他的担忧告诉韩希，怕她背上沉重的心理负担，他现在唯一能做的就是先疏远她。

韩希的心思完全在另外一件事上，她顾不上再去聊那个无聊的论文事件。

“有件事我想听下你的意见，”韩希停顿了一下，继续说道，“今天早上布莱克向我求婚，可我想拒绝他。”

蓝天航再次愣了一下。他知道布莱克，上次韩希去为他做翻译就征求过他的意见，他是赞同的。除了他们的爱情还是混沌不清的，他们彼此间几乎没有什么秘密，遇上事情和做决定时也会听下对方的意见。蓝天航只是不知道布莱克又来了北京，而且这么快就走到了求婚这一步。直觉告诉他，布莱克是认真的，韩希值得他去追求。如果他能有布莱克那样的条件，他早就向韩希表白了。

“这……这是件好事，恭喜你，我……祝福你，我是说，我祝福你们。”蓝天航语无伦次地说道。他永远都会祝福韩希，可他现在要祝福的是他深爱着的女人跟另外一个男人的爱情。

韩希疑惑地看着蓝天航，这不是她想听到的话，也不是她来之前设想的蓝天航有可能说的话，这样的开场她始料不及，她也就无法说出那些她本来想对他说的话。

韩希只好问道：“你觉得我跟他合适吗？”

“他很优秀，很有眼光和才干，他可以给你最好的……”蓝天航恍惚起来，自己都不知道他想说什么。

“可我不是在找工作找老板。”韩希失望地看着蓝天航。

“你跟他应该能有一个不错的婚姻。”

“你真的很希望我答应他吗？”

“为什么不呢？”

“你没有爱上我吗？”韩希终于忍不住问了她最想问的一句话。

韩希脱口而出的这句话彻底惊醒了蓝天航，他无法再去躲避，他心里可以一千遍一万遍地说他早就爱上了她，可韩希听到的是完全不同的话语。

“这肯定是一个误会，”蓝天航说，“有些人误以为我们在谈恋爱，其实我们只是很谈得来，是好朋友。如果我让你也产生了这样的误会，我请你原谅。我一直把你当作我的师妹，我的好朋友，我对你……没有别的意思。”

韩希怔怔地看着蓝天航，在心里一字一句地把他刚才说的话又重复了一遍，这样她才能明白他的意思。蓝天航慌乱地避开了韩希的目光，等他再看她的时候，韩希轻轻地说道：“我想告诉你我爱上了你，我误以为你也爱上了我，对不起。”说完她扭头离开了蓝天航的办公室。

下楼梯时，她在蓝天航那里拼命憋住的眼泪止不住地流了出来。

蓝天航追了出来，他看见了韩希离去的背影，他想追上她，告诉她他对她的真情实感。几年前他去韩希那个班代课的时候，他第一眼看到她时，他是心慌意乱的，只是他那时不敢对她有任何非分之想。他没想到他还能跟她重逢，并且能在同一个项目组里共事。这么多这么近距离的接触，早就催发出他对她的爱情。他迟迟没敢迈出最后一步，只怕韩希拒绝他的话，他们可能连朋友都不好意思做了。他没有向她表白，只是怕失去她。现在她明确地告诉他她也爱上了他，他不想再隐藏他对她的一往情深。可他刚追出几步又停了下来。过去了并不久的论文事件还没有完全了结，在他不能确保她不再受到伤害时，他不能走近她，只能远远地守护着她。他原来想过等她研究生毕业后再向她表白，至少他们可以躲开周遭的很多闲言碎语。可是现在出现了布莱克的求婚。他没有见过布莱克，从韩希以前的闲聊中他知道布莱克是一个很不错的人，不仅比他优秀，还有他所没有的自信和幽默。他不想拿自己去跟布莱克做比较，可他现在不得不做这个比较。蓝天航刚刚把他和布莱克放在一起，他就看到了差距，特别是在物质条件上，他看到的是他再努力也无法缩短的距离。他爱韩希，他想给她最丰沛的幸福，如果另外一个男人能给她更多的幸福，他愿意为了她的幸福去成全他们。

蓝天航不知道自己是怎么走回教研室的，他一个人孤独伤心地坐在那里，坐到夜幕降临，坐到月明千里，又坐到晨光初起……新的一天又带来了新的希望，可蓝天航对爱情再也没有期盼了。

2.

离开蓝天航后韩希跌跌撞撞地出了校园，打上一辆出租车，赶去她跟布莱克约好吃饭的饭店。

出租车载着她驶过她所熟悉的地方。零零碎碎好像并无关联的场景，迅速地串联起一段段与蓝天航有关的记忆。这是他们朝夕相处的城市，他们一起在这些街道上走过，太多的地方可以留住她的目光和脚步。她热爱着北京，这座她生活了将近六年的城市，因为蓝天航也在这里，她觉得这座城市这些街道更加亲切更加与她血脉相连。

外面淅淅沥沥地下起了小雨，车窗上缀满了雨珠。外面的街景模糊起来，韩希的眼睛也模糊起来。车窗是关着的，可韩希的脸上也被泪水打湿了。

出租车在那家他们订好的饭馆的街道边停了下来。韩希下了车，跑进饭馆，脸上混合着雨水和泪水。她先进了洗手间，擦干脸上的雨水和泪水，又对着镜子里的自己努力地笑了一下。失恋是痛苦的，韩希还是选择了放手。

布莱克已经到了，他在这家他很喜欢的饭馆里耐心地等着韩希。

布莱克上次来北京时韩希带他来过这里，这家饭馆还是蓝天航发现的。国宴的水准，寻常百姓也还能负担得起。相比于那些少了些特色的包间，他们都更喜欢楼下那些小小的隔间，古色古香，清静闲雅，拉上小布帘或简易的小木门，坐在里面更能感觉到那份东方式的神妙和雅致。扬州狮子头和叫花子鸡是这里的招牌菜，也是布莱克最喜欢的两道菜。这两道菜要提前预订，来吃饭时再点菜是点不上这两道菜的。

领位小姐把韩希带到他们订好的隔间时，布莱克正在欣赏墙上的装饰。这次的隔间跟上次的不同，墙上的装饰也就有所不同。布莱克感叹中国人在装饰饭馆时要比美国人精细讲究许多，深厚的底蕴，可以用千变万化的细节展示出不一样的风情。

这里什么都好，就是隔间里的空间稍微狭小了一些。见到韩希进来，布莱克站起身来，人高马大的他不能完全舒展开身体，磕碰到桌椅上，搞得手忙脚乱。两个人都坐下后，布莱克半开玩笑半认真地说，“看样子我有些心慌意乱，”接着他眨了下眼睛，装模做样地问韩希：“你能听到我的心跳吗？”

韩希说："当然能听到，我进饭店时就听到了，我以为有人在敲鼓，原来是你的心跳。"

韩希的这句玩笑话把布莱克逗笑了。布莱克来中国之前一直以为中国人比较严肃，不喜欢开玩笑，他接触的很多中国人也确实不苟言笑。可韩希是快乐明媚的，她的脸上始终带着微笑，不只是对他，面对任何人，就是一个街头小贩她也是笑意盈盈。她还很风趣，他的幽默她能懂，她还能用幽默回馈他的幽默。

在布莱克爽朗的笑声中韩希多少放松下来，心里那些沉甸甸的东西不再那么沉重。她当然听不到布莱克的心跳，可她能真切地感受到那种跳动着的活泼欢快的喜悦。他们面对面坐着，没有紧靠在一起，狭窄的空间里他们还是挨得很近。两个人都能很清楚地看到对方脸上的每一个起伏每一次流转，所有的表情和这些表情里的心思意念也是一览无余的。布莱克含情脉脉地看着韩希，韩希在蓝天航的脸上也看到过同样的爱恋，只是布莱克能够很大胆很直接地表露他的心迹，并且能付诸求婚这样的行动。刹那间韩希被感动了，一股暖流流进了她心底最柔软的地方，她在来这里的路上，那里结满了冰霜。蓝天航让她沉入了万念俱灰的谷底，布莱克又轻轻地把她托了起来。她的心底被温暖了以后，柔情蜜意也温柔地流淌出来。那还不是爱情，可是跟爱情一样温暖一样温柔。

服务员把两大本配有精美图片的菜单递给韩希和布莱克。布莱克请韩希要求多一点的时间，他要仔细地看下菜单，再决定点什么菜。服务员善解人意地退了出去。服务员走后，布莱克在打开菜单前，有些紧张地看着韩希，说道："希，我们点菜前我得知道我今晚能从你这里听到什么样的消息。我们已经订了扬州狮子头和叫花子鸡，对吧？如果是个好消息，我会很激动，胃口会大开，我会把整份叫花子鸡和两份狮子头都吃掉，你得多点几个菜。如果是个坏消息，我的心情会很失落，估计没什么吃饭的胃口，我们可以少点菜。”

布莱克很巧妙地把话题引到了他最关心的事情上，也给了韩希更大的回旋余地，哪怕她给他的是一个坏消息，两个人也不会太尴尬。

韩希说：“看样子我们得多点两个菜了。”

“这么说你接受了我的求婚？”布莱克兴奋地看着韩希。

韩希微笑着点了下头。昨天她还不知道今天会发生这么多的事情，今天上午她还在期待着另外的结果，可是就在刚才，她做了这个完全相反的决定，她决定接受布莱克的求婚，她决定嫁给面前的这个爱上了她并且给了她承诺的男人。当一个优秀的男人拒绝了她，另外一个优秀的男人走向她时，她不会自怨自艾，也不会把自己封闭起来。布莱克的自信、幽默、诚恳，像阳光一样重新照亮了她的生活，她为什么不能向布莱克敞开她的心扉呢？

布莱克伸出他的右手，手心朝上，他让韩希把她的手放到他的手上。韩希不知道布莱克要做什么，但还是把自己的右手放到了那只厚实的大手上。

布莱克的大手托着韩希纤细的手，片刻之后，布莱克开心地说：“很平稳，一切正常，这就是说你是在头脑完全清醒的情况下做出的这个决定。”

韩希扑哧笑了，布莱克轻轻握了下韩希的手。

“希，你知道我有多激动吗?”布莱克眉开眼笑，欢天喜地。韩希之前跟布莱克的接触多是在工作中，工作时的布莱克是严谨的，一板一眼，有时威风凛凛很是严肃，现在他向韩希展示出的是他的另外一面。年近四十岁的他还可以很孩子气，玲珑剔透，酣畅淋漓，像个孩子似的无遮无拦地尽情释放着他的欢喜和幸福。

韩希还不能确定她是否爱上了布莱克，但布莱克的幸福感染了她，让她也幸福起来，她感受到了她跟他共同的幸福。她能感觉到幸福，不是因为一个很优秀的男人爱上了她，还能带她去美国，去她身边很多人想去的地方，这可能是一个原因，但肯定不是那个让她最终做出了这个决定的原因。最重要的是，她在那一刻感觉到了幸福，很简单很琐碎的幸福，却是实实在在的幸福。幸福满溢的时候，她有了这个强烈的冲动和愿望。她愿意嫁给这个让她感觉到幸福的男人，她相信他对她的爱情和承诺，她愿意把她一生的幸福交托给他。

这顿饭吃得很开心。布莱克果然胃口大开，当然他不会吃掉韩希的那份扬州狮子头，也不会独吞那只叫花子鸡。他们多点了几个菜，还试了这里的黄桥烧饼，两个人都很喜欢，只是布莱克喜欢甜的烧饼，韩希喜欢咸的。

吃过饭结完账后，布莱克和韩希没有马上离开。布莱克的神情严肃起来，他很郑重地跟韩希说:“希，有几件事情我得跟你确定一下。首先我得请你原谅我的仓促。按照美国的习惯，我向你求婚时，应该为你买好一个钻戒，可我还没做这个准备。我本来打算下次来北京时向你求婚，可我等不及了，我会补上这个钻戒。”

韩希却说：“钻戒对我并不重要，我猜你一定知道我想要的是什么。”

“我知道，我会好好爱你，”布莱克说，“我会努力做个好丈夫，从此以后，你的幸福和快乐就是我最大的幸福和快乐。”

韩希没有说什么，她相信布莱克的这个承诺，也感动于布莱克的承诺。她的嘴角浮现出温暖明媚的笑意，眼睛里闪过一缕泪光。

布莱克又说：“我不太清楚中国的风俗，在跟你结婚这件事上，我愿意遵从中国的风俗习惯，你有什么要求和愿望一定要告诉我。我是不是要先去征求你父亲的同意？”征得女方父亲的同意是美国的习惯，布莱克不确定在中国是不是也要这样做。

韩希想了一下，说：“不用了，我自己就可以做这个决定。”

韩希的父母对她的教育是中国式的，也是西式的。父母从她小的时候就开始培养她的独立性，十四五岁以后他们不再为她做任何决定。他们会把自己的想法告诉她，帮她更全面地看待一件事情，也会尽力为她创造更多的选择，但最后的决定一定要她自己拿，她也要有勇气去承担她的那些决定的后果。她还没把布莱克求婚这件事告诉她的父母，她相信她的父母会尊重她的决定，也会祝福她和布莱克的婚姻。

“还有，”布莱克说，“你想等研究生毕业后再去美国，还是可以早一些去？”布莱克当然希望韩希能早一点过去，不过他不想把他的意愿强加给韩希。如果韩希想完成学业后再去美国，他可以多等上一年多。

韩希说："不用等了，我可以退学，可以尽快过去。如果有可能，我希望以后能在美国把书读完。"

"太好了，"布莱克舒了口气，"我回奥尔巴尼后就去为你申请未婚妻来美签证，你到了美国后我们就开始准备婚礼。"

确定好几件他认为很重要的事情后，布莱克完全放松下来。韩希的回馈正好是他最期待的结果，这让他又像个孩子似的喜笑颜开，甚至手舞足蹈起来。

两个人出了饭店，布莱克请的司机已经到了，坐在车里等他们。雨停了，街道和楼房刚刚被雨水清洗滋润过，散发着温润的气息。

布莱克说他先送韩希回学校的宿舍，明早去机场前再去接她。韩希能看出布莱克的恋恋不舍，但他没有提出让韩希今晚去他的酒店。他为韩希留下了充足的时间来适应那个新的角色。他对她的感情是很认真的，他要跟她天长地久，他并不急于在她还没有完全准备好时去勉强她。布莱克的耐心等待让韩希的心里踏实而舒坦，她要嫁的是一个既孩子气又很成熟的男人。

上车之前，布莱克跟韩希说："希，我们两个都做了决定。我做决定时好像有些匆忙，但我确定我是在深思熟虑后做出的决定，我不会改变心意。我还是想多给你一些时间，在你来美国之前你还可以改变主意，无论你做什么，我都会理解你。"

韩希微微一笑，说："我想我不会改变这个决定。"

性格独立的韩希不是一个优柔寡断的人，也不喜欢变来变去，她的性格里带了些男孩子的果断和决绝，外柔内刚，做了决定后就会一往无前。这是她熟悉和喜爱的城市，她并不想离开这里，可她已经决定离开这里，她将要开始人生的另外一段路途，在一个完全陌生的地方，在一个还没有朋友的地方。

3.

林燃和他的父亲林建业早早地收拾好行李，等着房东过来查验房子收回钥匙。

他们来自于一个贫穷的老区，这些年的状况好了一些，但方方面面还是匮乏的。林建业很聪明，也很能干，他没奢望过建立一番伟业，倒确实期望过做成些事情。读完初中以后，家里没钱供他，他只能回家务农。有了林燃后，他不再为自己做美梦，他把他的所有都给了儿子。他最大的愿望是让林燃读完高中，甚至可以上大学。他相信知识可以改变命运。他带着林燃来到了北京，那年林燃八岁，他们有些老乡在这里打工。林建业觉得在这里可以多挣点钱，最重要的是，他想让林燃在这里接受教育。可一个外地人，一个农民工的孩子，很难找到读书的地方。开始的第一年里，林燃没学校可上。林建业只好给林燃买了套小学课本，林燃就自己学。那时候他们连住的地方都没有，居无定所。后来他们找到一个很便宜的住处，也就是一个床位。一个屋子里挤了十几个人，每个人也就一张床。可他们觉得很满足，他们晚上可以睡在床上了。那里还很便宜，当时是一天四块钱。为了省钱，林建业跟儿子挤在同一张床上。林燃长到十二岁时，他们才要了两张床。林燃读书的事也有了着落，他们找到一家为农民工的子女办的慈善学校。教室都很普通，也可以说很简陋，可老师们在教学上尽心尽力。他们甚至有电脑课，这为林燃打开了一扇巨大的门。老师们大多是义工，他们都是很专业的老师，给了这些孩子知识，也教会他们做一个有爱心的人。那么好的学校，竟然没收他们一分钱。林建业好长时间都不敢相信这个事实，他特别兴奋，他觉得把林燃带来北京是他这辈子最正确的一个决定。

现在林建业和林燃要离开北京了。

那天早上，林建业起床后，一阵狂呕，他以为吃坏了，后来又出现了几次这样的情况，他才去的医院，那是他第一次去医院看病。由于农民工的特点是流动性强、打工的地点不固定，所以有的农民工是没有医保的，有病就自己扛着。林建业去了医院，他心里明白，这次扛不住了。果然，检查结果出来，是尿毒症晚期。拿结果那天林燃陪父亲去的，医生问他们治不治？林建业很坚决地摇了摇头，手术费和血液透析都很贵，他没有这个钱。可林燃不想放弃，他告诉医生，他可以把他的一个肾给父亲，林建业不答应，他认为这会伤了林燃的身体。林燃后来也放弃了，不是不想把肾给父亲，医生告诉他，就是肾能够匹配，换肾手术费要几十万元，这对他来说是个天文数字。

林建业决定带着林燃回到他们的老家。他喜欢北京，要离开这个世界的时候，他还是更想回到自己家里。而且林燃快要高考了，他的户口不在北京，他得回老家参加高考。

房东还没有来，林建业没有其他的事情可做，就一遍遍地用浑浊疲累的目光跟这个他们住了一年多的地方告别。相比于刚来北京时的一个床位，这是他们在北京住过的最好的一个住处。这间小房子在一个大杂院里，很多东西得去跟其他人共用，冬天还要靠烧煤取暖，但父子俩有了独立的一间屋子。这里能放下两张小行军床，一张小桌子既当饭桌又当书桌，还能挤下一个简易的塑料衣橱。父子俩对这样的条件相当满意。林建业本来打算在这里多住上几年，在北京多干几年，为林燃和家里人多攒些钱。他相信林燃能考回北京，父子俩还能在这里团聚。现在他要离开这里，他知道他再也不可能回到这里了。

房东按时来跟他们交接。房子太小，东西太少，房东花几分钟就查验完了。跟房东道别后，父子俩走到马路边，站在路边等出租车。林建业在北京从未打过车，他舍不得花那个钱，他们的行李也不是太多，去坐公车地铁肯定没问题。开始时林燃不明白父亲为什么要打车，他看到了林建业仔细画好的一张路线图才明白了父亲的心思。顺着这条路线，他们可以经过一些林建业曾经待过的工地，现在那里都是高楼林立。

林建业的手上还拿了两张北京地图，一张是他初到北京时买的地图，还有一张是最新版的北京地图。他亲手建过的很多大楼上不了这张地图，他还是能在新版的北京地图上看到一般人看不到的变化。全世界的人都能看到北京的变化，而林建业看到的变化是他们看不到的。与浩瀚的大海相比，涓涓小溪是可以忽略不计的，可这些变化跟他有关，他在这些地方付出过，走过这些地方看到这些变化时，他心里无比骄傲。当年一起在建筑工地打拼过的弟兄，后来有不少人去做了其他的事情。做建筑工人太辛苦，林建业却一直坚持下来。他喜欢看着那些庞然大物从无到有，他和他的同伴一砖一瓦地建起了一栋栋高楼大厦。

有两辆空着的出租车从他们面前驶过，没有停下来。林建业并不着急，他留出了足够的时间等上一辆出租车，再绕出一个大圈绕到火车站。

终于有辆出租车停了下来。父子俩上了车，林建业坐在副驾驶座上，林燃坐在后面。

林建业先跟司机说他们要去火车站，又把他画好的路线图递给司机，请司机顺着这样的路线去火车站。司机皱了下眉头，所有坐出租车的人都怕司机绕路，他照着这张路线图走的话得绕出太多的路。林建业解释说他们想游览下北京，他还赶紧掏出准备好的钱，捧在手里，司机看到了林建业手里的几百块钱。林建业怕司机担心他们最后付不够钱，羞怯地说他们愿意花钱看看北京。司机心里还是有些嘀咕，走这些路看到的并不是北京最靓丽的风景和标志性的景观，既然乘客愿意这样走，又付得起钱，他就不说什么了。

司机完全按照林建业的意愿在北京的大马路上兜转着。每次快到一个林建业曾经待过的地方，林建业就会很振奋地坐得笔直。他远远地就可以看到那些大楼，他跟那些大楼越来越近，他的目光完全胶着在上面。出租车驶过那里后，他还会扭过头去看着那里，一直到完全看不到了，他又目视前方，期待着下一个相遇。

坐在后面的林燃可以在汽车右前方的后视镜里看到父亲所有的表情。他一次次地看到父亲的紧张、欢喜、激动、自豪和恋恋不舍……他的心里一次次地抽搐着，他为父亲骄傲，也为父亲难过。

他们到了最后的目的地。林建业和林燃进火车站前，林建业停下脚步，长久地望着还在眼前的北京城。林燃拼命忍住眼里的泪水，向父亲许诺，他一定会考上北京的大学，重回北京。

林建业把目光转向儿子，欣慰地笑了。

4.

韩希拿到赴美签证后，回家陪父母住了两个星期，回北京收拾好东西，启程的日子也就到了。

有十多个人来给韩希送行，只有一辆汽车，只能让那三个跟韩希最亲近的闺蜜上了车，去机场送行。加上韩希和开车的那个朋友，一共五个人。

汽车很快驶离北方大学。韩希坐在车里，安静地望着外面的风景。在这一天到来之前，每每想到即将离去，韩希都会觉得难过和不舍。这一刻，在开往北京机场的路上，她倒平静下来，所有的离愁别绪和心思意念都凝固了。

蓝天航早上去上班时，一个跟他和韩希在那个项目组里一起工作过的研究生，碰上他时随口问道："蓝老师，你怎么没去送韩希?"认识蓝天航和韩希的人都知道他们走得很近。

"韩希……今天走吗?"蓝天航支吾道。

那个研究生有些意外，只好说："我刚才去送她，没去成机场，车上坐不下更多的人了，是中午十二点多的飞机。"没等蓝天航再说什么，他就赶紧离开了。

蓝天航站在原地呆愣了一两分钟，他决定马上赶往北京机场。他想见到韩希，不是想去留下她，他突然很想见到她，他就是想再见她一面，远远地看她一眼。

蓝天航自己还没买上车，摇了两年的号，都没摇上。他快步冲出北方大学，在路边打车。一辆辆出租车过去，里面都有人。

汽车里的韩希看到了北京首都国际机场。

一辆出租车停了下来，蓝天航告诉司机要去机场，司机说他接了一个活儿，正好方向相反。蓝天航很是失望，只好继续等车。

韩希的朋友把她和那三个女孩放到了国际航班的入口处，他去找地方停车。四个女孩推着行李进了机场。新机场建成后，不像以前那么拥挤，但人流还是像潮水那样涌动着，很多人的心情也在潮起潮涌。这里有离别的泪水，也有相逢的喜悦，不同的人带着不同的心情离开这里，又有另外一拨儿人涌了进来，不断重复着同样的场景，同样的心情。韩希先去办好了登机手续，托运了行李，又回到了那几个来送她的女孩中间。曾经在很长的时间里，韩希一直有一个愿望，希望她们毕业后都能留在北京。离开母校是早晚要发生的事情，至少她们还可以生活在同一座城市，她们还可以经常聚在一起，延续那份从大学校园里开始的纯洁温馨的友谊。韩希也知道，这个愿望很难实现，只是没想到她会是那个最先离开的人，研究生还没毕业，她就要跟北京跟这里的朋友告别了。想到曾经很遥远的离别就在眼前，韩希的心情黯淡下来。即将离开北京的时候，韩希突然意识到，人生是从告别开始的。所有的婴孩来到这个世界时，他们要告别那个他们赖以生存的温暖的母腹。没有人能逃脱了离别，这一生，是用一次次的离别串联起来的。自己的离去，或者至爱亲朋的离去，直到最后的那场告别。而她现在，正在跟她稔熟于心的一切道别。她可以带走所有的思念，可有些东西她是带不走的，它们只能属于这片土地。彼岸已铺展出崭新的生活，她有向往，也有挥之不去的惆怅和不舍。

剩下的时间不多了，韩希还得先过安检，几个人不得不拥抱道别。在进去之前，韩希又一次扭过头去，向送行的人挥了挥手。她似乎看到了蓝天航，就在人群的背后，但倏忽即逝。韩希又定睛看了几眼，几个朋友随着她的目光也望向身后的人流，并没有看到那个她们也熟悉的人。她们向韩希摆了摆手，催促她快点进去，她们并不希望看到蓝天航这个时候出现在这里，韩希把蓝天航那天对她说的那番话告诉了这几个跟她最亲近的朋友。韩希苦笑了一下，她明白蓝天航是不会出现在这里的，那只是她的期许和错觉，他都不知道自己今天会离开。

蓝天航跑进机场时，韩希已经过了安检，正在排队登机。他们都在北京首都国际机场，却不可能看到彼此了。

上了飞机后，韩希往自己的座位走时，看到一个个头娇小的女孩正在费力地往头顶的行李舱里放自己随身带的拉杆箱，韩希停了一下，帮那个女孩把拉杆箱推了进去。女孩说了声“谢谢”，韩希朝那个女孩微微一笑，继续往自己的座位走去。

这架飞机先飞到纽约的肯尼迪机场，进入美国后，一飞机的人各奔东西。纽约是一部分人的目的地，还有很多人要转机去其他的城市，韩希要从这里转飞奥尔巴尼。到了登机口，韩希惊喜地看到了那个在飞机上有过一面之交的女孩，她曾帮这个女孩把行李放进了行李箱。这个女孩已经坐在那里了，这么说她也要飞奥尔巴尼。

韩希走到那个女孩的身边，跟她打了招呼，她看到韩希，也是一脸的欢喜。诺大的从中国飞来的飞机里，只有她们两个会去同一座城市。想到在异国他乡有了一个同伴，两个人的心里都多了些着落。她们先报了自己的名字，那个女孩叫汪晴，比韩希大了两三岁，也是在北京读的大学，毕业后就漂在了北京，在公司里打拼了几年。两个女孩要去同一个目的地，却是完全不同的心境。汪晴要去那里读书，而韩希是去嫁人的。汪晴羡慕着韩希，韩希说她也羡慕汪晴，可以去那里读书。汪晴问到韩希在北京的生活时，蓝天航在韩希的眼前一闪而过。那个故事太长太私密，韩希不可能向一个刚刚认识的人述说。她也想把那一切尘封在记忆中，她已经到了美国，她希望能在这里开始新的生活。

飞机到了奥尔巴尼，韩希和汪晴一同走出来。韩希看到了捧着一大束玫瑰花的布莱克。韩希、汪晴和布莱克互相介绍和寒暄。汪晴说她的朋友的朋友会来接她，韩希和汪晴在飞机上互相交换了电子邮箱，约好安顿好后再见面，韩希跟汪晴道别后，就跟布莱克离开了。

韩希和布莱克走出一段距离了，韩希扭过头去看了一眼，不知道接汪晴的人到没到，韩希有些不放心。奥尔巴尼机场并不大，机场里的人很少，汪晴孤零零地一个人站在那儿，正在焦急地张望着。韩希环顾四周，没有看到任何人朝汪晴走去。韩希跟布莱克说那个答应来接汪晴的人很可能不会来了，她问布莱克他们能不能把汪晴送到她要去的地方，布莱克答应下来，他们一起走向汪晴。

布莱克开车带着韩希和汪晴，去找汪晴的朋友已经帮她租下的房子。

汪晴的朋友原来在奥尔巴尼读书，刚刚毕业。据她说那个房子价廉物美，很符合汪晴的期望。月租二百二十美元，比学校的公寓便宜了一半还多；这里还有直通学校的公车，汪晴拿着学生证，可以免费乘坐；这里离食品商店也不远，走都可以走到。汪晴一听觉得还不错。汪晴可以租这栋房子中的一间屋子，楼上的一层被从拉美来的一家人包了下来，楼下的三间屋子分别住着三个中国女孩，正好其中的一个女孩搬到其他地方去了，汪晴的朋友在离开奥尔巴尼之前赶紧帮她定下了这间屋子。

车子开到一片整洁安宁的街区，布莱克的车速慢了下来，汪晴以为到了，很满意地望着窗外。布莱克扫视着外面的门牌号，车速又渐渐快了起来。

汽车驶入一大片老房子中。房子都很小，看起来都是老旧的，所有的房子几乎紧挨在一起，没有了刚才看到的那片房子的的空间和庭院。这些房子的房主大多都不住在这里，而是把房子租给了别人。布莱克的眼睛一亮，他终于找到了他们要找的房子。

这一带的房子都没有车库，汽车要趴在路边，因为是单行线，有一边不准趴车，那栋房子前趴满了车，布莱克好不容易找到一个车位，这里离那房子已经有了段距离。汽车停了下来，汪晴迟疑了一下，不情愿地下了车。

布莱克、韩希和汪晴拖着汪晴的行李在那条窄小的路上走了一段路才到了那栋房子。

还没进房门，汪晴就开始不喜欢这里了。进了屋子，她再也掩饰不住自己的失望，好在韩希和布莱克走在前面，没有看到汪晴的表情。这栋木质的房子少说也是一百年前造的了，再怎么维修，也挡不住破败之气。灰暗的灯光下，所有的一切都失去了光泽，汪晴的心情也越发地黯淡下去。

学校还在放暑假，有一个女孩不在，另外一个女孩听到门铃声来开了门。她还友好地带汪晴他们看了看厨房、卫生间和房间，所看之处都没给汪晴什么意外之喜，她还发现自己的室友的房间明显比自己的大，那个女孩看出了汪晴的疑虑，主动说："我住的房间最大，每个月我多交五十块钱。"汪晴觉得这样还算公平。

汪晴的房间很小，幸好前面的那个女孩留下了一张小床、一张桌子和一把椅子，虽然早都用旧了，但至少帮汪晴解决了家具的问题。这几件家具几乎占去了大部分的空间。汪晴的室友大方地表示汪晴可以先用她的炒菜锅和碗碟，还借了个枕头给她，汪晴由衷地连说了几声"谢谢"。这里的简陋让韩希也感到有些意外，但她不想给汪晴的心情造成不好的影响，努力帮汪晴总结出这里的好处和方便之处。汪晴的室友又半开玩笑半认真地说："你很幸运，我刚来的时候谁都不认识，又不能天天花钱住酒店，光为找个住处就碰了个头破血流，我连人家的贮藏室都住过，差点就流落街头了。”汪晴的心境多少晴朗起来，毕竟有了个安身之处，加上她的室友看起来人不错，这让汪晴对这里多了份亲切感。

帮汪晴安顿下来后，韩希和布莱克又回到了路上。汪晴的住处在城内，布莱克开了一段路后才算出了城，上了高速。天色已完全暗了下来，又是在高速路上，看不清路边的景色，只有一辆辆汽车疾驰而过。开了十多分钟后，汽车下了高速，很快拐进一片安宁的住宅区。都是独立的大房子，每栋房子都有相当大的庭院，房子和房子间就有了足够的距离。夜色中看不清这些房子的模样，在韩希眼里不断跳过的是房前的灯火，并不辉煌璀璨，只是安静地发着亮光，错落有致地闪烁着，有如满天的繁星落到了地上。

布莱克开着车拐向其中的一座大房子，轻轻说了声“我们到了”。他按了下车上的遥控，车库门徐徐打开。停下车后，布莱克取下韩希的行李，领着韩希从车库的侧门进了房子。他们经过一些储物间，拐了两个弯进了客厅。如果从正门进来，走过一条短短的走廊就是这个客厅。走廊边上是两个带了门的衣帽间，走道上铺着暗红色的有着美丽图案的地毯，整个客厅都是原木地板。

布莱克开了灯，韩希发现自己正面对一个宽敞明亮的大客厅，客厅屋顶辽阔深远，华丽的水晶吊灯晶莹剔透，从高高的屋顶上垂吊下来，把明亮的灯光洒向客厅的每一个角落。一圈乳黄色的皮沙发舒展在客厅的中央，在沙发的一些拐角处摆着高挺茁壮的绿色植物，慵懒闲适和蓬勃的朝气很和谐地搭配在一起。沙发的中间是一大块完整的厚软的地毯，跟入门走廊上的地毯有着同样的颜色花纹和图案，只是这块地毯要大了许多。地毯上是一张正方形的宽大的沙发桌，上面有些简约精致的摆设。沙发边还有两张乖巧的小沙发桌，几本书和杂志随意地散落在上面。客厅朝外的一面有两个大落地窗，中间是一道门，通向外面的阳台。客厅的另一边有一间琴房，一架三角钢琴优雅霸气地落座在那儿。那一边还有一间书房，也可以用作办公室。从客厅这里可以走向餐厅和厨房。餐厅里摆着一张能容纳一二十人的长条餐桌，旁边是酒柜、吧台和两个装饰柜。厨房的面积也相当大，围了一大圈厨台、碗柜、炉灶、烤箱、冰箱等，还有一个不小的空间可以放下一张带了八把椅子的圆桌。

这一层看过后，布莱克告诉韩希楼下有娱乐室、健身房、图书室，还有两间带了浴室和洗手间的客房。他说韩希今天一定累了，可以改天再去下面那一层。布莱克接着带韩希去了楼上，除了主卧室，还有四个房间和两间全套的卫生间。韩希跟着布莱克直接去了主卧室，从这个晚上开始，她将栖息在这里。主卧室也有吊灯，这里的屋顶要比客厅矮，吊灯是嵌在房顶上的，散落出来的灯光也比楼下那个吊灯柔和朦胧了许多。一张加宽了的大床边有一把布面的摇椅，飘窗边是一把同样质地花色的沙发椅。床上用具、落地窗帘和卧室里的摆设都是温暖闲雅的米黄色色系。这间本来就很大的卧室还带了一个很大的有窗户的衣帽间。布莱克的衣饰挂在一边，另外一边都空了出来，只有衣架，这一面是留给韩希的。韩希最后去了主卧室自带的浴室。她进去后先看到的是那个硕大的浴缸，浴缸边还有一个淋浴室，浴室也是黄色系的，但颜色要比卧室的深。墙壁是橙黄色的，窗帘、浴巾、洗漱用具和铺在地上的软毯都是奶黄色，地上铺的瓷砖和浴缸的颜色要更深一些，是带了暗纹的土黄色。有一面墙几乎被一面大镜子占满了，镜子上是一排奶黄色的灯泡，一排灯光打在镜子上，折射出明亮却很柔和的光晕。

布莱克没有跟进来，韩希站在浴室里，安静了片刻。这座富丽堂皇的房子跟刚才去过的汪晴租的房子完全不同，这里的一切再次让韩希感到意外。她看着镜子中的自己，并没有特别的欣喜，也没有茫然失措，她只是有些走神，那一刻她惦念着刚刚认识的汪晴。两个坐着同一架飞机从北京飞来的女孩，在美国的起点却有着天壤之别。这样的落差让韩希有些过意不去，虽然这不是她的问题，汪晴也可能并没觉得有什么不好，韩希心里还是觉得难过。她的眼前晃动着汪晴娇小的身影和亮亮的眼睛，她希望跟汪晴成为朋友，并且尽可能去帮助汪晴。

5.

韩希来美国之前，布莱克和他的合作伙伴皮特在北京成立的中美恒点公司正式开张，主要做电脑硬件，兼做软件开发和大数据。恒点公司很快就步入发展的轨道，各方面的运营都见起色。布莱克和皮特对这样的开局相当满意，布莱克认为他们的开门红得益于他们挑选到了一个优秀的总代理。

恒点公司的总代理展飞来奥尔巴尼出差时，布莱克请他吃饭，想带韩希一起去。布莱克第二次去北京时开始甄选面试总代理，那时韩希还在北京，是他的助手和翻译，在挑选总代理时帮了不少忙。韩希很明确地表示了她对展飞的赞赏，布莱克认为选中展飞做总代理也有韩希的一份功劳。韩希倒不想揽这个功劳。跟其他几个候选人相比，展飞的优势太明显。他本科是在北京读的，又来美国读了个 MBA，他就读的两所大学都是顶尖的学校，成绩也很优异，在美国那所大学是以全 A 毕业的，他的教育背景无可挑剔。读书期间他一直在实习，还在做学生期间就积累了丰富的工作经验。毕业以后他换过两三次工作，都是炙手可热的公司和行业。他并没有频繁地换工作，每个地方他能待上三年左右。做过的工作，包括实习时做的工作没有完全雷同的，他好像在有意尝试不同的领域，也能在不同的领域中脱颖而出。从几封推荐信上可以看出他在不同的岗位上都相当出色。推荐他的有他曾经的老板和一起工作过的同事，他们不仅对他的工作能力和聪明才干大加赞赏，还不约而同地赞赏着他的人品和他跟合作伙伴的精诚合作。韩希记得当时布莱克对这点很满意，他很看重一个人的人品，看重一个人在团队中跟他人合作时的品格表现。三十出头的展飞已经有了相当耀眼也相当有份量的履历，他是一个不二的人选，所有参与挑选总代理的人都选择了展飞。韩希自认为她最多只是帮布莱克把所有的申请人进行了归类和分级，让他可以更清楚更方便地调阅和权衡。实际上展飞的出现帮他们节省了很多的时间和精力，至少他们用不着在几个旗鼓相当的候选人之间绞尽脑汁了。

展飞来面试那天韩希有考试，她没有见过展飞。展飞那天的表现跟他的履历和推荐人的评价非常吻合，没出现任何意外，布莱克等人毫不犹豫地做了决定。选择权到了展飞的手上后，布莱克还有些紧张。展飞有几天的考虑时间，布莱克不是百分之百地确定展飞能接受这份工作。虽然他们给展飞的是一个相当不错的位置，但布莱克知道展飞也会得到其他的机会。就是他不主动出来找工作，也肯定会有一些公司和猎头来主动找他。好在展飞最终决定来恒点公司，算是皆大欢喜。

展飞走马上任后没有辜负大家对他的期望，他的一些表现还超出了布莱克对他的期许，韩希对展飞也就多了些好奇和崇拜，布莱克问她愿不愿意跟展飞一起吃顿饭时，她马上答应下来。

布莱克带着韩希去了订好的那家饭馆。这家饭馆有人帮着停车，布莱克和韩希刚下车，另外一辆车紧随其后停了下来。车上下来一个年轻的男士，长了一张中国人的面孔。韩希很快就注意到了他。来到美国后，在这个以白人居多的生活区域里，韩希在人群中常常会先看到跟自己同一种族的人。这个男人让韩希的眼睛一亮，不仅仅是因为他很可能是一个中国人，当一个人的目光扫过一群人时，他很可能是那个最先被看到又最能被记住的人。他潇洒帅气，气宇轩昂，他的俊美是凛冽的，又是柔和的，让人很容易被他吸引，也很容易被他打动。

那个男人也看到了站在布莱克身边的韩希，韩希也让他的眼睛一亮，他的脸上还有一丝惊讶。两个人的眼神相遇时，他们听到布莱克快活地叫道：“嗨，Leo，这么巧，我们同一时间到了。”

原来这个男人就是恒点公司在北京的总代理展飞，Leo 是他的英文名字，布莱克有时候叫他飞，有时叫他 Leo。

韩希没有想到展飞会这么英俊。之前她是从能力和人品上揣摩这个人的，没有关注他的外貌长相，面试那天她又没来，布莱克对展飞的欣赏和肯定也在他的能力和人品上，他的能力和资历已经让他稳稳地拿到了那个位置。

展飞也没想到布莱克的未婚妻会这么漂亮。布莱克邀请展飞吃饭时提到他会带他的未婚妻来，还说他的未婚妻是个中国人，展飞只是客气地表示他很高兴能见到布莱克的未婚妻，没再多想什么。他不可能去想象布莱克的未婚妻长什么样子，丰神异彩的男人往往不会去臆想一个女人的长相，他是一个被很多美女追捧的男人，有时候他对漂亮女人都有了审美疲劳。可是韩希跟他见到过的漂亮女人都不一样，她的美是纯净温暖清丽脱俗的，既有大家闺秀的大气，又有软香温玉的娇媚。她跟布莱克站在一起，两个人在外形气质上相当般配。布莱克高大挺拔，身材保持得很好，脸上有了岁月的痕迹，但多了年轻人难有的成熟和沉稳。展飞以前把布莱克定位于一个成功的男人，这一刻他更愿意把布莱克看作是一个相当有魅力的人，他和他的未婚妻是那种难得的可以相互加分又让人感到赏心悦目的恋人。

布莱克为韩希和展飞做了介绍，展飞和韩希互相打了招呼，轻轻握了下手，三个人一起走进饭店。进门时，展飞很自然地拉开门，请韩希先进去，韩希在他面前走过去时对他说了声“谢谢”。布莱克没有选圆桌，选了个火车座式座位，他和韩希坐一边，展飞坐在另一边，坐在了布莱克的正对面。

三个人都没在菜单上多花时间，布莱克和展飞很快选了牛排，韩希选了烤三文鱼，三个人各自要了份同样的蔬菜沙拉。

点好菜后，布莱克再次把韩希介绍了一番，言谈中满是喜悦和满足。展飞这才知道韩希刚从北京来美国，他原来以为布莱克的未婚妻是个ABC，或者已在美国生活了一段时间，从韩希刚才的行为举止上看不出她刚刚来到这里，正在适应在美国的生活。

“你知道吗?”布莱克对展飞说，“我们在选总代理时，希把她那一票投给了你。”布莱克这样说多少是为了活跃下气氛，工作上的事情跟展飞在办公室里都聊过，吃饭时就该轻松一下了。

“真的吗?”展飞把头完全转向韩希，很欣喜地看着她。

韩希微微一笑，说:“如果我能有投票权的话，我这一票一定会投给你。”韩希笑着澄清了事实，她不想否认她对展飞的欣赏和喜爱，但也不想拔高自己，她并没有参与投票，她是恒点的局外人，她不想给展飞造成误会。

韩希的回答和反应让展飞对她更多了好感和欣赏，他说了声“谢谢”后，又说道:“如果你想参与恒点公司的事务，我想布莱克一定会很高兴。”展飞和布莱克已经直接以名字相互称呼，展飞说完这句话，把头又转向布莱克。

布莱克马上接上了这个话题，说:“是呀，我是很希望她能加入，可她没看上我们恒点。”布莱克又开起了玩笑。

韩希却认真地说:“我还没什么资历，真的不够格，希望以后能有为恒点工作的机会。”

“她有她自己的计划和安排，我不能替她做决定，”布莱克不再开玩笑，“现在她正在忙着准备我们的婚礼，很遗憾你很快要回北京，要不我很想邀请你参加我们的婚礼。”

“我也很遗憾，”展飞说，“那我在今天先送上我的祝福，等你们去北京时请一定让我请你们吃顿饭，再为你们庆祝一下。”

布莱克表示感谢后，说道：“恒点公司已在正常运转，你又很出色，我这边也有很多事情要做，北京那边的工作主要靠你，我以后不会常去北京。我想希会回中国，对吗？”布莱克说到这看了眼韩希，韩希轻微地点了下头，布莱克接着说下去：“她的父母在中国，还有一些朋友，她会回去看望他们。对了，我能不能把你在北京的联系方式给希，她回中国时或许会跟你联系。”

“当然可以，我正好带了名片。”展飞说着拿出一张名片，递给韩希。展飞希望能再次见到韩希，刚才脑子里还一闪而过给她留个联系方式，又马上打消了这个念头，他觉得这样做有些不妥。现在布莱克主动提及，如果韩希也愿意，他当然很乐意在北京接待韩希。

韩希接了展飞的名片，说了声“谢谢”，把名片放进自己的包里。她倒没有想过回北京时去麻烦展飞，毕竟跟他不熟，虽然她对展飞很有好感。在没有见到他时他的优秀已经给她留下了深刻的印象，见到展飞后对他就更有了好感，一个风度翩翩又彬彬有礼的人是很难不被人喜欢的。

布莱克的注意力已转移到刚刚端到他面前的那盘沙拉上。就是没有这盘沙拉，他也不会去设想展飞和韩希以后还会不会有交集，他只是随口随心介绍他们认识。韩希总是要回北京或路过北京的，展飞就在北京，为什么不让他们有些联系呢？至于马上就要成为他太太的韩希有可能单独见面的这个男人很有魅力，这点布莱克并不介意，他有足够的自信，对韩希有足够的信任，他也是信任展飞的。

主菜前先上的沙拉，三个人吃着同样的沙拉，很快他们就发现他们有很多相似之处，这让他们多了默契，也很谈得来。他们属于同一节奏的人，兴趣爱好也都很广。他们没聊任何跟恒点有关的事情，他们聊的是五彩缤纷的生活。布莱克问了些他感兴趣的跟中国文化有关的问题，展飞的回答和解释都很到位，又妙趣横生，让布莱克对中国多了感性的了解和亲近，还勾起了他更多的好奇和向往。韩希暗暗佩服展飞的博学多才。展飞的声音是中国人中并不多的男低音，深沉的磁性的声音，加上迷人的笑容和优雅的谈吐，他说起话来很有带入感，布莱克和韩希都沉浸其中。展飞恰到好处地发挥着自己的这个优势，他并没有高谈阔论，他可以用最简单的话语表达出最丰富的内容，不会去占用别人说话的时间。他还是阳光和明净的，跟他聊天会让人觉得很舒服，也很过瘾。

韩希没说太多的话，更多的时候是在倾听展飞和布莱克的交谈，偶尔表达下自己的看法时，又总能锦上添花引起共鸣。展飞意识到韩希还有更多的迷人之处。她最开始吸引住别人的是她的外貌气质和她脸上的微笑，慢慢又会让人喜欢上她的聪明和智慧，还有她的善解人意。很多女孩子仅有漂亮的容颜就可以沾沾自喜傲视群芳了，年轻的韩希在拥有了美貌聪慧和令人羡慕的生活时，还可以这么低调这么温和，展飞不再仅仅把她看作是一个美女，他从韩希那儿感觉到一种很单纯很温暖的美好。他喜欢跟她在一起，但没有任何的非分之想。她是布莱克的未婚妻，布莱克又这么信任他，他会用一种美好的方式去保存和呵护这样的美好。

6.

汪晴来到了布莱克和韩希要举办婚礼的教堂。这座教堂并不像汪晴想象的那么宏伟华丽。布莱克是个基督徒，不是天主教徒，他去的教堂比天主教堂朴素了许多。这座朴素的教堂并不失庄严和神圣，明媚的阳光照在教堂的屋顶上，使它多了份和谐恬静。

已经来了不少的人。女士们穿着颜色鲜亮或素雅的正装，大多是裙装，戴的首饰、衣服上的装饰和手里拿的包跟衣服都搭配得很好。男士们全是西装革履，打了领带或领结。这里多数是美国人，应该是布莱克的亲戚朋友。很多人是相互认识的，见了面后热烈地打着招呼。

汪晴在一片洋洋喜气中独自走过。她谁也不认识，不断有人朝她微笑一下，但没有一个人主动跟她搭讪。她在人群边走过，没有任何的停留，想跟她说几句话的人，也就打消了这个念头。韩希邀请汪晴来参加婚礼，是希望汪晴能在这里感受下美国的文化，能结交几个朋友就更好了。汪晴也有这个愿望，到了现场后她很快放弃了这个想法。她并不是一个内向的人，这里的气氛也轻松融洽，如果她愿意的话，她肯定能找到跟她聊天的人，但那种没有多少实际内容也基本上不会有后续跟进的交谈并不是她想要的。

好在她到的不是太早，婚礼很快就要开始。汪晴找到一个走道边的座位坐了下来。走道上铺着长长的红毯，宾客们走过这喜庆的红毯，陆陆续续入座。最后出现在红毯那一头的是韩希和她的父亲。韩希的父母赶来美国参加他们唯一的女儿的婚礼。韩希的父亲带着女儿，从红毯上走来，后面跟了两个花童，一个男孩一个女孩。从汪晴面前缓缓走过的韩希看到了汪晴，汪晴的脸上绽放着灿烂的祝福。韩希走过之后，汪晴脸上的笑容瞬间就消失了。长久的僵硬的微笑让她感觉到面颊上的疼痛，她的心里也在隐隐作痛。脸上不再有表情的汪晴看见韩希走到了红毯的尽头，在人们祝福的目光下，来到她的新郎面前……伟岸挺拔的新郎微笑着向她伸出手来……两个人在牧师的带领下，宣读他们的结婚誓言……他们互相交换结婚戒指……牧师宣布他们正式结为夫妻，新郎掀起新娘的面纱，温柔地亲吻了他的新娘……

一行幸福的泪水从韩希的眼角流淌出来。情窦初开时，她就渴慕着这样的婚礼，不需要奢华，就在一片安宁圣洁中，全心交托出自己的幸福，这是她对童话般的美好生活的理解和诠释。布莱克让她美梦成真，那一刻她完全沉浸在牵情动肠的激动里，她相信他们会永远相爱，他们将白头偕老。

第二章

林建业也不是没有动摇和困惑。他们生在这里，这里是他们的故乡，他们却想离开这里，他们自己要离开，还想着让他们的子孙后代离开，这是不是很大的悲哀？如果他们可以留在这里，这里也有机会，他们也有愿望，那他们不光可以改变自己，还能改变了他们生存和生活的地方，让更多的人不用离开故土就能过上好日子，那会不会是一个更好的结局？

1.

早上起床后，韩希先洗了个澡。梳洗好后，她下楼去用早餐。房子里很安静，布莱克已经去公司上班了，她独自一人吃了顿简单的早餐，一杯牛奶和一片抹了蔓越莓酱的烤吐司面包。她边吃早餐边开了手提电脑，整理她跟布莱克蜜月旅行时拍的那些照片。名义上他们是去度蜜月，实际上是布莱克带她去了几个比较有特点的城市和景点，让她对美国有一个感性的认识。韩希的目光从一张张照片上跳过，好像又重新体验了一番蜜月旅行的美好和温馨。他们去了不同的地方，似乎不是一个完整的蜜月之行，看起来有些支离破碎，但恰恰是这样，让韩希对美国的自然和文化有了很具体的第一印象。她从中间挑了几张自己最喜欢的，准备洗出来，其他的就分类存在电脑和 U 盘里。

做完这一切，韩希漫不经心地踱到庭院中。静静的庭院已经在无遮无掩的太阳下醒来，韩希站在紫藤环绕的门框下，一层层地望过去。品种繁多的鲜花在房子的周围簇拥着，组合成美丽的图案。刚刚修剪过的绿草坪上弥漫着青草的芳香，茸茸嫩草层层延伸着，充满了柔情蜜意。一棵茂盛的柳树下，散落着几把帆布的座椅和一张金属的桌子。在美国很少看到柳树，布莱克买的房子边竟然有棵韩希很喜欢的垂柳。庭院的最边缘，是一排密密的冬青，静静地守护着这片开阔的庭院。庭院的上空是蓝天白云，都是很纯正的颜色，令人畅快而神怡。韩希怡然地欣赏着眼前的景色，可是渐渐地，她的心情黯淡下来，她不知道她怎么会在这么明媚的景色里沮丧起来。就是在突然之间，她觉得百无聊赖无所事事，也有些孤独，她想念起远在万里之外的父母家人和朋友。

这样的情绪最近出现过几次。蜜月过后，激情也在渐渐地退去。真实的生活本来就是这么平淡，无论是在世界的哪一个角落。富足简单的生活让韩希感到满足，同时也渐渐地感觉到失落，她知道布莱克不可能天天陪着她去做蜜月旅行，她还应该有自己的梦想。布莱克并没有给她什么压力，但她知道她应该开始做些什么，真正开始在美国的生活。实际上她还在中国时已经开始做准备，在来美国之前她考了托福和GRE。她还年轻，她的生命中充满了活力，她应该有充分的理由和信心去做她想做的事情。想到这，韩希又振作起来，眼睛里重新辉映出早晨的清新和花草的朝气。她想今天见到汪晴时，要向她请教下申请学校的事情。

汪晴周五没课，韩希跟她约好先去她那里，带她出去买东西，晚上带她来这边，汪晴可以在这里过个周末，周日的下午再把她送回去。韩希已经考下了驾照，汪晴还没驾照，也没车，买东西很不方便，韩希就想先带汪晴把需要的生活日用品都买好。自从婚礼上跟汪晴见了一面，韩希有段时间没见汪晴了。中间她们通了几次电话，在异国他乡，她们很快亲近起来。只是交谈时，韩希心无城府，汪晴却时不时闪烁其词。汪晴的父母和弟弟还生活在故乡的小城。前几年汪晴一个人在北京打拼，遇到过一些不顺心的事，这是她想来美国的一个原因，她想换个环境，更想出人头地。知道了汪晴的不容易，韩希对汪晴有时的遮掩就多了理解，汪晴大概已经习惯于保护自己。韩希也是刚来奥尔巴尼，有了一个家，却还没有朋友，汪晴对她很重要，她把汪晴看作是自己的朋友，有些急着去见汪晴。她们约了下午碰面，韩希拨了汪晴的手机，问汪晴她能不能现在就过去。汪晴正在做作业，好在快做完了，就答应了韩希。韩希兴高采烈地出了门。

韩希很快到了汪晴那儿。汪晴的作业还剩一个尾巴，让韩希稍等一下。韩希就坐在一边，看着汪晴在电脑上忙活。汪晴收尾后，扭头去看韩希，韩希正羡慕地看着她。汪晴愣了一下，她有什么值得韩希羡慕的呢？

韩希说：“我挺怀念校园生活，不知道什么时候我也可以像你这样有好多作业可做。”

汪晴明白了韩希为什么刚才会那样看着她，但她不理解韩希怎么会有这样的想法。美国的校园生活并不像她原先想象的那样如梦似幻。面对学业和生存上的压力，汪晴对自己的美国梦已经有了动摇，可她没有别的退路了，她必须在这里打拼下一片天地。可韩希跟她不同，她说："你什么都有了，没必要自讨苦吃，我以前不知道在美国读书这么辛苦。"

"可我喜欢呀，我还没做够学生，而且，我出去找工作，总得先装备好自己。"

"你为什么要出去找工作？布莱克不能养你吗？是他要你出去工作吗？还是你没有安全感？"

"没有别的原因，我只是想这样做，我知道这是我想要的生活。"韩希很肯定地说。

汪晴看着韩希，摇了摇头："你怎么会这样想呢，放着好好的日子不去享受，你知道在这读个书有多苦吗？特别是在开始阶段。"

韩希很轻松地笑了笑，说："如果我喜欢做这件事，我就不会觉得苦了。"

汪晴本想向韩希大倒苦水，把她这一个月里遇到的麻烦事头疼事告诉韩希，看到韩希那么坚定，她觉得没必要多说了。汪晴发现韩希并不是她原来以为的傻白甜。

韩希也不想去跟汪晴争论，她第一次意识到，她跟汪晴是不同的。不过人和人都是不同的，这并不妨碍她们做朋友。韩希转身拿来一包小礼物，递给汪晴。刚才汪晴在做作业，她不想打搅她，没把礼物给她。

"这是我跟布莱克去旅行时买的，"韩希说，"每到一个地方我就给你买个小纪念品。"

汪晴打开了那包礼物，有钥匙链，冰箱贴，书签等，都有当地的标志性的建筑或象征。一共有九个，这就是说韩希至少去了九个地方。

“都很可爱，谢谢你，”汪晴停顿了一下，又说，“不知道我什么时候也能去这些地方看看。”

韩希专门为汪晴买的这些小礼物并没有让汪晴感到高兴，反倒让她的心情灰暗起来。汪晴的脸上没什么异样，韩希还是感觉到了汪晴的失落，这才想到自己这样做有些不妥，可能事与愿违。韩希没提蜜月旅行时的见闻，开始向汪晴咨询申请学校的事情。汪晴已经是在校生了，她还在门外，汪晴在这点上肯定高过了她，韩希希望读书这件事能让汪晴的心里平衡一些。

汪晴对申请学校和专业很有研究，加上自己走过一遍，聊起这个话题可以滔滔不绝，果然感觉很好。她回答了韩希的一些问题，还很热情地帮韩希分析了一番，也教给韩希怎样少走一些弯路，韩希很是感激。

这样就聊到了午饭时间，汪晴想去下面条，当作她们的午饭。韩希说不如现在就出门，商场超市里都可以买到吃的东西，可以节省些时间。

两个人出了门。这次是上班时间，外面街上的车位很多，韩希把车停在离汪晴租的房子很近的地方。没走几步，她在一辆灰绿色的丰田花冠车旁停了下来。

“这是你的车吗？”汪晴疑惑地看了眼韩希。她自己没有车，倒是很了解各种汽车，对汽车的档次很敏感，看得出这是一辆新车，可档次低了些。

“是呀。”韩希说着开了车门。

“布莱克至少该给你买辆宝马呀。”

“我选的这辆车，开着很顺手。我开车不久，车技一般，难免刮了蹭了，没必要开太好的车。”韩希真心喜欢这辆灵巧的花冠，除了提速时慢了些，她挑不出其他的毛病，几乎无可挑剔。汽车是给自己开的，东西是给自己用的，自己觉得合适就可以了，这是韩希一直喜欢的生活态度。到了美国后，她发现这里的大多数人遵从的也是这样的生活方式。

汪晴坐进了车里，对韩希说：“你不该把要求降得这么低。”

韩希只是笑了笑，没接这个话茬。

韩希带着汪晴转悠了一大圈。汪晴喜欢货比三家，韩希只好带她多转了几家商店。汪晴没买太多的东西，她说有的东西可以等美国人在自家门口卖东西时买。有些美国人喜欢在自己的房子前摆摊，低价处理自己用过或用不着的东西。汪晴强调说那里有的东西颇有档次，物主买的时候是费了心的。韩希觉得能在这种地方淘些价廉物美的东西也很好，自己不需要的东西，在别人那里还能派上用场，卖的人和买的人都开心，够不够档次是很次要的事情。

韩希和汪晴买好东西已到晚上。韩希原打算带汪晴去中国超市买菜，把菜送回汪晴的住处后，再去自己家。看看时间不早了，她们决定先去韩希家。星期天韩希送汪晴回家时，再去中国超市，正好顺路。

布莱克也是刚到家。他跟几个合作伙伴一起去 Happy Hour. Happy Hour 一般在星期五的晚上，是种很流行的社交方式。多是同事和工作伙伴的聚会，去酒吧或饭馆喝点东西。大家都要开车，如果喝酒的话，只是象征性地喝一点，主要是找个机会聚一下，聊聊天，联络下感情。

布莱克跟汪晴打了个招呼，就去忙自己的事情了。这让汪晴放松下来，她提出先参观下这栋大房子，她还是第一次来这里。

韩希带着汪晴楼上楼下走了一遍。汪晴想象过韩希住的房子是什么样的，现在身临其境，她还是找不着北了。她尽量让自己显得从容一些，并且在心里一遍遍地警告自己不要露出吃惊的表情露了怯。

看完房子，韩希问汪晴：“要不要先吃些东西？冰箱里有现成的东西。”

汪晴说：“刚才在外面吃得很撑，我不饿，还是先洗个澡睡觉吧。”

“那也好，睡起来再吃东西，你一定很累了。”韩希说完，带着汪晴去了楼上的客房。楼下也有客房，韩希怕汪晴一个人睡那儿害怕，就安排汪晴跟他们住在一层楼上。这间屋子的陈设很简单，却高雅而温馨。一看就觉得很舒适的席梦思，正对着一个全木的古色古香的梳妆台，台上有一只木质镂空的高腰花瓶，里面插了一枝水红色的康乃馨，墙上挂了一幅油画，油画中也是一枝水红色的康乃馨。

“浴室就在左手边，我已经帮你放好了浴巾，你洗个澡就早点儿睡吧，想睡多久就睡多久。”韩希说完，道了声“晚安”。

“晚安。”汪晴小声回应道，说得有些不自然。

韩希轻轻带上房门，汪晴的身体完全松弛下来。跑了大半天，她已经很疲累了，却又睡意全无。这座大房子里的一切很吻合汪晴对美国的想象，她偷偷羡慕着韩希已经拥有的一切，并且更加渴望早日拥有一套跟这一样的甚至比这更加让人羡慕的大房子。

“这不是不可能的，这不是不可能的……”汪晴喃喃自语着，她试着推开了窗户，望着繁星点点的夜空，她大口呼吸着清新的空气，觉得自己已经飞了起来，那曾经遥不可及的梦想已经近在咫尺了。

2.

展飞像往常那样九点准时来到恒点公司。他一般不去赶夜场，不会睡得太晚，第二天可以早早地起床。离开家后他会先去健身俱乐部健身。他喜欢健身房里的那种气氛和朝气，他可以在那里把自己调整到最好的状态。健完身冲个淋浴后，他还有足够的时间吃个早餐，上网浏览下当天的新闻。他踩着点出现在恒点公司。他不想到得太早，这会给手下的员工造成压力。他也很少迟到，他在很小的时候就养成了不迟到的习惯。

展飞在美国上过班，如果让他总结中美在职场上的差异，他肯定会想到上下班的时间。美国的公司多是朝九晚五，很少让员工加班加点。不少中国的公司把加班加点当成了家常便饭，在北京的一些外企也很快入乡随俗。他之前待过的那家外企，最忙的时候，员工们晚上九点、十点才下班。出租车司机都摸清了这个规律，晚上九点、十点时公司门口会停上一溜儿出租车，等着那些疲惫不堪的自己不开车的公司员工出门打车。现在展飞可以决定手下员工的工作时间，他尽可能把每天的工作控制在八小时内，科学合理地分配工作任务，同时提高工作效率，这样大部分人的工作可以在八小时内完成。展飞为员工制定的工作时间还有相当的灵活性。有些员工要接送孩子，甭管是当爸爸的还是当妈妈的，展飞允许这些员工早上班早下班或晚上班晚下班，很多员工每周还有一两天可以在家里上班。他在美国工作时就希望以后能借用照搬这些人性化的管理方式。

在展飞眼里，两种文化里的职场还有一个不同之处。美国的职场少了人情味儿，大家就是来上个班，人和人之间多会保持着一定的距离。中国的公司里倒不缺人情味儿，只是有的地方人情味儿太重，弄不好还会泛滥成灾。展飞既不喜欢太冷的人情也不喜欢太热的人情，他希望员工间能适中地把握关系，有关心帮助，又不该太亲近，更不能拉帮结派。他也知道这样的工作关系只能在他的期望中，对于这种永远都无法完全实现的想法，他没有停止付诸行动，努力在恒点实践他的愿望，营造一个相对优良的工作环境。他也会专门指派人组织些联谊活动，让在这里工作的员工感觉到他们是被重视的。

展飞在很短的时间里就在恒点公司做到了游刃有余。一个外表英俊又事业有成的男人总是魅力十足，讨女人喜欢是天经地义的事情。难得的是展飞不仅让他身边的女人们为他倾倒，也让那些男人们折服于他。他们佩服他的能力，业务上的能力和为人处世的能力，展飞远远地高过他们，对这种望尘莫及的人他们没有了嫉妒之心，最多有些羡慕，更多的时候表现出的是对他的遵从。在这样的局面里展飞并不骄横，也恰到好处地应付着那些明里暗里的投怀送抱。他既不会来者不拒，也不会拒人千里。

只要不出差，展飞几乎每天早上九点左右来到公司。他通过走道走向自己的办公室时，遇到他的人都跟他打招呼，他很得体地回应着他们。

展飞刚进办公室，秘书打来电话，说一位叫黎阳的先生想见展总。黎阳不在日程安排中，但人已经到了恒点。展飞没有表现出不悦，请秘书带黎阳来自己的办公室。展飞一般不会接待这种不请自到的客人，对黎阳还是得网开一面。黎阳跟展飞是大学同学，展飞去美国留学时，黎阳去了日本，他们几乎在同一个时间回到北京，这几年都干得风生水起。

黎阳还没进展飞的办公室，展飞就听到了他的声音，很有感召力和穿透力的声音。黎阳的嘴巴还很甜，没走几步路，展飞的秘书已经被黎阳说得心花怒放。

秘书把黎阳送到展飞的门口就走了。展飞没站起来迎接他，他们之间不需要这样的客套。黎阳带上门，坐到了展飞办公桌的对面，翘起了二郎腿，故作生气道："你小子换工作也不通知我。"

"你什么都知道，还需要我吭声吗？"展飞说，"我倒是不知道，你现在在干什么？"

"我刚转到金融行业，正踌躇满志。"

"你今天来找我是想让我跟你搞金融吧？"

"聪明，"黎阳说着朝展飞竖了下大拇指，"我就是想拉你一起干，像你这样聪明的人才能干出名堂。"

"那你得看我愿不愿意。"

“我知道你难请，在老同学这儿就别摆架子了，我是想拉你一起挣钱，强强联手，一定会双赢。”

展飞不置可否地笑了笑，没有松口。

黎阳马上说：“我给你时间慢慢考虑，虽然我现在就知道了你的决定。这么好的时机，你也该来这个行业小试身手了。”

展飞还是不动声色。他对金融也有兴趣，做过相关的工作，而且，恒点公司正在做大数据，展飞觉得数据分析跟金融本来就有密切的关系，有必要拓宽公司的经营范围。他的顾虑在黎阳的人品上，他知道他们在本质上是完全不同的人。

3.

林建业带着林燃回到故乡后，没有去过医院。他知道自己在一步步地走向死亡，他已经看到了自己这一生的终点。可他不想走，不想现在就走，他在努力地活着，他想等到儿子实现梦想后，再离开这个世界。

在北京的时候林燃就养成了很好的自学习惯，也具备了很强的自学能力，他自己准备他的高考。在北京待了那么多年，回来后找个高中插班不是那么容易，要托人要花钱，林燃觉得不值得。他还想在家多陪陪父亲，他知道他跟父亲还能在一起的日子不多了。

林建业的病情越来越重，因为病痛他有时整夜无法入睡，他尽可能不让自己辗转反侧，林燃还是能听到父亲这边的动静。林燃每次来看父亲，林建业总说他白天睡得太多，晚上就有些睡不好。林建业让林燃看到的都是一张乐观的充满了希望的脸，他怕影响林燃的心情和即将到来的高考。

对于父亲的病况，林燃不敢多问，也不敢多想。他还有可能为父亲做到的，就是考上北京的一所大学，实现父亲的心愿。他还夹带着自己的一个心愿，他希望父亲能坚持到他拿到录取通知书，他要让父亲亲眼看到他考回了北京。

林建业对儿子也有这个信心。以林燃的资质和努力，他应该能考上一所不错的大学。他不希望自己的儿子跟他和村里其他的人那样，靠出外打工离开这里。他相信知识可以改变命运，林燃能上大学，他的前程就该是光明的。

林建业也不是没有动摇和困惑。他们生在这里，这里是他们的故乡，这里有他们的亲人；他们却想离开这里，他们自己要离开，还想着让他们的子孙后代离开，这是不是很大的悲哀？如果他们可以留在这里，这里也有机会，他们也有愿望，那他们不光可以改变自己，还能改变了他们生存和生活的地方，让更多的人不用离开故土就能过上好日子，那会不会是一个更好的结局？

林建业喜欢北京，向往着另外一种生活，可是当他即将离开这个世界，他在情感上最留恋的，还是脚下这片朴实无华民淳俗厚的土地和生活在这片土地上的温良敦厚的人们。有时他睡不着觉，就忍着病痛，一个人出去走走。这里的夜空清澈无比，可以清晰地分辨出那些星星的色彩和高度。或许因为这里是山村的缘故，感觉这里离天空很近，伸出手，好像就能接住那些就要落下来的星星，或者触摸下那片宝蓝色的柔软而飘逸的夜幕。那样的安宁，他只有在这里才能感觉得到。他完全地属于这里，不再需要颠沛流离。那种时候他就会为林燃担心，林燃离开这里后，是否还能有这样的安宁？

4.

身在一座二线城市的田姚也在准备高考，她也梦想着考上北京的一所大学。

田姚的父母曾为女儿去哪里上大学的事情纠结过。一些亲朋好友把孩子送到国外读大学，田姚的父母很难做到无动于衷。他们舍不得让独生女儿在十八岁的时候独自漂洋过海。田姚一直生活在父母的宠爱中，生活能力很一般，本性又很单纯，没有什么心机，不会为自己做足够的考虑和打算，让田姚一个人出去闯荡，他们一百个不放心。他们也没有明确地看到出国读大学的好处，既然这么多人想法设法把孩子送出去，他们就想那一定是个很好的安排。他们很爱田姚，怕耽误了田姚，什么都想给女儿最好的，虽然心里不舍，他们还是倾向于让田姚去国外读大学，最好能去成美国。但田姚坚决反对，她希望能去北京读大学。田姚的爸妈问女儿为什么想去北京，田姚说那是首都呀，想都不用想，就能罗列出一长串去北京的理由。还有呢，北京离他们家不算远，爸妈想她了，可以去北京看她，她也可以常回家看看。要真去了美国，他们见个面就太麻烦了，她可不想跟爸妈离这么远。田姚的这番话像把蜜糖洒在她爸妈的心里，平时看她没心没肺，没想到这闺女还是这么贴心的小棉袄。再有亲戚朋友问起他们对田姚读大学的打算，他们就说女儿舍不得他们，不愿意离他们太远，不想去国外读大学。他们还加了个理由，说田姚还舍不得让爸妈花钱，去国外读书花费太高。田姚从没这样说过，田姚的父母想着女儿这么贴心，钱上的事情她肯定是这么考虑的。

田姚的父母虽有些不甘心，还是不再去羡慕那些把孩子送去了国外的父母。只是田姚能不能考上北京的一所好点的大学还不一定，好在田姚学习很努力，田姚的爸妈就更觉得女儿懂事了。

5.

韩希一边准备考试，一边出来参加些社会活动。她结识了一帮为中国的环境保护进行海外筹款的中国同胞，这个机构叫“含希”，饱含希望的意思，正好跟韩希的名字谐音，韩希觉得很亲切。韩希跟“含希”的负责人之一陈娟一见如故。陈娟四十多岁，在一家会计事务所工作，也是从北京来的。韩希对知书达理、优雅内敛的陈娟颇有好感，陈娟身上散发出来的沉静温暖像一块吸铁石般吸住了韩希，韩希对“含希”这个慈善组织还没有太多的了解时，就因为陈娟的缘故毫不犹豫地成了“含希”的一员。

韩希很快去了陈娟家，参加“含希”的一次活动。那次活动的重点是如何在美国筹集到更多的资金，在中国开设更多的环保点，清理洋垃圾造成的污染。陈娟的丈夫王欣一是搞金融的，两个人的工作都不错。几年前他们买下这套五千平方尺的房子，足够大的面积可以同时接待很多朋友。他们家所处的位置也很方便，这个民间机构的成员多半住在他们的周遭或邻近的几个州，身处中间地带的陈娟的家方便于大多数人来此聚会，所以这些年里很多聚会都在此举行。

陈娟和王欣一有一双儿女，儿子刚上高中，女儿在读初中。除了忙工作、孩子和“含希”的各种事务，王欣一和陈娟还一直保持着自己的爱好。他们喜欢唱歌，参加了当地华社的一个合唱团，逢年过节时会有表演。合唱团排练时韩希跟着他们去过。合唱团的成员都是不同年代来到美国的中国人，他们很动情地演唱着一些中国不同年代的歌曲。韩希坐在一边听他们演唱。这些歌曲她多半听过，在中国时总有机会听到这些歌曲。在美国的一间闲置的像是间大教室的房子里，听到这些曾经熟悉的歌曲时，韩希有种恍若隔世的感觉。

韩希后来介绍汪晴跟陈娟等人认识，那次是去合唱团排练的地方见面。听过这些人唱歌，汪晴很是惊讶，她说她没想到这些被很多同胞羡慕着的在美国的中国人，竟然是一帮很落伍的土包子。衣着过于朴素，这间屋子过于老旧，他们唱着不知哪个年代的歌，还这么声情并茂。韩希虽然也没融入其中，但还是感觉到了一种久违了的亲切。汪晴对陈娟的印象还不错，对“含希”这个环保组织一点兴趣都没有。在汪晴眼里，韩希和这些人衣食无忧，又没有身份问题，大概是太无聊了才去管那些闲事。

6.

韩希经过努力，终于如愿以偿，收到了学校的入学通知，来年春季就可以入校了。韩希要读的是MBA，上大学时她主修应用统计，副修电脑，为读MBA打下了很好的基础。兴奋的韩希给汪晴打来电话，汪晴却有些心不在焉。

奥尔巴尼又在下一场大雪，湿淋淋的空间被纷纷扬扬的雪花塞满了。汪晴站在窗前，望着窗外跟她同样沉默不语的街道。自从下了第一场雪，她就养成了这个习惯，站在窗前，望着窗外几乎一成不变只是时常有雪花飘过的街景，时而呆呆地发傻，时而思绪万千。这阵子隔三差五下场大雪，路边的积雪越来越厚，已经齐腰深了。每次汪晴走去公车站，感觉像是在战壕中穿行，路上跑的汽车也都脏兮兮的，就是那些高档车，车身上也溅满了散在路面上的化雪用的化学盐，好像一个个美人儿被毁了容。这样的场景让汪晴总是心灰意冷。她来这里之前就知道这里的冬天很漫长，少不了大雪弥漫的时候，她多多少少也有些心理准备，可是此时她觉得这一切让她格外地无法忍受。在她头脑清醒的时候，她也明白她的心情所以如此的糟糕，并不是因为这一场场大雪，而是源自于现实与期望之间的巨大落差。她知道没有几个人能如韩希那么幸运，一来就住上了豪宅，作为一个清贫的学生，她只能从艰苦的第一步开始。但是当她站在起跑线上的时候，她觉得她的起点太低了，如果从这里起步，她不知道什么时候能真正实现她的美国梦。一所大房子当然涵盖不了美国梦的全部内容，但汪晴坚定地认为，美国梦一定包含了漂亮的大房子，高档的汽车和富足的生活。当她住在韩希那里的时候，她已经可以伸手触摸到美国梦了，可是住在这里，面对此情此景，那曾经清晰可辨的美国梦一下子跌出了视力所及的范围，她的心情变得跟这寒冷的天气一样，天寒地冻，风雪凄凄。

汪晴带来的那点儿钱也快花完了，这也让她坐卧不安。她来美国之前没攒下多少钱，她的父母也拿不出多少钱。现在来美国的不少中国留学生很有钱，但汪晴的家境很一般。她的父母都是普通的工人，他们原来在同一家厂子，这家工厂的效益不好，汪晴的妈妈不得不提前退休，又在一家街道小厂找了些事做，贴补家用。为了凑足汪晴来美国的费用，再尽可能让她多带点儿以备万一，他们不仅花掉了全部的积蓄，还跟亲朋好友借了些钱。而汪晴的弟弟很快要上大学，正是要用钱的时候。临走时，汪晴信誓旦旦地向父母表示，她很快就可以在美国挣上大钱，她要让自己的家人彻底告别穷酸的生活。可是现在，当她实实在在地生活在美国时，她的美国梦却遥不可及起来，甭说改变父母家人的生活了，她自己的生计都成了问题。汪晴强烈地意识到，她的当务之急是赶紧想办法挣钱，而不是去做什么美国梦。汪晴听到她的室友出门的声音，这个直率的女孩告诉汪晴她在一家中餐馆打工，汪晴这两天也盘算起去中餐馆打工的事儿。虽然她觉得到那里去打工很丢面子，大老远跑到美国，还要到中餐馆去受自己同胞的支使和压榨，但她的学生签证不能出去工作，不可能去公司打工，只好看看中餐馆愿不愿意要她。既然不是合法的事情，能当上个廉价的劳动力已经算是幸运的事情了。汪晴打开电脑，进了自己的账户，里面的钱数已经降到三位数了。不能再等了，汪晴想她今天一定得跟她的室友开口，看有没有可能去那家中餐馆找到份差事。

汪晴的室友很帮忙，帮她找到一家不错的中国餐馆。刚去的前几天一分钱不挣，跟在别人后面跑堂，算是见习。到了第五天她就独自上阵了，端盘子上菜，顾客走后清理桌面，没客人的时候，她还要在后面帮着择菜、洗菜、洗碗。

第一天独当一面时，汪晴的神经绷得很紧，好在没出什么差错，老板挺满意。汪晴不记得那天是怎么回到住处的，疲惫不堪的她说话的力气都没有了。汪晴没有洗漱就躺到了床上，在她就要昏昏沉沉睡过去的时候，她又惊醒过来，一骨碌爬了起来，她抓过自己的背包，把今天挣到的小费连数了两遍，一共是一百一十五块钱。汪晴喜笑颜开，困乏劲儿也消减了不少。

还沉浸在兴奋中的韩希邀请汪晴来她家里过周末，还是周五来接她，韩希想款待下汪晴，谢谢汪晴在她申请学校时对她的帮助。汪晴说她要赶作业，现在是期末阶段，压力山大，哪儿都去不了。韩希只好做罢。

汪晴确实有很多功课要做，还有，星期五的晚上她一定要去餐馆打工。星期五的晚上一般有不少的聚会，大家忙了一个星期，在周末到来的时候赶紧放松放松，可对汪晴来说，星期五去餐馆打工是不二的选择。她星期五不用上课，星期五晚上的客人又比前几天多一些，她打这份工，最主要挣的就是小费，客人越多小费也就越多，她当然不能错过。只是每次从餐馆出来，一个人坐着公车回家，看着别人赶去参加聚会，或者正在聚会中，或者已经酒足饭饱，正兴高采烈地往家赶的时候，难言的孤独总会悄悄地爬上她的心头。可是兴奋还是多过了失落，她这段时间还是挣上了一些钱。有了钱，底气就足了些，汪晴的自我感觉也比前段时间好了一些。有了不错的自我感觉，汪晴想着她得给父母寄些钱回去。汪晴盘算着，寄多少钱比较合适，用什么方式寄钱可以让更多的人知道她从美国寄来了钱。在那个小地方，一个消息很快就可以扩散出去。她希望有更多的人知道她刚来美国就很有出息了，她要让她的父母感觉脸上有光，周遭的人都会羡慕他们，羡慕他们有这么优秀的女儿。可是寄多少钱好呢？多了她拿不出来，而且她的父母为她出国跟亲戚朋友借了钱，看到她有钱了，人家就会催着她父母还钱，还会有些人跑来她家借钱，汪晴想到这又犹豫起来，只是神志越来越不清楚了，她很快睡死过去。

第二天，汪晴还在半睡半醒中，韩希的电话又打了过来。

“小懒鬼，是不是还没起床?”电话里传出韩希快乐的声音。

“我才没这么懒呢，我已经起来了，”汪晴说着打了个哈欠，“我昨晚忙到很晚的时候。”

“作业做完了吗?”韩希问，她以为汪晴昨晚忙着做功课，不知道汪晴是在饭馆忙活。汪晴一直没告诉韩希她在餐馆打工，还嘱咐她的室友不要把这件事告诉韩希和其他的人，她总觉得这是在做低人一等的事情，她特别不想让韩希知道这件事，她觉得她们两个之间的距离已经够大的了。

没等汪晴回答，韩希接着说道：“不过我的这个电话可能打得早了些，才七点半，我得赶着出门，一会儿要去一个智障儿童的福利院，我在那里做义工，我想问你，要不要跟我一起去，这是一个很好的了解美国社会的机会。你也可以出来散散心，中午的时候我想请你在饭馆吃顿饭。”韩希还在惦记着要感谢下汪晴。

“喔，能去做些善事当然好了，只是我今天还是哪都去不了，只能待在家里做作业，期末的三篇大论文都没写完呢。”汪晴说。

“那你好好做作业吧，不要搞得太累了。”韩希说。

挂上了韩希的电话，汪晴有些悻悻然。她这次没撒谎，真的有没完没了的功课要做，她还要去餐馆打工贴补生计。韩希跟她不一样，韩希读书以后也会遇上学习上的压力，但韩希是有退路的。每次在跟韩希做比较的时候，汪晴都能明显地感觉到自己的苍白无力，这让她在心理上很不平衡。不知从何时起，韩希成了汪晴的一个攀比对象，她暗下决心，一定要让自己在美国过得比韩希更好。如果说汪晴还在继续做她的美国梦的话，过得比韩希更好竟然成了她的美国梦的最具体的内容了。

7.

韩希第一天去上课就遭遇不顺，让她意识到在美国读书的艰辛。美国原本就是一个脚踏实地崇尚务实精神的国家，没有多少捷径可走。在教学上，好像每一个老师都铁面无私，韩希的托福和 GRE 都考了高分，但在实际运用上还有不小的差距。这让她想到汪晴比她更不容易，她多少理解了汪晴当初对她说的话。韩希不是一个喜欢向挫折妥协的人，她迅速调整自己的状态，让自己尽快适应美国的大学生活。

韩希和汪晴在同一所大学上学，见面的机会并没有多出来几次。两个人都忙，除了学业，汪晴还在那家餐馆打工。

汪晴急匆匆地赶到她打工的那家饭馆，她不敢掏出手机看下时间，她知道她已经迟到了。今天跟同学一起准备课堂报告不太顺，而且几个人一起讨论时很难卡着点做完。那天正好老板娘在，她一见到汪晴，就劈头盖脸地呵斥道：“你还来干什么？你没有工夫就别干，看你那副死样，我的客人都要被你吓跑了，你会不会笑呀？……”这个老板娘人倒不坏，就是有时控制不住自己的脾气，汪晴已习以为常，只是今天几件不顺的事儿凑到一起，她觉得老板娘的训斥特别刺耳。

汪晴忍气吞声地连连赔着不是，她赶紧换好衣服，准备接待客人。

一对印度夫妇带着两个孩子出现在门口，正好赶上汪晴那一桌。汪晴赔着笑脸把菜单递给他们。他们开始点菜，汪晴努力分辨着他们口音很重的英语。

这边上好菜后，汪晴又接了两个中国同胞，一男一女，三十多岁，看不出是情侣还是朋友。那家印度人吃完走了，汪晴收拾桌子。这家人吃了将近五十块钱的东西，竟然只留下三块钱的小费，汪晴气得心里直骂娘。她想今天看样子是撞了霉运了，她也不指望从那对中国同胞那里得到多少小费，一般中国人在给小费方面都不是太大方，而且他们一共就点了二三十块钱的菜，再大方也不可能给出更多的小费。

汪晴又气又恼又无可奈何，可是当新的客人出现的时候，她的脸上马上迸发出职业性的微笑，只是这微笑很快就僵在她的脸上，出现在她面前的竟然是韩希，坐在她旁边的是一个美国小伙子和一个美国女孩。

韩希见到汪晴愣了一下，但她的脸上更多的是惊喜：“汪晴，怎么是你，你在这里做工吗？”

汪晴尴尬地笑了笑。

“这么巧，这是我的两个同学，我们三个在一个组做项目，今天忙了一天了，我们一致决定来吃顿中国饭，犒劳犒劳自己。”韩希把她的两个同学介绍给了汪晴，又大大方方地把汪晴介绍给他们：“这是我的好朋友汪晴。”几个人打过招呼后，汪晴把手上拿的三大本菜单送到他们的手上。她的脸上又浮现出了职业性的微笑，只是这一次更像是做出来的。

韩希和她的同学吃的时间并不长，他们好像急着赶回去继续做他们的作业。临走的时候，韩希给了汪晴一个拥抱。跟每一次收拾桌子的心情一样，汪晴最急着看到的是客人留下的小费，这次汪晴格外心急，她急于知道韩希留下了多少小费。她一直偷偷观察着这边的动静，他们三个好像一起付的账，但小费是韩希一个人留下的。桌上放了张五十元面值的钞票，汪晴的心被刺了一下，他们吃了四十多块钱的东西，却留下五十块钱的小费。如果这是另外的客人留下的，汪晴会欣喜若狂，但这些小费是自己的好朋友韩希留下的，这对汪晴来说就有完全不同的含义了。

汪晴回到家后的第一件事就是给韩希打电话，时间已经不早了，按说这个时间已经不适合往别人家里打电话，好在韩希不介意，而且她也刚从学校回到家里。韩希拿着手机还没坐定，汪晴就开始在电话里哭诉起来：“你为什么要留下这么多的小费？你想干什么？我不需要你的怜悯……你是过得比我好，可你不能小看我……你为什么还要当着你的同学的面做这样的事？你为什么这样伤我？……”汪晴上气不接下气地说着，她的两个室友都在，她怕她们听到她的电话和哭声，拼命地压抑着自己的声音，这使她的声音听上去更加的扭曲。

“可是，汪晴，我没有别的意思，”韩希一时反应不过来，“我今天见到你真的很高兴，我没有零钱了，又正好是给你……”

“如果是另外一个人服侍你，你会给这么多的小费吗？谢谢你的善心，我知道你有钱，我没钱，可我人穷志不短。”汪晴越说越生气。

“看你说到哪去了？”汪晴的表现让韩希觉得简直不可理喻，她被激怒了，本想跟汪晴理论一番，但她还是克制住了自己的火气，她猜想汪晴是因为压力过大才这样情绪失常。一想到汪晴可能有难处，她也就原谅了汪晴，她甚至好心地问道：“你是不是遇到什么不顺心的事？要不要我过来看看你、陪陪你？”

“你过来干什么？你知道我的两个室友都在，你要我丢脸呀？”汪晴继续胡搅蛮缠着，韩希不再说什么，她觉得说什么都会引起新的误解，她不想在这个时候跟汪晴发生争执让她更加癫狂，但她也不想听汪晴的那派胡言乱语，干脆把手机撂在了一边，任由汪晴自顾自地发泄着。过了一会儿，她拿起手机，心平气和地对汪晴说：“你说累了吧？我已经很累了，我得睡觉了，你也赶紧睡吧，睡醒了，就是新的一天新的心情。”韩希说完便挂断了手机。

汪晴还握着手机，呆呆地坐在那里。她还在哭泣，好像已经没有理由再哭下去了，只是刚才哭得太伤心，一时止不住哭泣。她已经忘了刚才她都说了些什么，脑子里只剩下一片空白。极度的困乏一阵阵地向她袭来，她终于抵挡不住，歪倒在床上，在断断续续的抽泣中睡了过去。

半夜的时候，汪晴突然惊醒过来。她回忆起了昨天发生的一切，以及她对韩希说过的那些话，她的脸臊热起来。她不知道自己怎么会变成这个样子？她没偷没抢，怎么就跟做贼似地活得胆颤心惊？她不过是在打工的餐馆里遇到了自己的朋友，她的朋友不过是多留下些小费，她为什么会如此的小题大做？她怎么会这么敏感、这么脆弱，又如此地轻视自己？她的傲气和自尊都到哪里去了？汪晴不敢再想下去，她已经无地自容了。

更阑人静的深夜里，汪晴突然觉得非常的孤独，她好像被所有的人抛弃了，她甚至被她自己抛弃了。她从床上爬起来，她想看看外面的世界，她想知道她还没有与世隔绝。她拉开了窗帘，一轮满月正明晃晃地照着窗户，她好像从没见过这般皎洁的月亮，这么幽蓝的夜空。她推开窗户，让如水的月光无遮无拦地倾倒在她的身上。不，这样的月亮她似乎见过，这样的夜景似曾相识。在家的时候，有一次父母带她和弟弟去看电影，回来的路上，一轮毫无缺憾的圆月也是这样明晃晃地挂在幽蓝的夜幕上。她最先看到了那轮月亮，她还指给爸妈看，四个人一起抬起头，屏心静气地望着那轮美仑美奂的月亮。

一行清泪静静地滑落在汪晴的脸上，那一刻，她特别地想家。

8.

自从上次因小费的事跟韩希闹得不愉快后，汪晴就尽可能避免跟韩希见面，见到韩希会让她觉得难为情。她承认是自己的不对，却又绝不愿意向韩希表明自己的歉意。韩希并没有跟汪晴计较，之后还给她来过几次电话，还邀请汪晴来自己家里做客或一起出去做些事情，只是汪晴每次都能找到理由推辞。被拒绝了几次后，韩希也就不再刻意地维护她们的关系。如果汪晴想把她们的友情冷冻一段时间，她愿意陪汪晴耐心地等待，她总认为真正的友情是耐得住等待和冲突的。

其实韩希在尽可能地为汪晴挤出时间和精力，她有很多要忙的事情，除了学业，她依然热心于公益事业，帮“含希”做些杂事。韩希时不时会去陈娟家。陈娟一家过着典型的美国中产阶级的生活，有稳定的工作和生活，儿女也在健康地成长。韩希喜欢这样的安宁，却又觉得这不是她最渴望的生活。

唯一让陈娟和王欣一烦心的是他们的女儿王艺彤坚决拒绝学汉语。那天去陈娟家，王艺彤刚为去中文学校的事情跟父母闹过别扭。王艺彤被王欣一和陈娟逼着去了几年中文学校，现在坚决不去了。王艺彤很喜欢韩希，有些不想让父母知道的小秘密，她会讲给韩希听，韩希也会为她保密。陈娟知道女儿多少能听了韩希的话，就让韩希帮着说服艺彤去中文学校。

王艺彤躲在自己的房间里，韩希来了她也没出来打招呼。韩希敲了王艺彤房间的门，得到允许后，进了艺彤的房间。王艺彤正坐在那儿生气，小脸涨得红红的。

韩希用手轻轻刮了下艺彤的鼻子，笑道：“什么事儿让你小人家这么生气？”

王艺彤气鼓鼓地说：“我爸妈非逼我去中文学校学中文，我对中文没什么兴趣，我不想做我没有兴趣的事情。”

“是呀，”韩希顺着王艺彤说，“我也不喜欢做我不感兴趣的事情。爱因斯坦说过，兴趣是最好的老师。你对中文没兴趣的话，很难学好中文，去中文学校有可能是去浪费时间。”

“对呀，你和爱因斯坦说得太对了。”王艺彤兴奋起来，转怒为喜。

韩希又说：“你知道孔子吗？”

王艺彤的脑子转了一下，问道：“是那个说过有朋自远方来，不亦乐乎的孔子吗？”陈娟家的一间客房里挂了一幅字，上面就是孔子的这句话。有时候王艺彤的美国同学在他们家过夜，住在那间客房里，都喜欢上了这幅字，出神入化的丹青妙笔让她们赞叹不已。她们都想知道那句话的意思，解释了几遍后，艺彤也把那句话背了下来。她的同学加朋友的欢喜也感染到她，她还想过练下书法，希望哪天也能写下一手好字。

“你知道孔子还说过什么话吗？”韩希问艺彤。

艺彤不好意思地摇了摇头。

韩希说：“我记得他的另外一句话，知之者不如好之者，好之者不如乐之者。”

韩希用柔美的声音娓娓道出的这句话，很有乐感和韵味，王艺彤还不知道这句话的意思时就喜欢上了这句话。

“这句话是什么意思？”王艺彤问。

“跟爱因斯坦的那句话差不多是一个意思，孔子说这话可比爱因斯坦早了将近两千年。”

“真的吗？”王艺彤睁大了眼睛。她请韩希把这句话写在纸上，她说她要记住这句话，还可以到她的同学那儿显摆一下。韩希写下这句话后，逐字解释了意思，还标注上拼音。艺彤跟着韩希念了两遍后，自己又念了一遍。

韩希转回刚才那个话题："你怎么说你对中文没有兴趣呢？我能看出你对孔子的这句话很感兴趣，你会中文的话，你还会发现很多有意思的东西呢。"

王艺彤沉默了片刻，说："也不能说我对中文完全没有兴趣，我只是讨厌我爸妈让我去中文学校，我要自己决定我去不去中文学校。"

韩希在心里笑了，正值青春期的艺彤，自然要对抗父母再插手自己的事情。

韩希问艺彤："如果让你自己做决定，你想不想学中文呢？"

"可能会想吧，我也蛮喜欢中文书法，天马行空，好来劲。"

"你想学中文学书法的话，一定不能让你爸妈教你。去中文学校可能更合适一些，那里的老师比你爸妈温和，至少不敢训斥你。"

"这倒也是。"王艺彤扑哧笑了。

"那我帮你去跟你爸妈说说，请他们少多嘴，不要让他们干涉你的中文学习，他们最多可以当个司机，你去中文学校时，可以接送下你。"

艺彤没说不行，她这才发现韩希是她妈妈派来的说客，可她已经被这个说客说服了。

9.

韩希在为“含希”做些事务性的琐事时，也希望能为这个环保组织筹措到一些资金。可她除了从自己的丈夫布莱克那里募集到一笔钱外，还没有其他的收获。在这件事上布莱克很支持韩希，但在生活中他们两个还是因为文化差异发生了一些摩擦。布莱克在感情上更喜欢给韩希足够的空间，韩希是他的太太，更是一个独立的人，他不会过多地干涉她的自由和选择。但他这样做，有的时候也忽略了韩希的情感渴求，造成了两个人的隔阂。

汪晴也在为钱烦恼，现在很难拿到奖学金，在餐馆打工也不是个长久之计，惜时如金的汪晴也开始参加些活动，主要是想在这些活动中多认识些人，找到挣钱的机会。奥尔巴尼的中美友协组织当地的中国留学生去摘草莓，汪晴也报了名。他们先在学校集合，然后一起去农场。汪晴没有车，只好搭别人的车。活动的组织者安排汪晴和另外一对夫妻坐上了一个叫刘浩淼的男士的车。汪晴坐在刘浩淼的旁边，那对夫妻坐在了后面。

刘浩淼是个很文静的白面书生，话不多，但人很客气。去农场的路上，一车原来并不相识的人互相做着介绍。

“你在哪个学校读书？”汪晴问刘浩淼。

“我已经毕业了，学电脑的，就在旁边的通用电器公司工作。”刘浩淼边开车边说。汪晴想，怪不得他开的车比一般留学生开的车好，而且，年龄也比他们稍大一些。

“你来了不少年了吧？”汪晴又问。

“刚一年，”刘浩淼说，“我没在美国读过书，我是拿工作签证过来的。”

汪晴有些羡慕地看着刘浩淼，现在这么多中国留学生在这读完博士后都不一定能拿到工作签证，刘浩淼竟然直接开始在这里工作了。坐在后座的那对做访问学者的夫妻夸奖了几句刘浩淼，说刘浩淼一定是个杰出人才。

刘浩淼却很谦虚地说：“主要是电脑的工作比较好找。我不是杰出人才，杰出人才可以直接拿绿卡了。”

汪晴又问：“那你可以办绿卡吗？”

刘浩淼说：“已经开始申请了，不知道什么时候办下来。”

刘浩淼讲起话来很实事求是，没加水分。刘浩淼能去申请绿卡，应该是公司在帮他办，不出意外的话，绿卡肯定能办下来。另外，虽说电脑方面的工作好找，那也得有真才实学人家才会要他，这说明刘浩淼是个有真本事的人，就是丢了这份工作，也不怕找不到下家，他拿绿卡也就是板上钉钉的事情了。初次见面，汪晴对刘浩淼就有了好感和兴趣。

到了农场后，他们是一车来的，四个人还是聚在一起，只是那对夫妇渐行渐远，慢慢只剩下刘浩淼和汪晴在一起了。他们边摘草莓边聊天，很快就熟络起来。那天的天气很好，汪晴的心情也很晴朗。

临走的时候，每个人拿着摘好的草莓去过秤交钱。刘浩淼把汪晴的那份钱也付了，这让汪晴对他更是多了些好感。

林燃收到了北方大学的录取通知书，他来到父亲的坟前，把这个喜讯告诉已在九泉之下的父亲。林燃的爸爸没有撑到林燃参加高考，但他走的时候是平静的，他说他知道林燃会考回北京。林燃想他的父亲是欣慰的，他不知道他父亲在离开这个世界时也是茫然的。

田姚也收到了北方大学的录取通知书。她的父母欣喜万分，他们没有想到女儿能考上北方大学。田姚却兴奋不起来，心情还很糟糕。她想去北京的真正原因是她暗恋的一个男生一直说他会去北京读大学，但田姚不知道这个男生也在申请美国的大学。在二线城市，很多高中没有国际班，准备出去留学和打算在国内读大学的学生是混在一起的。这个男生也参加了国内的高考，但最终决定去美国，并且已被美国一所大学录取。而田姚已经来不及再改主意了。

展飞又一次来奥尔巴尼出差。他这次没有见到他想见到的韩希，韩希正好去了北京。

正有些遗憾的展飞突然收到韩希的电话，并不知道展飞身在奥尔巴尼的韩希问他有没有可能跟她见个面。展飞约了两天后在公司跟韩希见面。展飞赶回北京。

第三章

经过离别的相逢，沉淀出了别样的温情。没有离开过，或许永远不会像现在这样，期盼着看到这片土地的容颜和变化。韩希走在川流不息的人群中，亲切的乡音，熟悉的气息，还有一样的肤色和面孔，让她和四周的人们自然而然地融为一体。没有人知道她已离开了这里，也没有人知道她刚刚回来，又即将远去。

1.

韩希出现在北京的恒点公司，展飞如约等在办公室里。

韩希这次回国，顺便带回了“含希”新募集到的一笔资金，准备再开一个环保点。具体实施的时候，才发现还差了一些钱。韩希想问问展飞或他的朋友有没有可能认捐这份差额。展飞很爽快地答应了。韩希并不善于谈钱，哪怕是慈善捐款。好在展飞化解了她的尴尬。展飞又问她在北京还有哪些安排，他很愿意帮忙。韩希推说她很快就要走了，展飞也就很有礼貌地适可而止。

展飞在一个小时内就把一笔钱打进了韩希提供给他的账户里，还超出了韩希所说的数目。他手上正好有一笔闲钱，跟他的大学同学黎阳合作后很快就有了成效。展飞斟酌了一番后，还是决定跟黎阳合作。黎阳非常善于捕捉和利用经济发展中的一些漏洞，这是一个让展飞进退两难的盲区。漏洞也是机会，黎阳可以无所顾忌，没有任何道德和良心的底线，而展飞在本质上跟黎阳不同，他崇尚着不同的价值观和人生准则，很难做到不择手段。可是有些机会摆在他的面前时，他也很难淡然地走开。

韩希并没有马上离开北京，她一个人在大小街道流连着。熟悉的景物，让她觉得她从未离开过这里，一些新的变化，又让她意识到她已远走他乡。经过离别的相逢，沉淀出了别样的温情。没有离开过，或许永远不会像现在这样，期盼着看到这片土地的容颜和变化。她走在川流不息的人群中，亲切的乡音，稔熟于心的气息，还有一样的肤色和面孔，让她和四周的人们自然而然地融为一体。没有人知道她已离开了这里，也没有人知道她刚刚回来，又即将远去。

韩希神使鬼差地转悠到北方大学的门口，她看见曾经的自己跟蓝天航漫步在校园中。

就在近在咫尺的地方，蓝天航正在埋头于他的研究。韩希离开北京后，工作之外，他把大部分的时间都花在了做研究上。周围的人总能找到渠道申请来各种科研经费，蓝天航能得到的科研经费在系里基本上是个垫底的。申请科研经费需要时间和精力，他把他的时间和精力都花在了他钟情的研究上，好在做大数据还不是那么依赖于经费的支持，这让他还能继续坚持下去。

韩希没有走进校园，转身离去。

2.

上次一起去摘草莓时，刘浩淼和汪晴互相加了微信，留了电话。汪晴本来想通过微信多了解下刘浩淼，不过刘浩淼从不在朋友圈发东西，大概刘浩淼是把微信当作邮箱和电话来用的。

刘浩淼很快给汪晴打来电话，邀请她去他那儿吃晚饭，他说他还邀请了那对夫妇，上次四个人坐着一辆车去摘的草莓，应该聚在一起吃顿饭。汪晴接受了邀请，只是觉得那对夫妇有些碍手碍脚。

刘浩淼开车来接汪晴，说那对夫妇临时有事来不了了。汪晴心里一阵欢喜。

刘浩淼租了个一室一厅的公寓，还没有自己的房子，这让汪晴有些失望，但她很快想到搞电脑的是能挣上钱的，买房子不该是个问题。果然刘浩淼很快说到他正在看房子，决定前想请汪晴帮他参谋参谋，汪晴故意推脱了一下，最后还是答应下来。

汪晴的情绪很高涨，问刘浩淼有没有要她帮忙的，刘浩淼说：“你就帮忙多吃些吧，我准备了四个人的饭。”刘浩淼边说边带汪晴进了厨房，汪晴一看刘浩淼果然备好了不少的料，有鱼有虾有肉还有豆制品和青菜，菜已经洗好切好，就等着下锅了。

“我这就炒菜，你可以去看会儿电视，电脑也开着，你想上网的话可以用，要不就看着我炒菜。”刘浩淼对汪晴说。

汪晴想多跟刘浩淼聊聊，于是说：“我还是站这儿偷学点儿手艺吧。”

刘浩淼也很想让汪晴留在厨房里，两个人可以说说话，而且，刘浩淼对自己的炒菜手艺一向很自信，自然不想失去这个表现的机会。

刘浩淼的做饭功夫果然吸引住了汪晴。他把油倒进锅里后才开始切葱姜，他的刀功又快又好，眨眼间葱丝和姜沫已细细密密又整整齐齐地落在了切菜板上，他又麻利地把它们收在切菜刀上，这时候油热得正好，他一翻菜刀，葱丝姜沫进了油锅。炒菜的时候，他的动作幅度不大，沉稳娴熟又优雅，绝对没有手忙脚乱的时候。刘浩淼的这番表现在汪晴的掂量中又加了不少的分，一个会做饭的男人在女人眼里总是有别样的魅力。

不大一会儿工夫，几个菜就上桌了。这些菜既有南方口味的又有北方口味的，照刘浩淼说的，他是为四个人准备的，尽可能兼顾每个人的口味，汪晴没想到他还这么细心。两个人坐下来开始吃饭，几个菜尝遍之后，汪晴更加佩服刘浩淼的手艺，她刚才并没看见刘浩淼放太多的佐料，但这些菜的味道都调得很好，并且鲜嫩适中，看来他的火候掌握得很好。

“我本来还以为自己会做饭呢，到你这里来可不敢说这话了，而且你的手艺是我学不来的。”汪晴赞叹道。

刘浩淼说：“你喜欢吃什么我来做就是了，反正我也喜欢做饭。”

刘浩淼这话说得讨巧又不肉麻，汪晴听着非常受用。

那顿饭成了刘浩淼和汪晴进一步发展关系的催生剂，这之后他们两个人迅速走到了一起。学校在放暑假，要不是得去餐馆打工，汪晴就搬到刘浩淼这儿了。汪晴不想让刘浩淼知道她在餐馆打工，她想着她得赶紧停下这份工了，万一刘浩淼像韩希上次那样在餐馆遇上她呢。刘浩淼并没提出让汪晴搬过来，汪晴反倒觉得刘浩淼在他俩的事情上走得很稳，并不着急，这反而说明他对待这份感情是很认真的。汪晴相信刘浩淼爱上了她，她从他的眼睛里看到了只有意惹情牵的人才会有的甜蜜的缠绵。汪晴的那双媚眼更加明亮了，如盈盈秋水，顾盼生辉。汪晴不在身边时，刘浩淼也能感觉到那双晶亮的眼睛在柔媚地望着他，他的心思意念都迷失在荡漾的秋水中。

刘浩淼本来是个宅男，爱上汪晴后，喜欢上了游山玩水，他带汪晴去了一些很有意思的地方。他还为汪晴买了辆车，是辆二手车，汪晴觉得这总比没有好，还能省不少的钱。当她把刘浩淼当作结婚的对象后，她不再乱花他的钱了。汪晴拿到驾照后，有时候他们一起出行，汪晴就抢着开车，她喜欢开车也喜欢开快车，刘浩淼有些过于温和了。但汪晴喜欢刘浩淼在什么事儿上都由着她，喜欢他随时随地的体贴呵护，汪晴完全融化在爱的滋润中。

坠入情网的汪晴心情很好，主动跟韩希和好。韩希回到奥尔巴尼后，三个人一起吃了顿饭。当着韩希的面，汪晴也不回避跟刘浩淼的亲昵。韩希嘴上笑话汪晴重色轻友，但心里祝福着汪晴的幸福。有的时候三个人会结伴出去游玩，韩希并不介意去当这个电灯泡。

3.

来上大学的前一天，林燃去跟父亲告别。

在父亲的坟头，林燃突然意识到，上大学原来不是一个终点，恰恰是一个起点。那时候他真希望父亲能活得长些，不仅仅是看到他上了大学，还能告诉他以后的路该怎么走。他不知道他是不是应该再回到这里。这里埋着他的父亲，这里有他的乡亲，还是他们帮他凑齐了第一年的学费。可是这里也很穷，人们想过上富足些的生活，就得想办法离开这里。人们都羡慕他，他有了离开这里的机会，可他却觉得很难过。他在父亲的坟头边坐了一夜，他知道父亲不会说什么了，父亲走的时候就没说什么。

林建业离开人世时没有多说什么，他也不知道该说什么，对于很多事情他也是茫然的。可林燃确切地认为林建业顿悟了一切，也有足够的勇气去争取他想过上的生活，要不他不会带着八岁的林燃去了北京。可是林建业走的时候只是空洞地望着天花板，两个瞳孔渐渐地散开，他没再说什么，他一定知道和明白什么，可他没有机会再告诉林燃了，也没有机会陪儿子走前面的路了。

林燃告别小山村，重回北京。

林燃从火车站走了出来，从出口走到入口，在那里站了很长时间。上次他就站在这里，跟他的父亲一起，跟北京道别。也是在这里，他向父亲许诺，他一定会考回北京。他记得父亲欣慰地笑了。现在他实现了父亲的愿望，可他并没感觉到欣慰。

田姚也来到了北京。父母开车把她送来的北京。田姚郁郁寡欢，田姚的爸妈把这理解为田姚不想离开父母离开家，独自出来上学，顾虑和不舍是难免的。田姚的父母庆幸让田姚留在了国内，若是去美国上大学，他们的宝贝女儿哪能受得了此时的分离。田姚的妈妈一路都在安慰着女儿，说他们会常来看她，又千叮咛万嘱咐，生怕女儿在北京有个什么闪失。田姚一直没吭声，她的眼睛望着窗外，她没听见她妈妈在说什么，她早就学会了屏蔽掉妈妈的絮叨。

林燃和田姚都成了蓝天航的学生。

林燃很快就在班上拔尖儿了，田姚却迟迟进入不了状态。

4.

刘浩淼开车接上汪晴，说要带汪晴去一个地方，汪晴问他去什么地方，他说要暂时保密，到时候汪晴就会知道了。汪晴看刘浩淼一副兴高采烈的样子，估计不会是什么不好的事情。

汽车停在了一幢房子前。这是一幢蓝灰色的房子，青色的砖瓦。刘浩淼带着汪晴走到房子的门口，他并没有按门铃，而是从口袋里掏出了钥匙。汪晴突然意识到这就是刘浩淼买下的房子，她的心跳迅速加快起来。

刘浩淼开了门，骄傲地走了进去，他得意地向汪晴宣布："看，这就是我跟你提到的那套房子，现在已经过户了。"

汪晴走进房子，开始用主人的眼光欣赏或者审视着这幢房子。

也是有三层，楼上有三间卧房，两个卫生间，楼下有一个很宽敞的厨房，一个饭厅，两个客厅和一个卫生间，还有一个小一些的房间，可以当作书房。客厅虽然没有布莱克和韩希家的气派，但也足以让汪晴心花怒放了。最底层除了两个车库，一个房间和一个卫生间，还有一个很大的地下室，汪晴心想，这里既可以贮放很多东西，又可以摆一些运动器械。

汪晴仔细地看过了这幢房子里的每个房间每个角落，她越看越喜欢，越看越不敢相信她将成为这幢房子的女主人。

"怎么样，对这个房子还满意吧?"刘浩淼问道。

"很好，你的眼光不错"。汪晴淡淡地说道，其实她早已欢欣若狂了，她恨不得抱住刘浩淼狠狠地亲他一口，或者躺在厚厚的地毯上不断地翻滚，但她还是没敢太放肆，没让自己的狂喜暴发出来，毕竟她还没嫁给刘浩淼，她也不能让他太得意，让他觉得她从他这里占了很大的便宜。

临离开前，汪晴说她要去趟洗手间。她不是进去方便的，她只是想躲在卫生间里让自己的喜悦释放一下。她打开了所有的灯，努力确定眼前的一切都是真实的。想到嫁给刘浩淼以后，她将成为这幢房子的女主人，还可以作为配偶跟刘浩淼一起拿到美国绿卡，汪晴再也忍不住激动的泪水，她没想到她的美国梦这么快就实现了。

汪晴走出洗手间时，刘浩淼正在查看房子，满脸的喜悦。汪晴走向他，说："为什么我们不在这儿庆祝一下呢?"

刘浩淼看了眼空荡荡的房子，问道："怎么庆祝呢?"

汪晴望着刘浩淼的眼睛里回转着莹莹的波光，刘浩淼马上明白过来，他抱住了汪晴。两个人的身体很快胶着在一起，又一起落在松软的地毯上。没有家具的阻隔，两个人似水如鱼般尽情在地毯上翻滚着，他们身上的衣服也一件件地落在地毯上。等他们停下翻滚，他们如胶似漆，两个身体在摩擦中不断碰发出火花，犹如干柴烈火，迅速烧热了这幢空旷的房子。

5.

展飞很快发现黎阳的暗箱操作，他提醒黎阳少做违规的事情。黎阳不以为然，也不想改变什么。他料定展飞不会停下跟他的合作，展飞在开始前就该明白合作中会出现哪些冲突。既然展飞同意跟他合作，就是说展飞能有妥协。既然这样，他何必为展飞改变什么呢。黎阳也不想撇开展飞，他们的确是强强联手，没有了展飞，很多事情他是做不成的，至少达不到他所期望的高度。所以展飞敲打他的时候，他在嘴巴上都会认个错，说些能安抚了展飞的话。

展飞果然没有停下跟黎阳的合作。黎阳嘴上说的那些话和看似诚恳的承诺糊弄不了展飞，他知道黎阳会阳奉阴违，可他自己也并不清白，只是不会像黎阳那样走那么远。跟黎阳合作时要多加小心，他相信他还是有能力把控住自己和合作的局面。

因为心爱的男生去了美国，身在北方大学的田姚心情一直不好，没有心思好好读书，自然频频出错，她很快成了班里那个垫底的学生。其他的老师没去管她，大家只管上课，学生听没听进去是他们自己的事情，而且这么多人总会有个倒数第一。蓝天航却认为田姚不该是那个垫底的学生。田姚的资质很好，高考的成绩也很好，她完全可以名列前茅，她的反常肯定有其他的原因。一次下课之后，蓝天航留下了田姚。

在跟田姚谈话时，蓝天航并没有训斥她，他是和颜悦色的，也是苦口婆心的。田姚一直低着头，不敢看蓝天航。她知道老师是为她好，是她自己太不争气。

蓝天航走了以后，田姚回到自己的座位上，没有马上收拾东西离开。

空空的教室里，还有一个人坐在那里。林燃习惯于下课以后在教室里多待一会儿，再过一遍这堂课学到的东西。回味的时候，他还能冒出一些自己的想法。蓝天航是他最喜欢的老师，他在蓝天航的课上得益最多。每次上完蓝老师的课，林燃待在教室里的时间就会长一些。他看到蓝老师跟田姚说着什么，他们的声音很低，林燃的心思又在刚刚上过的那堂课上，没去留意蓝天航和田姚的谈话，他也没注意到蓝老师是什么时候离开的。

田姚坐在自己的座位上，嘤嘤哭了起来。她不知道自己这是怎么了，为了一个对她没有什么感觉甚至有可能从未留意过她的男生，她走进了一个死胡同，变成连她自己都讨厌的样子。她才十八岁，她的青春正在灿烂地绽放，她为什么要这样作践自己，让一场可笑的完全可以阻挡的凄风苦雨毁掉她最美的青春年华？田姚越想越伤心，这次不是为那个去了美国的男生伤心，是为她自己伤心。田姚不知道教室里还有别人，用不着压抑自己的哭声，动静越来越大，由着自己的心情痛哭起来。

林燃很快听到了田姚的哭声，他不知所措地犹豫了一下，站了起来，朝田姚走去。

6.

汪晴发现自己怀孕了。她算了下时间，很有可能是那天在刘浩淼新买的那幢房子里怀上的。房子还没入住，孩子倒先来了。汪晴又用测孕棒测试了一次，还是阳性。确定无疑后，汪晴呆坐了片刻，喜忧参半。这个孩子不在她的计划中，可也未尝不是件好事。还有一个多学期她就可以毕业了，毕业后她可以先生孩子，孩子长到一岁时她再出去工作。这是一个很好的时间表，学业、孩子和工作都在上面，什么都没耽误，排列顺序近乎完美。自己奔着三十去了，也该要孩子了。她还是喜欢小孩的，想到她将有自己的孩子了，汪晴的心头涌动着一股暖流，她的眼睛都有些湿润了。怀孕这件事也能促使刘浩淼赶紧跟她结婚。她能感觉到刘浩淼的柔情蜜意，她对刘浩淼也有了感情。两个人走到这一步，也该谈婚论嫁了。

汪晴马上去找了刘浩淼。看到突然出现在他面前的汪晴，刘浩淼的神情有些凝重，向来敏感的汪晴却没注意到。她说她有事情要告诉刘浩淼，刘浩淼说他正想跟汪晴好好地谈谈。汪晴猜想刘浩淼准备跟她谈结婚的事情了，喜悦飞上她的眉梢，她急不可耐地先开了口：“你知道吗？你快要做爸爸了。你说过你很喜欢小孩，我会给你一个世界上最可爱的孩子，我们的孩子。”

刘浩淼呆在那儿，脸上的五官拧在了一起，浑身颤抖起来。

“你别这么激动呀。”汪晴以为刘浩淼太兴奋了，难以自持。

刘浩淼瘫坐在旁边的椅子上，重重地喘了口气后，哭丧着脸说：“我们不能要这个孩子，我是想要个孩子，你和我的孩子，可是，对不起，我们不能要这个孩子。”

汪晴听不明白刘浩淼在说什么，她这才感觉到刘浩淼今天的异样。汪晴很严肃地问道：“你要告诉我什么事情吗？你刚才说你想跟我谈谈。”

刘浩淼抬头看了眼汪晴，又马上低下了头，他低着头说：“对不起，我一直没告诉你，我已经结婚了，她很快要来奥尔巴尼了。”刘浩淼说完，偷偷瞄了眼汪晴。

“什么？你说什么？”汪晴浑身哆嗦着，站立不稳，刘浩淼赶紧从椅子上站起来，扶住了汪晴，把她扶到刚才他坐的那把椅子上。他想抱住汪晴，汪晴用力推开了他。

“你为什么瞒着我？”汪晴愤怒地看着刘浩淼。

“我爱上了你，这是我第一次爱上一个人，我怕失去你，”刘浩淼哭了起来，“我是有个太太，她叫吴曼，可我们的婚姻是我们的父母安排的。我的父母跟吴曼的父母是至交，我来美国工作是吴曼的父母帮的忙。”

刘浩淼是个妈宝男，从小到大都很听他妈妈的话。他妈妈在生活起居上倒没太宠他，他的自理能力很强，还做得一手好菜。但他没有自己的主见，什么事情都是他妈妈给他拿主意。这么多年他的生活被他妈妈打理得顺风顺水，从上学到工作，没遇上过什么坎坷，他也就更听妈妈的话了。

跟吴曼结婚也是他妈妈的主意。他们两家是世交，吴曼的妈妈是他妈妈最好的朋友。他跟吴曼前后脚来到这个世界，他比吴曼大了两个月，正好一个男孩一个女孩，两家大人就认了娃娃亲。开始时还没太当真，等到他和吴曼都大学毕业都到了谈婚论嫁的年龄，两家大人还真认真起来。现在离婚率这么高，嫁不好或娶错人的可能性相当大。两家人知根知底，又门当户对，比从外面找来个人可靠多了。刘浩淼和吴曼没觉得好，也没觉得不好。他们太熟悉了，熟悉到都忘了彼此的性别。他们一起长大，却不是青梅竹马两小无猜，他们从没擦出过火花，也玩不到一起，只是不讨厌不排斥对方而已。吴曼开始时还有些抵触。她在大学时谈过一个男朋友，最后无疾而终，只好试着跟刘浩淼谈起了恋爱。刘浩淼遇到过几个女孩，都没处多长时间，感觉还不如吴曼。跟吴曼结婚的话，还能满足了他妈妈的心愿。

刘浩淼和吴曼没正儿八经地谈恋爱就直接结婚了。两家亲上加亲，似乎皆大欢喜。婚后刘浩淼和吴曼过得也不错，有些相敬如宾，客客气气，但这总比天天吵架好。有时候两家人一起出去旅游，六口人看着很和美，羡煞了不少人。本来日子就这样过下去了，可刘浩淼的工作一直没有多大的起色。刘浩淼的业务能力很强，但他这样的妈宝男不太懂人情世故，也不会溜须拍马投机钻营，本来是条康庄大道，让他越走越窄。不断有人进来加塞儿，他就被挤得越来越靠后。双方的父母都觉得刘浩淼更适合待在一个简单些的环境里，可以凭本事吃饭，却不用左右逢源，他们就琢磨着帮刘浩淼在美国找份工作。吴曼的爸爸以前在美国做过两年的访问学者，在美国有些不错的关系，这些人回中国，他都是热情接待，关系一直保持得很好。在美国找工作，能有个联系人推荐人，也能起到事半功倍的作用，加上刘浩淼的专业能力很过硬，学历和履历都很拿得出手，帮忙的人也不是太为难，还真帮刘浩淼找到了工作，刘浩淼拿着工作签证来了美国。

吴曼在国内的工作不错，自己干得也顺心，虽说她可以随着刘浩淼的签证身份直接来美国工作，但她知道她很难在美国找到一份也让她很满意的工作。她迟迟不愿意过来，反正她和刘浩淼从没要死要活地爱过，分居两国对她不是个问题，两个人分开后都很少联系。只是两家父母都觉得他们得考虑要孩子了，催着吴曼辞掉了国内的工作，来美国跟刘浩淼团聚。

如果没有遇到汪晴，刘浩淼很可能跟吴曼就这样一直走下去，白头偕老。婚姻大概不过如此。可他遇到了汪晴，几乎是一见钟情。汪晴那双明亮的眼睛照亮了他的情感世界，他原来不知道爱情可以如此美妙。他跟汪晴在一起时很开心，那是他以前从未体验过的开心。汪晴还让他充满了活力，他开始去做一些他本来没多少兴趣的事情，本是为了让汪晴开心，没想到他比汪晴还开心。

刘浩淼想过跟吴曼离婚，然后跟汪晴结婚，可他一想到他妈妈会做出的反应他就退缩了。他只能盼着吴曼晚些来，他可以自欺欺人地继续跟汪晴在一起，可现在汪晴怀上了他的孩子，吴曼又很快要来奥尔巴尼了，刘浩淼完全乱了方寸。

韩希接到汪晴的电话，说她在医院里，需要韩希过来一下。汪晴留下医院的信息就挂了电话，韩希打过去已是关机状态。韩希又给刘浩淼打电话，问他发生了什么事情。刘浩淼吞吞吐吐，也没说出个所以然来。他问韩希是哪家医院，说他会马上赶过去。

韩希开车去了那家医院，在医院门口她看到七八个反堕胎的人正举着几个纸牌子游行，抗议这家医院刚刚杀死了一个婴孩。韩希绕过这些人小跑进医院，很快找到了汪晴。

汪晴躺在病床上，那双明亮的眼睛黯淡无光，空洞地望着天花板。

韩希还没开口，汪晴虚弱地说："我打掉了一个孩子，出现了并发症，我得在医院待几天，不得不求助于你。"

原来门口那几个抗议的人说的是汪晴的孩子。

这时刘浩淼也赶到了。汪晴看见刘浩淼，拼尽全身力气，声嘶力竭地冲刘浩淼喊道："滚，再也不要让我见到你!"

刘浩淼和韩希对视了一下，刘浩淼退出了病房。韩希看了眼汪晴，还是跟了出去。

走道上，刘浩淼不得不向韩希道出了实情。"我真的爱上了汪晴，但又不能跟吴曼离婚。"刘浩淼带着哭腔说。

韩希不知道该说什么好，骂一顿刘浩淼也于事无补。她叹了口气，对刘浩淼说："你走吧，我会好好照顾她。"

刘浩淼满怀感激地看着韩希，又恋恋不舍地看了眼汪晴的病房，转身离去。

韩希回到病房，看见汪晴的脸上淌满了泪水。她拿出纸巾，轻轻擦干了汪晴脸上的泪水。

"你应该什么都知道了。"汪晴说。

韩希点了点头。她没说什么安慰汪晴的话，她知道现在说什么都安慰不了汪晴，只有等时间长一些，慢慢掩埋掉汪晴的苦痛。

汪晴离开医院后，韩希本想把汪晴接到自己家里，继续照顾她，汪晴不愿意，韩希就搬到汪晴那儿住了几天。

汪晴的身体慢慢恢复了，精神状态也好了一些，她说她要回学校上课了，韩希也该回家了。

韩希不放心，汪晴笑笑说："我知道什么是最重要的，我得好好把书读完，求别人不如求自己。"

7.

吴曼来到了奥尔巴尼，刘浩淼努力扮演好丈夫的角色，但心里总是惦念着汪晴。汪晴表面上已从那件伤心事中走了出来，心里也是难以了断对刘浩淼的感情，她一个人回到她跟刘浩淼第一次出行所住的地方，重温旧情。韩希怎么也找不到汪晴，怕她出了什么事，不得已给刘浩淼打了电话。刘浩淼说他马上来接韩希，跟她一起去找汪晴。

也许是恋人间的心灵感应，或者是刘浩淼最了解汪晴，知道她会去什么地方。刘浩淼开车带着韩希直奔一家他跟汪晴以前来过好几次的乡村旅店。这里很安宁，也很有情调，他们第一次做爱，就是在这里。

刘浩淼和韩希果然在旅店门口看到了汪晴的汽车。韩希下了车，对刘浩淼说："你回去吧，我带汪晴去我们家住两天。"

刘浩淼只好离开。韩希找到了孤独的汪晴，开着汪晴的车，带她去了自己家。

布莱克看见汪晴，脸上露出了不悦。韩希有些后悔，刚才急着找汪晴，跟刘浩淼离开时忘了跟布莱克说一声，又没在路上给布莱克打个电话，直接把汪晴带回了家。不过她之前跟布莱克说过汪晴的遭遇，布莱克应该愿意让汪晴在这里留宿。

韩希先把汪晴安顿进客房，又去厨房为汪晴做些吃的。

布莱克走了过来，很严肃地跟韩希说："希，我很欢迎你的朋友来我们家做客，但有些人我并不欢迎。"

韩希知道布莱克指的是汪晴，有些意外。

布莱克继续说道："我不喜欢这样的情感关系，她跟一个有妇之夫谈情说爱，还把怀上的孩子杀死了。"

韩希知道布莱克也反对堕胎，"可汪晴是不得已流掉了那个孩子，而且，她跟刘浩淼在一起时并不知道他有太太。"

"我也很不理解刘的行为，他的婚姻可能确实出了问题，他应该先解决了婚姻的问题再出来找别的女人。"

"这些道理谁都明白，可现在这些事情已经发生了，我们应该帮助他们。"

"有些事情我们不该插手，你可以继续读书，继续做那个环保组织的事情，你在那些地方也可以散了心。"

"我不是无事可做，"韩希气鼓鼓地说，"我帮助朋友不是为了散心，我读书和做慈善也不是为了散心，如果你认为我做这些事情只是为了消遣散心，你根本就不了解我……"

韩希跟布莱克争执的时候，她听到汪晴下了楼，很快她听到外面有汽车发动的声音，韩希撇下布莱克，跑到外面，她看到汪晴已经坐在车里，正准备离开。

汪晴看见韩希追了出来，按下车窗，对韩希说：“对不起，我打扰了你们。我得回去了，你不要为我担心，我跟刘浩淼的事情已经结束了，我不会用别人的错误惩罚我自己。你倒是更让我担心，快回去吧，要不布莱克会更生气。”

韩希知道汪晴听到了她跟布莱克的争吵，她无言以对，看着汪晴开车离去。

第四章

在离开中国的时候，韩希并未特别多地想到她对故土会有怎样的依恋。当故乡远隔万里，她生活了好几年的他乡已成了她的故乡。太阳也在这片土地上升起，鲜花也在这里明媚地绽放。她喜欢上了这里，愿意为新的生活收藏起她所有的怀念。可是一首偶然听到的歌就可以让她泪流满面难以自持，在散失了故土的气息褪尽了故土的容颜的土地上，乡愁原来早就成了她无法卸下的重负。

1.

快要毕业了，汪晴到处找工作，这时的汪晴真正体会到之前找工作的那些人说过的话，找工作就是一份全职的工作，还得承受着全职工作没有的精神压力。本土的美国学生找个工作都不容易，何况这些英文还有欠缺又没有美国绿卡的国际学生，找工作多出了许多辛苦，也受到很多的限制。压力和疲累倒真的让汪晴顾不上去想刘浩淼了，她与刘浩淼的那段感情和纠葛好像真的结束了。

压力太大的时候，汪晴就在电话上向韩希诉苦，韩希说她都成了汪晴的垃圾桶了。不过韩希一如既往地为汪晴分忧解难，也不断为汪晴打气。韩希遇到不开心的事情，也会向汪晴倾诉，两个人的友情愈加深厚。经历了一些事情后，两个人也成熟了许多，朋友是可以一起成长的。

汪晴终于在奥尔巴尼的一家小公司找到了一份工作，她和韩希都特别兴奋。只是这家公司不能为她办工作签证，好在她有一年的可以留在美国工作的 OPT，OPT 快到期的时候，公司会为她申请每年一次的工作签证的抽签，若是能被抽上，她才可以长久留下来。

韩希也开始找工作。韩希手握一张美国绿卡，没有身份的问题，找工作的机会比汪晴多了许多。汪晴心里又不平衡起来。

布莱克建议韩希到他的公司工作，韩希觉得这样会太依赖于布莱克，至少在印象上让人觉得她在依赖布莱克。她是因为布莱克来的美国，布莱克又给了她衣食无忧的生活，但韩希向来是个很独立的人，她总怕自己是因为布莱克才能立足于美国。她也知道布莱克的建议没什么不好的，他们既可以互相关照，又多了一起相处的机会，而且布莱克一直有中国方面的业务，韩希在这方面能起不小的作用，可是韩希还是为了避嫌更是为了可以撑起一片独立的天空而没有留在自己丈夫的公司里。她回绝布莱克的理由很简单，她说布莱克的公司里没有她特别喜欢的位置，她想做她自己喜欢做的事情。布莱克既理解了她也支持了她，对布莱克来说，做自己喜欢做的事情是生活的最高标准，他没有理由强迫韩希，即使她是他的妻子，去做她不喜欢做的事情

汪晴认为韩希这样做太矫情，也会疏远跟布莱克的感情，韩希却不以为然。

韩希顺利地完成了她的学业。毕业之前韩希意外地收到了校长的来信，信上说作为一个优秀的毕业生，她荣幸地被选为毕

业典礼的旗手。韩希有几个选择，校旗、纽约州州旗或中国国旗。美国是个包容性很强的国家，学校希望来自世界各地的学生，能在毕业典礼上看到自己祖国的国旗。韩希在几个选择中，选择了中国国旗。她是纽约州的永久居民，但在毕业典礼上，她更愿意做一个国际学生，她将代表所有的中国留学生举着中国国旗进入礼堂。

毕业典礼那天，韩希和布莱克早早地来到学校的体育馆，每年的毕业典礼都在这里举行。体育馆已被装饰起来，到处洋溢着喜庆的气氛。

韩希的朋友们陆陆续续赶到，陈娟和汪晴都来了，布莱克的父母也来参加韩希的毕业典礼，每个人见到韩希时都给了她一个热烈的拥抱，韩希也快乐无比地跟每一个人分享着她的喜悦。她在朋友们的帮助下披上了毕业礼袍，黑色的长袍白色的飘带，既庄重又飘逸。韩希那头漂亮的长发与方方正正的毕业帽相映生辉，毕业帽上的穗带欢快地在她的长发旁跳跃着。虽然从头到脚只有黑白两色，但这两种简单的色彩已经足以迸发出最艳丽最璀璨的光芒。韩希的双眸也是明亮无比，脸颊上飘着的两朵红晕让她显得更加娇媚更加靓丽。朋友家人们纷纷拿出手机、照相机和摄像机，拍下了韩希最美丽的一刻。

入场式正式开始。韩希举着五星红旗，与其他旗手走在队伍的最前面。整个大厅在瞬间安静下来，所有热烈的目光都投向缓缓行进的入场队伍中，韩希知道这其中有些目光正一刻不停地追随着她，祝福着她，并且为她骄傲。这是成功的展示，这是她千辛万苦收获来的一粒种子，虽然这粒种子在这欢呼的人海中只是沧海一粟，微乎其微。该哭的时候已经没有眼泪，该笑的时候又忍不住流泪，有太多的积淀需要在这一刻释放，但韩希努力让自己平静下来，她全部的目光凝聚在那面红旗上，努力把它举得更高一些，努力让自己的步子走得更稳更庄重一些。她觉得这是上帝给她的一个机会，让她以这种特殊的身份出现在她的毕业典礼上，让鲜艳的五星红旗飘扬在她最难忘的日子里。

毕业典礼之后，韩希和汪晴专门约了一天一起去学校拍照。汪晴毕业时没舍得花钱买毕业礼袍，没去参加自己的毕业典礼。这会儿她穿上韩希的礼袍，照了不少毕业照。韩希比汪晴高不少，汪晴穿着不合身，袍子完全拖到了地上。好在毕业礼袍没什么腰身，拍半身照的话还看不出问题。

那一刻两个人都是快乐的，对于明天，也都满怀着希望。两个人也是亲密无间的，没有任何的芥蒂和嫉妒。

2.

林燃开始帮助田姚。田姚自己也不想再往下坠了，她已经坠到最底了，如果她还想读完大学，她必须奋起直追。田姚本不是一个坏女孩，也还有起码的自尊心，她决定重新开始。田姚接受了林燃的帮助。

林燃每门课都有一本井井有条的笔记，人又很耐心，这让田姚很快开了窍，靠着林燃的笔记和讲解，还有她自己的聪颖，田姚把一门门功课一点点捡了回来。看到田姚的进步，林燃很是开心。他没想到他能帮到一个人，他渴望成为一个能帮了别人的人。

田姚却“恩将仇报”，时不时地捉弄下林燃。

田姚并无恶意，但有些同学对他有了恶意。林燃很刻苦，也很优秀，他的成绩总是数一数二。一个尖子生总是会引起一些人的不快和嫉妒，林燃贫寒的家境就更成了那些人奚落他的武器。本来作为特困生，林燃可以申请助学金，可他一直没去申请，他坚持勤工俭学，他想靠打工养活自己，还有一个原因是，他怕同学们瞧不起他。他不想出人头地，只想跟其他同学平起平坐。但无论他多努力，他好像还是低人一等。

伤心的时候，林燃会去一些他的父亲林建业待过的建筑工地，当然那些地方现在已经不是建筑工地了。他亲眼看着那些大楼一点点地拔地而起，他相信他也能一步步地完成他的学业。

林燃也去过恒点公司所在的那栋大厦，这是他父亲盖的第一栋楼。每次去，林燃会在门前站许久。

林燃终于鼓起勇气走了进去，他询问恒点公司是否招实习生。门口的接待员有些不耐烦地说，这里从不招实习生。林燃失望地站在那儿，还是不想离开。这时候展飞走了进来，接待员让林燃去问展飞，那是恒点公司的老板，他知道这里要不要人。接待员本想这样打发掉林燃，他没想到林燃真的走向展飞，正在打手机的展飞竟然停下了脚步，打完手机后，很耐心地听林燃重复了一遍刚才跟接待员说过的话。

展飞告诉林燃现在没有招人计划，他转向接待员，让接待员记下林燃的联系方式，许诺这里一旦有机会，他们会及时通知林燃。林燃对展飞说的话将信将疑，但展飞的风度和态度给他留下了很好的印象。

蓝天航很欣赏林燃，问林燃有没有可能帮他做些研究方面的工作，林燃马上答应下来。聪明的林燃上手很快，还提出了一些很好的想法。蓝天航很欣喜，但又觉得亏欠了林燃。蓝天航能拿到的科研经费极少，给林燃的钱也就少得可怜了。

天性快乐的田姚已走出阴郁，她还参加了学校的舞蹈队。排练时，田姚在应用统计系的师姐，已经在读研究生的方琳的一段独舞技压群芳，方琳的举手投足中已经有了一个成熟女人的魅力，这让还介于女孩和女人之间的田姚更加迷恋佩服她。散场时，有两个女生在抱怨她们的室友，可又没钱自己租房子。走过她们身边的方琳淡淡地说：那就找个还单着的老师，一举几得。听到这话的田姚愣在那儿，不知道是应该继续把方琳供作女神还是应该唾弃她。

3.

韩希在一家州政府下属的基金机构找到了工作。这家机构每年可以从联邦政府和州政府那里得到预算，有相当的资金支持，做起事情来自然事半功倍，比一般的公司多出了许多的底气和保障。韩希可以得到一份比自己好了很多的工作，汪晴心里又不平衡了，但她还是恭喜韩希心想事成，毕竟在她最困难的时候，是韩希陪在她的身边。

韩希开始去上班。财政上有保障的地方，大家的日子过得挺滋润，工作效率并不高，这本来是很多人想要的工作状态和节奏，可刚出校门正踌躇满志的韩希并不在这种缓慢的状态中。韩希用两个星期解决了前任两年没解决的问题。以前纽约州的很多大型会议和活动在组织时还没有完全电脑化，很多地方需要人工手动，多了麻烦，还造成一些不必要的浪费。这个机构希望韩希能设计出一套完整又实用的电脑系统，对她也算是委以重任。前任两年都搞不定的事情，韩希的老板也并不指望韩希一蹴而就，没有想到韩希用两个星期就完成了这个网上系统，一些原本看似复杂繁琐的地方一下子简单起来，还滴水不漏一目了然，操作起来又相当方便。韩希的老板和老板的老板都很吃惊，试用后运行通畅，没有出现任何的漏洞。

布莱克对韩希大加肯定，汪晴却说她要有麻烦了。本来大家都在那儿舒舒服服地混日子，韩希这么一做，颠覆了大家的工作节奏。韩希认为汪晴多虑了，这是在美国，怎么可能这样混日子。

不出汪晴所料，韩希的一些同事对韩希敬而远之，这让韩希很失望，又不得不学着适应这里早就形成了的办公室文化。

韩希有段时间没去陈娟那里了。一是因为太忙，二是她一直走得挺顺，志得意满时，开始忽略一些她曾经热衷的事情。汪晴“讥笑”她是假慈善，闲着没事儿的时候才去凑热闹。韩希有些不好意思，汪晴说的跟实际情况也不是完全不沾边。

韩希突然很想见到陈娟，不是什么具体的事情，她并不想去跟陈娟聊她跟那家机构的办公室文化的冲突，一件无聊的事情，她不想再去陈娟那儿无聊一遍。她就是想见到陈娟，想跟她一起坐坐。

韩希去找陈娟，陈娟又去合唱团了，韩希就静静地坐在一边听他们练歌。那天他们排练的是《我和我的祖国》。因为是彩排，大家穿了正式演出时要穿的服装。所有的女士穿着白衣黑裙，胸前别了个精致的红色的胸花；男士们白衣黑裤，打了红色的领结。

韩希很快听到了深情的歌声："我和我的祖国，一刻也不能分割，无论我走到哪里，都流出一首赞歌……"

台上唱歌的人们声情并茂，在用心唱着他们心中的歌，他们中的一些人已入了美国籍，可中国永远是他们亲爱的父母。

歌声中，韩希忘了自己身在何处，她的心绪如浩瀚的江河汹涌澎湃地朝着那片土地奔涌而去。那久违了的旋律，穿越万水千山，连接起她跟故土间的一条扯不断的血脉。那里是她的祖国……曾经与那片土地如此的亲近，亲近到忽略了她的存在。她不用灿烂的朝霞或明媚的春花形容她，故土对于她，曾经是春天飞扬的黄沙，是她鞋子上的尘土，是飞进她眼睛的尘埃，是她吃饭时不小心吃到的一颗沙粒。那片土地是如此的具体如此的普通，布袜青鞋粗茶淡饭一般朴素无华。她需要记住城市的名字街道的名字，却无需记住土地的名字。城市和街道会让她迷失，她却从不用耽心在那片土地上走失。这土地承载着无数的城市和街道，无数的山川河流，无数的悲欢离合，可她从不想刻意地展示她的厚重，她为生于斯长于斯的人们简单地存在着，如一缕轻轻而过的炊烟。

在离开中国的时候，韩希并未特别多地想到她对故土会有怎样的依恋。当故乡远隔万里，她生活了好几年的他乡已成了她的故乡。太阳也在这片土地上升起，鲜花也在这里明媚地绽放。她喜欢上了这里，愿意为新的生活收藏起她所有的怀念。可是一首偶然听到的歌就可以让她泪流满面难以自持，在散失了故土的气息褪尽了故土的容颜的土地上，乡愁原来早就成了她无法卸下的重负。故土不再是尘土和沙粒，故土是父母脸上的皱纹；是让她读出满眶热泪的家书；是跳跃的篝火；是三月里暖人的朝阳，融化了最后的冰冷和孤独。歌声中，她怀念起茉莉的芬芳，浅草中的耳语，嫩黄的春梦，黄昏时的炊烟，还有溅湿了她的心扉的露珠。她突然意识到，她不可能成为与中国无关的风景，那片土地是她永远的牵挂永恒的背景。

她也想起了一个人，远在北京的蓝天航。她记得这是蓝天航很喜欢的一首歌，他们曾经一起听过这首歌。

陈娟唱完歌，来到韩希的身边坐下后，韩希把她和蓝天航的故事告诉了陈娟。她说他们彼此喜欢，他们很谈得来，情投意合，好像是亲密无间的，却始终没有捅破那层窗户纸。陈娟劝韩希不要再去想蓝天航是否爱她，韩希苦笑着点了点头，说她已放下了那段懵懂的感情，她现在是布莱克的妻子，应该珍惜她能够拥有的幸福。

陈娟提到“含希”需要在北京找个联系人，她以为韩希会推荐蓝天航，韩希也想到了蓝天航，但却推荐了展飞，她觉得展飞是一个更合适的人选。

韩希给展飞打电话，展飞又是很爽快地答应了。展飞说他最近会来奥尔巴尼出差，他愿意跟陈娟等人见个面。

汪晴在工作中如鱼得水。她希望能抽上签，这样她就可以办工作签证了，这是能在美国留下来的很关键的一步。

4.

田姚越来越依赖林燃，两个人谈起了恋爱。

方琳走进了蓝天航的视线，似乎是在不经意间吸引住了蓝天航的目光和心思。

田姚的父母得知田姚在跟林燃谈恋爱，坚决反对。他们已经开始后悔没送女儿去美国读书，若是再跟一个凤凰男在一起，未来就更没指望了。

父母的极力反对反而导致田姚更要跟林燃走到一起了。林燃理解田姚的父母的苦衷和顾虑，想疏远田姚，却让两个人更加难舍难分。

方琳不同于韩希，她主动接触蓝天航，而且有很明确的表示。蓝天航很被动，又不好拒绝她。蓝天航心里还是喜欢方琳的，一个漂亮的女孩一旦主动起来，男人们很难抵御得住。在方琳温柔又强劲的攻势下，蓝天航节节败退，很快半无奈半心甘地接受了方琳的投怀送抱。

方琳搬进了蓝天航的小屋。

5.

黎阳的另外一个合伙人推出一个高投资回报项目，向公众募集资金，号称年化收益率12%。黎阳拉展飞和恒点公司入股，因为恒点的信誉很好，会影响到一些投资人的决定。展飞发现该基金中有虚假项目及烂尾，还有多个项目之间深度关联。展飞把这些疑虑告诉黎阳，黎阳说他当然能觉察到其中的猫腻，但既然有多家国有商业银行员工参与“飞单”，他可以保证展飞和恒点的利益。

这次是否跟黎阳合作，展飞很是犹豫。他之前跟黎阳的合作，都跟恒点无关，是他的个人行为。在决定跟黎阳合作时，他决定不要把恒点牵扯进来。而这次黎阳打起了恒点的主意。展飞知道把恒点卷进来会有双重的风险，恒点的信誉和经济利益有可能会受到损害，作为恒点的总代理也必牵连其中。但这个擦边球若是打好了，获得的利益也是双重的。展飞三思之后，决定购买黎阳引荐的基金。

展飞再次来到奥尔巴尼。跟布莱克见面时，他自然不会提及那个基金的事情。布莱克似乎也没注意到这件事情，展飞希望事成以后再酌情处理，看看是否该让布莱克知道。

布莱克并不是没有发现大笔资金去向蹊跷，他原以为展飞来奥尔巴尼公干时会向他汇报此事，但展飞什么也没说，好像这件事根本没发生。这让布莱克很失望，不得不重新审视跟展飞的合作。

展飞倒是告诉布莱克他这次会跟韩希等人见面，参与“含希”环保组织在中国的工作。之前韩希也告诉过布莱克，他们请展飞做“含希”在北京的联系人。布莱克对这件事没有任何的芥蒂。

展飞很快跟韩希和陈娟等人见了面。

陈娟向展飞介绍了“含希”的运转情况和近期计划后，展飞说：“我个人认为含希也可以在美国做些工作，而不是只考虑在中国如何治理。毕竟美国是最大的废弃物品输出国，每年有三分之二的废纸运送到了中国，还有大量的废弃塑料、金属材料等，洋垃圾对环境造成危害的一个主要原因是分类不合格，让有害物质夹杂其中，在中国进行垃圾回收时，被有害物质污染的洋垃圾会对分拣人员的身体健康造成致命的伤害，也对环境造成严重污染。中国的垃圾回收产业还不成熟，每年又接收大量的洋垃圾，很难指望在短期内看到垃圾处理发生质的变化。而美国在分拣技术和条件上成熟了许多，我不知道我们的这个环保组织能否从垃圾源头开始，在美国更完善地做好废弃物品分拣，再运送到中国，这样就可以给中国的环保减少很多压力。”

展飞的这个观点让陈娟和韩希眼睛一亮，他们之前从未在这方面做过任何努力，甚至忽视了这方面的问题。而展飞刚刚接受这份义务的工作，就有了更全面的思考和想法。韩希还注意到展飞提到这个环保组织的工作时用的是“我们”，他已经很自然地成为了“含希”的一员。

展飞又说：“对于防治洋垃圾造成的环境污染，最好的办法还是停止进口洋垃圾。中国的制造业对垃圾回收有着很高的需求，当经济发展到一定高度和阶段，希望能减少这种依赖，收益不小，但代价太大。当然，在洋垃圾还在源源不断地进入中国的时候，我们只能尽可能做些防治和补救，这是我所理解的我们这个环保组织要做的事情，也是我愿意加入的原因。”

陈娟和韩希都在心里赞许着展飞。有一个这么好的开始，他们的合作应该是很愉快的。那天几个人相谈甚欢。

为了感谢展飞，韩希决定专门抽出一天时间陪他在奥尔巴尼一带游玩。韩希邀请布莱克加入他们，布莱克太忙，没法跟他们一起出行，但他给了韩希一个很好的建议，他说韩希可以陪展飞去 Saratoga Springs 看赛马。展飞和韩希都觉得这个主意不错。

Saratoga 是美国的一个风景名胜，离奥尔巴尼只有四十分钟的车程。韩希开车，带着展飞去了那里。他们先去了赛马场，买好门票后，得决定赌哪匹马。来看赛马的人一般会玩把赌马，这样玩得才更尽兴。至于怎么个赌法，韩希决定只赌哪匹马会得第一，展飞决定赌前三名，还要排列好顺序，这种赌法的难度就大了许多，赢的概率也就小了许多。

韩希说："不如我们两个也赌一把吧，看谁能押对马，输了的那个人今晚请客。"

"好呀。"展飞答应下来。

韩希笑道："你真的要跟我赌呀？我只押一匹马，你押三匹马，还得排出前三名的顺序，你不怕吃亏吗？"

"不怕，"展飞笑了下，"你现在就可以琢磨今晚让我在哪里请客了。"

韩希开玩笑道："那我得找个最贵的饭馆。"

"好，可以多宰我一把。"展飞说。

激动人心的赛马在人们的欢呼和叫喊声中开始了。韩希押的那匹枣红色的马在前半程一路领先，最后关头一匹后劲十足的白马追了上来，白马领先枣红马半个身子冲到了终点。这匹白马正好是展飞选的第一名，枣红马是他选的第二名，排在第三名的是他选的一匹棕色的马。

“天呀，”韩希惊叫道，“你赢了，你怎么可能全选对了？”

展飞得意地笑了，故意问道：“你刚才想好去哪家饭馆了吗？是不是最贵的？”

“你能不能先告诉我你是怎么赢的？你是不是很懂马？”

“还真不懂，我只是在别人的押注上统计分析了一下，得出了这个结果。”

韩希这才想起展飞一直在看赛马场的大屏幕，随着押注的变化，上面的信息瞬息万变。展飞很沉得住气，几乎是在开赛前才决定押注哪三匹马，并且在六种排列组合中定下了前三名的顺序。

韩希故作沮丧地说：“那今晚我只好请你了。”

“算了，”展飞说，“你本来就输了，不能让你的心情更糟糕了。”

韩希认真起来：“今晚我们就不去饭馆了，我想带你去另外一个地方，希望你能喜欢。”

韩希事先已经有了打算，她想带展飞去听一场露天音乐会。

展飞还是第一次见到这样的音乐厅，一半在室内，一半在室外。室内部分跟常见的音乐厅一样，有前台有包厢有几十排座椅，并且分上下两层。不同的是这样的音乐厅没有大门没有后墙，后半部分是四敞大开的，一直延伸到露天的宽阔的绿草坪，听众可以坐在或躺在绿草坪上听音乐会。室内部分的票价一般是几十美元，室外部分只要十几美元，韩希选择了室外的门票，不是为了少花钱，是为了让展飞更好地感受一下听露天音乐会的情趣。

他们在开场前一个多小时就到了那里。如果选择在室外听音乐会，一定要早点到。一是为了占个好位置，这里跟看露天电影一样，没有座号，只管先来后到。提前到的更重要的原因是为了在看演出之前享受一次快乐轻松的野餐。韩希事先准备好了塑料布和毯子，还有各种食品和饮料，都放在汽车的后备箱里。她和展飞一起把这些东西搬到了草坪上，选了个不错的位置，先铺上塑料布，再铺上毯子，还有两个毯子可以披在身上，晚上坐在外面会有些冷。他们到得够早的了，有些人到得比他们还早，还不断有人陆陆续续进来，草坪上很快就满了。这里有各种组合。有祖孙三代倾巢出动的，有老夫老妻，有年轻的情侣，有两对夫妻或两对情侣凑在一起的，也有几个朋友搭帮而来的。不管是怎样的组合，都兴致很高其乐融融。如果野餐之后演出还没有开始，有些人会拿出书本来翻阅，还有凑在一起打牌的，也有年轻的情侣搂抱在一起卿卿我我，当然更多的人还是继续谈天说地。

展飞和韩希边吃边聊。展飞说这真是个惊喜，他很感谢韩希做了这么周到的安排。

韩希说："这样的演出形式在美国颇为普遍，在温暖宜人的季节，总有不少机会欣赏到露天音乐会。除了乐器演奏，也有演唱会或舞蹈表演。在大部分地方是完全露天的，有一些小型的演出还是免费的。遇上独立日等节日，举办庆祝活动时，还可以免费欣赏到一些世界顶级水平的演出。"

展飞说：“我想起小时候我爸妈还带我看过几场露天电影呢。”

“在哪里？是在北京吗？”韩希想现在看露天电影的机会不多了。

“就在美国，在马里兰。”展飞说。

“在马里兰？”韩希很惊讶，她不知道展飞小时候在美国待过。

展飞说：“小学和初中的几年我是在美国度过的，那会儿我爸在这里读博士。”

“我原来只知道你的MBA是在美国读的。你毕业后没有想过留在美国吗？”韩希知道以展飞的背景和资历，他在美国找到份好工作并不难。

“没有，我毕业后就回了北京。”

韩希半开玩笑地问道：“是回去报效祖国吗？”

“可能我爸会有这一类的想法，我是为发展的机会回去的，我也庆幸当年做出了这个决定。”展飞又说，“我庆幸自己生逢一个伟大的时代。”

韩希说：“看得出来，你不是一个喜欢瞻前顾后左思右想的人。”

“如果有左思右想的时间，还不如做些实事，或者，就静静地坐在这儿，好好地听场音乐会。”展飞环顾了一下四周，说，“我有好多年没像这样尽情享受生活了。”

“那我们今天就好好放松一下好好地听场音乐会吧。”韩希说。

那天是费城交响乐团的演出。演奏完美国国歌后，演出正式开始，全场立刻安静下来。精妙绝伦的音符从造诣颇深的艺术家们的指间流出，令现场的观众很快陶醉其中。夜幕完全降临后，有的观众点燃了准备好的蜡烛，奔腾的音乐的海洋中，烛光与星光遥相辉映。室外的很多观众这时候躺在了毯子上，展飞和韩希也躺了下来，遥望着纯净高朗的星空，全身心地沉浸在音乐的氛围中。那一刻他们忘记了时光的流逝，忘记了身在何处，忘记了生活中的悲欢离合，只知道张开怀抱拥抱每一个跳跃的音符，尽情放纵着自己的情感。

展飞又一次想，好久没有这样尽情享受生活了。

如诉如泣的琴声中，星空如此灿烂。

第五章

韩希想回中国了。刚来美国的时候，倒没往这上面想，不知为什么，现在在这里什么都熟悉了，反倒想回中国了。她想回到这样的一个地方，所有的一切都是她熟悉的，不需要去熟悉就已经很熟悉很亲切的地方。

1.

抽签结果出来了，汪晴没被抽上。本来这样的抽签只有30% 的可能被抽上，没有获得工作签证并不是大的意外，但汪晴曾抱着很大的期望，这会儿也就很失望。韩希来安慰汪晴，并且去找布莱克，看看有什么办法帮到汪晴。布莱克说会为汪晴留意一下，当下没有什么机会给她。布莱克对汪晴的印象不是太好，只是韩希跟汪晴是朋友，他不好说出自己的真实想法。

心情非常糟糕的汪晴去超市买菜时，远远看到了刘浩淼和他的太太吴曼。刘浩淼一直跟在吴曼的身后，吴曼挑了什么东西后，刘浩淼就帮她拿过来，放到购物车里，看着是个很体贴的丈夫。两个人还时不时交流几句，或者相视一笑，他们的关系并不像刘浩淼说的那样没有感情。刘浩淼的表现激怒了汪晴，她本来就心情不好，这段时间积攒下的火气一下子被点燃了。

汪晴怒气冲冲地走向刘浩淼和吴曼。吴曼先看到的汪晴，她不认识汪晴，汪晴脸上的表情只是让她觉得这个人很怪异。吴曼扭过头去继续买菜，等她转过头来，汪晴已经站在她和刘浩淼的面前，吴曼这才意识到这个奇怪的女人是冲着他们来的。刘浩淼也看到了汪晴，他明显地慌张起来。

汪晴笑了笑，用很夸张的语气说："你们两个还很恩爱嘛。"

吴曼看了眼自己的丈夫，刘浩淼躲开了她的目光，吴曼心里明白了几分。

刘浩淼只好跟汪晴打了招呼："你好汪晴，你也来买菜吗？"

刘浩淼又指着吴曼介绍道："这是我的太太吴曼。"然后他跟吴曼说："这是汪晴。"

汪晴看着刘浩淼，问道："那么我是你的什么人呢？你不想跟你太太介绍得更清楚一些吗？"

刘浩淼尴尬地站在那儿。

汪晴把目光转向吴曼，继续说下去："那我只好做个自我介绍了。我叫汪晴，我跟刘浩淼的关系比你跟他的关系还亲近。你们是法律上的夫妻，但那是你们父母定下的婚姻，他对你根本没有爱情，他爱的是我。我为你们双方的父母感到难过，现在是二十一世纪了，他们还这样操办儿女的婚姻，我也为你们的不幸感到难过。"

吴曼的心里在翻江倒海，但她在表面上还没乱了方寸。汪晴提到他们的婚姻是父母媒约，这应该是刘浩淼告诉她的，说明汪晴确实跟刘浩淼的关系不一般，刘浩淼的惊慌失措也证明了这一点。但吴曼知道这种时候不能把满腔的怒火撒向刘浩淼，她首先要呵退的是这个揭开了她和刘浩淼婚姻伤疤的叫汪晴的女人。

吴曼和颜悦色地跟汪晴说："你大概想找个男人想疯了，别人来超市是来买菜的，你连买菜的时候都在想着怎么能找到个男人，没男人愿意娶你，你就看不得别人恩恩爱爱。对不起，请别妨碍了我们买菜。"

汪晴呆在那儿，她没想到吴曼会是这样的反应，还能这样话里藏刀。她的脑子里一团乱麻，她都理不清她是怎么挑起这场争端的。但她明确地知道她不能这么不了了之灰溜溜地离开，既然事已至此，就只能闹个鱼死网破。

刘浩淼还没反应过来，就看到面前的这两个女人扭打起来。吴曼和汪晴并不是泼妇，这辈子还没跟人动手打过架，所以她们的动作还算温和，但在外人眼里这就是肢体冲突了。很快有人拨打了 911，几分钟后，警察冲进了这家超市。

虽然没闹出更大的动静，警察还是公事公办，把这场纠纷记录下来，那个帮着打了 911 的顾客也把自己看到的过程告诉了警察，还好心地把自己的联系方式留给了吴曼。警察把那个目击者的叙述也记录在案，如果当事人要上法庭的话，这是一份重要的证词。

吴曼要起诉汪晴。刘浩淼向吴曼求情。吴曼知道这样闹下去是鱼死网破，答应只要汪晴离开美国，她就放汪晴一马。

刘浩淼来找韩希，希望她能说服汪晴。汪晴本来就面临着身份问题，又弄出这件事来，留在美国已经不可能了。

韩希也认为汪晴在吴曼这件事上做得不对，但她还是很同情汪晴。韩希又去找布莱克，希望能在北京的恒点公司为汪晴安排一个位置。布莱克认为帮人要讲原则，没有答应。韩希为此跟布莱克争吵起来，她认为汪晴当时是因为心情不好才起的争端，几件糟糕的事情凑到了一起，她很容易做出傻事。布莱克却说，汪晴是个成年人了，如果她控制不了自己的情绪和行为，那她就要为自己做的事情负责。

汪晴开始收拾东西，心情抑郁。韩希想起几年前两个人一起飞来美国的情景，不想看到汪晴这样悲惨地离去。她瞒着布莱克，给展飞打了电话。她说她的好朋友汪晴要回北京发展，问展飞有没有可能帮一下汪晴。展飞答应为汪晴在恒点安排一个合适的位置。

送汪晴去机场的路上，韩希和汪晴一路无语。两个人的心情都不好，不仅仅是因为即将分别。

到了机场，办好登机和托运手续后，汪晴回到韩希身边，两个人并排坐在沙发上。

汪晴扭过头来，看着韩希，半开玩笑半认真地说："我们俩一起来的，要不一起回去吧。"

韩希也半开玩笑半认真地说："为什么不呢？"

为什么不呢？韩希认真起来，心里想着这件事的可行性。她和布莱克各忙各的，他们走在两条轨道上，还渐行渐远。她在工作上也不顺心，驾轻就熟后的清闲，并不适合于她的年龄和性格。

韩希认真起来后，汪晴把刚才的那个建议完全当成了玩笑话。她在想她回到北京后的生活。恒点是个很不错的起点，远高过她以前在北京的工作。这就是说她是一个很成功的海归。她必须马上振作起来，这样才能扮演好她的这个新的角色。她不是迫不得已离开美国，她是为了更好的事业重回北京。

汪晴跟韩希说："我不想把我在奥尔巴尼的事情告诉其他的人，我只是在这里读过书，也在这里积累了工作经验。我想开始新的生活。我是自己决定回去的，这会让我的心情好很多。"

韩希说："我不会跟任何人提及那些让你不愉快的事情，你在这里读了书，还工作过，这已经是很丰富的生活了，这些积累和经验可以帮助你回北京后有更多的作为，你当然应该很自信很开心地回去。"韩希理解汪晴的那些顾虑，她愿意帮汪晴掩藏和忘掉那些会被别人误解的事情，她也不希望汪晴生活在那些阴影中，她希望奥尔巴尼留给汪晴的都是美好的回忆。

"我在这里不光收获了学业和工作经验，我在这里还遇到了你，遇到了我最好的朋友。"汪晴朝韩希感激地一笑，又紧紧地拥抱住韩希。

韩希也紧紧地拥抱住汪晴。

2.

汪晴走后，韩希又开始时常去陈娟那儿。善解人意的陈娟从不给她压力，让她觉得在那里很温暖很轻松。

在外人眼里，韩希的生活也是温暖而轻松的。一个事业有成又爱着她的男人给了她一个令人称羡的婚姻，有个男人为她遮风挡雨，她的日子可以过得风和日暖雍荣闲雅。她还可以有自己的天地，做着一份自己想做的工作。这份工作没有太大的压力，她可以轻松地应付。她还有一些让她感觉到温暖和轻松的朋友，他们让她的生活更加的温暖和轻松。可这一望无际的温暖和轻松让她越来越懈怠，当生活一成不变的时候，完美的生活也会失去光彩。

韩希不愿意接受这种按部就班的生活。韩希忘了汪晴在她刚开始工作时的提醒，在工作中做得太多，会让一些人不悦，韩希还是决定做些什么。

韩希开始筹备一个新的项目，希望在工作中有所作为。上次陪汪晴住院，她发现医疗档案在管理和存放上存在着问题，如果建立一个先进的电脑系统，对医院的管理会有很大的帮助。

有了新的目标，韩希在职场上和生活中又有了新的动力。

汪晴去展飞那里报到。

之前汪晴在网上搜出些展飞的信息和参加活动时的照片，她没想到展飞这么年轻有为，还一表人才，面对这样的男人，汪晴知道她一定得拿捏到位。

第一次见面，展飞举手投足间的风度和待人接物时的周到，让汪晴对他的印象和感觉快达到了极致。虽然展飞很重视汪晴，但汪晴并没有得意忘形，她心里明白这都是布莱克和韩希的面子，她也知道展飞对她不会有其他的兴趣，所以汪晴在展飞那儿一直保持着矜持的姿态，反倒让展飞对她生出些尊重和好感。

展飞在汪晴正式上班后主动请她吃了顿饭，说是给她接风，也欢迎她加入恒点。但那天只有他们两个人，没有其他恒点的人作陪。很快展飞又请汪晴去了次酒吧，这次没有什么理由，还是他们两个人，这样的节奏和待遇让汪晴有些心猿意马，或许她最初为自己在展飞那儿设立的定位有失偏颇，展飞为什么不能对她有其他的兴趣呢？汪晴在心里迅速掂量揣摩着她在展飞眼里的魅力。她没有花容月貌，算不上美女，但她的五官搭配得很好，特别是那双水汪汪的媚眼是可以电着人的。她身材娇小，又玲珑有致，可以让男人感觉到小鸟依人的温软，又能给男人袅袅婷婷的媚惑。她还很聪明很明白男人的心思意念，只要她愿意，她可以让男人在跟她聊天时觉得很舒服，是那种骨软筋酥的舒服。展飞确实很喜欢跟汪晴聊天，但敏感的汪晴很快发现展飞总是有意无意地把话题转到韩希那儿，她很快明白了展飞这么喜欢跟她出来的原因。这让她有些难过，她还是不动声色地调整好她的情绪和心态。她原来也没打算跟展飞发展成男女关系，过于亲近反而会让展飞很快疏远她。她知道像展飞这样的男人最不缺的就是女人的爱慕和投怀送抱。展飞好像并不是那么清高，不近女色，但他在绝大部分女人那儿肯定可以做到坐怀不乱，而且男欢女爱不一定能在展飞那儿加分，没有肌肤之亲但善解人意风情万种的女人应该能跟他保持住更长久的关系。

展飞再次提到韩希时，汪晴淡淡地一笑，她以开玩笑的口气点破了展飞的心思，并且告诉展飞韩希很幸福，她看不出来韩希跟另外一个男人会有什么情感故事。展飞有些尴尬，也有些失落。汪晴又很体贴地安慰了展飞，让展飞觉得汪晴是个知心着意的女人，又有春风化雨的能力，让他心思被点破后还没失了面子，这让展飞觉得跟汪晴的关系一下子近了许多。

展飞继续跟汪晴保持着密切的交往。他很少再在汪晴这里提到韩希了，他喜欢跟汪晴聊些事情，是因为他在汪晴这儿很放松，他可以随心所欲信马由缰。汪晴不会像很多女人那样去仰视他，他们可以在平起平坐中碰撞出一些火花。汪晴能在他这里耍些女人的小脾气，说些其他人不敢说的风凉话，是种别样的情趣，又懂得适可而止，不会真正激怒了他。汪晴还很快把恒点上上下下的人员摸得很透，展飞并不赞同汪晴的一些评判和看法，但多了为他着想的一双眼睛两只耳朵和一张嘴巴，对展飞来说也不是坏事。展飞私下里还是避免跟汪晴聊太多工作上的事情，他更愿意跟她保持工作之外的情谊。他可以跟她开些不着边际的玩笑，她不会当真，却知道怎样让他尽兴。

展飞并没有把私人情谊跟工作搅和到一起，但汪晴在工作中的表现也让展飞对她刮目相看。她总是很出色地完成手上的工作，她还能看到一些问题，并且能解决了问题，很快就可以独当一面了。

汪晴在恒点公司渐入佳境，几个月后，她被展飞提升为市场总监，展飞给了她一个更大的施展才能的平台。

而韩希花费大量心血和精力筹备出的项目提案被很草率地否定了。老板说了一些很好听的话，对韩希的工作热情和能力大加肯定，但他说韩希提出的方案无法被采纳，因为这会牵扯到硬件、软件、网络管理和医院的人力资源部门，牵扯面太大，如果实施这样的管理，有些人会丢了工作，肯定会有很多人反对。现在的系统虽然有问题，但还可以继续运行，没有必要更新系统。

3.

韩希是最后一个离开办公大楼的。

星期五的下午，刚到下班时间，大楼已经空了一半。美国是个以家庭为重的国家，很多同事急着早点儿离开办公室，有去接孩子陪孩子玩耍的，有去料理家务的，或者去超市购买食品和生活用品。当然星期五也是可以放松一下的时间，也有些人，特别是年轻人会聚到饭馆或酒吧，吃饭喝酒聊天，让紧绷了一个星期的神经松弛下来，这也是一个跟其他同事互相了解增加些默契的机会。韩希这个星期五哪都没去，留在办公室里写“含希”的进展报告。明天她要去陈娟家，她和同伴们会在那里见面。办公室里很安静，韩希觉得效率很高，干脆一口气写完了这篇报告。她的专注帮她多少忘了项目提案被否决的沮丧。当工作渐渐失去了刚开始时的朝气和魅力时，她的成就感和满足感更多地来自于这份工作之外的公益活动。

韩希离开办公室时，已经是晚上八点多了。因为过了下班的高峰期，回家的路上已经是畅通无阻。韩希把车停进了车库。唯独自已家里没有亮光，布莱克大概不在家。韩希想到下班时应该给布莱克打个电话，这几年他们专注于不同的事情，两个人的交汇点越来越少，难免有些隔阂，这也是婚姻到了一定的时间后的一种状态。

韩希进了厅房，拧亮灯后才发现，布莱克坐在客厅的沙发上，面对窗外的夜景，手上拿了杯红葡萄酒。

韩希走过去，坐在布莱克的身边，把脸贴在布莱克的肩上，歉然道："对不起，我回来晚了。"

"没关系，我正好坐在这里看看外面的风景。"布莱克说，他已经习惯了韩希的生活方式。

"你有没有吃晚饭？"韩希问道。

"还没有。"布莱克说。

"那我们出去吃点儿东西吧。"韩希建议道，她自己也觉出饿了。

布莱克想了一下说："算了，我今天很累，忙了一整天，不想出去了。"

"那我在家里做点儿什么吧。"韩希说。

"也好。"布莱克没有反对。

韩希进了厨房，好在冰箱里还有些吃的。韩希开了两个金枪鱼罐头，跟切碎了的西芹一起拌了个沙拉，烤了面包，还有半只现成的烤鸡，看起来是顿挺丰盛的晚餐。

两个人决定在客厅的落地窗边享受这顿晚餐。布莱克帮着把食物都移了过去，韩希拧灭了所有的灯，点了蜡烛，布莱克给韩希斟好了酒，又开了音响。两个人在轻柔的音乐和朦胧的烛光里开始共进晚餐。他们好像很长时间没有享受这样的浪漫了，两个人都是忙忙碌碌，很少有时间一起做些事情。

"希，谢谢你给我一个这么美好的夜晚。"布莱克由衷地说。满足而快活的布莱克半眯着眼睛，那迷醉的蓝眼睛像是被酒醺过，发着迷离甜蜜的光。

"也谢谢你给我这么美好的夜晚，也许，以后我们应该多做些这类的事情。”韩希说道。她的心里涌出更多的歉意，布莱克并不是一个要求过份的人，韩希觉得更多的时候是她没有尽到做妻子的责任。

“以后我尽可能早点儿回家。”韩希小声说。

“不要给自己压力，我知道你工作忙，对了，工作怎么样?”布莱克问道。

“工作还好。”韩希没有提她的提案被否决的事情，布莱克会认为这是件很正常的事情，不会给她她想得到的安慰。而且，他们难得能这样好好享受一个美妙的夜晚，她不想让那件事破坏了他们此时的心情。

“看得出你对这份工作很满意，你喜欢就好。”布莱克说。

“其实我今天回来晚了，倒不是为工作上的事情，我在为含希的募捐进展写一个报告。”韩希说道。

“有什么新进展吗?”布莱克关心地问道。

“我们又收到一些新的捐款，每一份钱的数额都不算大，但加在一起也是一笔不小的捐款，这对我们来说也是一个鼓励。”韩希说。

“我最近可能能做成一笔新的生意，我正想跟你商量一下，看看我们是不是能再捐笔钱出来。”布莱克认真地说。

“真的吗？太好了。”韩希感激地看了眼自己的丈夫。

“好了，我们是不是可以睡觉了？明天我们还得早点儿起来，去我妈妈那里。”布莱克说着站了起来。

“去你妈妈那里?”韩希一惊。

“是呀，去给她过生日，我一个月前跟你说过这事，你说没有问题。”布莱克提醒道。

可是韩希完全忘了这件事，明天她要去陈娟家，而布莱克的母亲住在纽约上州，不是在同一个地方，时间上也有冲突。

“对不起，布莱克，我把这事儿给忘了，”韩希嗫嚅道，“恐怕明天我不能跟你去了，我得去开个会，我们的环保组织的聚会，我不能不到场。”

布莱克的脸上有了明显的愠色，他努力克制着自己的火气，用尽量平和的语气说：“希，你的工作，你的慈善活动，我都支持你，可是你也应该给自己的家庭留出些时间和精力，而且这件事你答应了我，我才会告诉我妈妈我们两个会一起去为她过生日。好吧，明天我自己去，我的妈妈已经八十岁了，我不会有太多的机会给她过生日了。”布莱克说完头也不回地离开了客厅。

韩希依然呆坐在沙发上，她知道现在再去向布莱克道歉或解释也没用，因为她无法改变这个决定。她的心里充满了自责和歉意，她也意识到，她对布莱克和这个家庭的关注太少了。她并不是一个粗心的人，只是因为她的注意力不在这里，她才会记不住一些对布莱克来说却是非常重要的事情。

第二天，韩希决定跟布莱克一起先去他妈妈安妮塔那儿。昨天夜里她想出了一个折衷的方案，她可以先去布莱克的父母家，午饭之后，她先行离开，赶回奥尔巴尼跟她的同伴们会面。虽然这样她到得会晚一些，但还是可以赶上聚会的尾巴。一大早起床后，韩希马上给陈娟打了电话，把自己的打算和几点建议告诉了陈娟，陈娟可以代表她发表意见。

打完电话后，韩希又上网给陈娟发了个邮件，把昨天写好的报告发了过去。忙完这些事情后，布莱克正好也起床了。韩希能跟他一起去给他妈妈过生日，他还是蛮高兴和感激的。当然韩希跑两个地方会比较辛苦，不过她看起来是欢喜雀跃的，布莱克也就没说什么。韩希包好了一条色彩华丽质地柔软的羊绒围巾，这是她上次回中国时买的，本来也是为安妮塔准备的，只是想等一个特殊点儿的日子，今天送给她，会是一份很不错的生日礼物。

因为韩希要提前回来，两个人各开各的车。他们先在一家超市停了下，一起为安妮塔选了个漂亮的生日花篮和一盒新鲜的水果，还有一张生日卡，两个人都在上面签了名字。

布莱克的父母家在 Syracuse，从奥尔巴尼开车过去要两个小时。布莱克的车在前，韩希紧随其后。星期六的早上，路上的车很少。天色有些灰暗，好像要下雪了。韩希打开了收音机想听听天气预报。果然会有一场暴风雪，估计会下到 7 英寸，在纽约北部这个多雪的地方这倒不算什么。韩希在庆幸的同时，多多少少有些沮丧。路旁的积雪还很厚，很快又要增加些高度了。接连出现的下雪天给出行带来了诸多的不便，也越来越多地影响到韩希的心情。初来奥尔巴尼时，她曾喜欢过这片银装素裹的洁白的世界，现在她已经完全感受不到雪花飞舞时的浪漫了。有时早晨起来后看到外面又是白茫茫的一片，她的情绪会无可遏制地低落下去。

布莱克和韩希一前一后开车到了布莱克的父母家。布莱克把车停在了车库前，韩希则有意把车停在了路边，这样方便她早一点离开。布莱克的母亲安妮塔和父亲斯图尔特正在厨房忙碌着，看到布莱克和韩希进了家门，他们停下手中的活计，走上前来，分别拥抱了他们的儿子和儿媳。安妮塔女人味十足又很热情开朗，尽管她的头发是染过的金黄色，白皙的皮肤上错落着细密的皱纹，但她的状态很难让人相信她已年过八十。她的眼睛还是清澈湛蓝的，一口洁白的牙齿也完全是自己的，这大概得益于她的丈夫斯图尔特，他曾经是这一带很有名的牙医。不过跟妻子同龄的斯图尔特则显得老态了许多，头发花白而稀疏，背也有些驼了。他的脸上难得有笑意，但他一旦笑起来，那笑容是温暖和蔼的，就像他说起话来，是幽默俏皮的，完全不同于他那严肃正经的形象。

布莱克和韩希把礼物递给了安妮塔，安妮塔把鼻子凑到了花篮边，深深地吸了口气。“好清香好新鲜的花儿，你们的爸爸从来没给过我这么漂亮的花儿。”

“可是我是常给你买花的。”斯图尔特装出委屈的样子。

“我是说你从来没给过我这么漂亮的花儿。”安妮塔笑着更正道。

“这只是我的运气不好，”斯图尔特耸了耸肩，“当然，我也得承认我的眼光不是太好。”

“是希挑中的这个花篮。”布莱克开口道，还亲昵地搂了下韩希的肩膀。

“怪不得呢。”安妮塔和斯图尔特异口同声道，安妮塔再次拥抱了韩希。

“我很高兴您喜欢这个花篮。”韩希高兴地说，也接受了他们的善意。

安妮塔又拆开了包装精细的另外一份礼物，松软美丽的羊绒围巾倾泻在几个人的面前。

“哇，太美了！”安妮塔有些夸张地惊叹道。

“真的是太棒了，我相信这是安妮塔收到过的最特别的礼物。”斯图尔特也赞叹道，紧接着他又幽默了一句：“不过你们给我选礼物的时候，可从来没这么上心过。”他有些调皮地朝布莱克和韩希眨了下眼睛。

安妮塔已跑到了穿衣镜前，把围巾披到了肩上。她一边打量着自己一边说：“我相信这也是希的眼光。希，你上次送给我的那条蓝花围巾是我最喜欢的围巾，出门的时候我总是围着它。这条围巾跟那条蓝围巾一样漂亮，甚至更漂亮。而且它们的尺寸都非常好，既可以围在脖子上，又可以披在肩上。”

“这两条围巾都是在中国买的，”韩希说，“颜色不同，您可以搭配不同的衣服。”

“这是个好主意，”安妮塔点了点头，“我刚才还在想，这两条围巾都这么漂亮，我该围哪一条呢？”

安妮塔转身的时候，发现外面停了两辆车。“嗨，又多了一辆车，是乔伊或者玛吉到了吗？”乔伊和玛吉是布莱克的姐姐和妹妹，安妮塔和斯图尔特一共有三个孩子。

“我们开了两辆车来，”布莱克解释道，“希要先离开，她得回去开个会。”

对韩希的这个决定，安妮塔没做任何的评论。既没有任何的干涉和不快，也没有像一般的中国母亲那样说些关心或担忧的话，她甚至都没问韩希要去开什么会，她只是说："希，我很高兴你今天能过来，我只是希望你能吃了午饭再走，我准备了你喜欢的烤三文鱼。"

"是呀，我们准备了很多的东西。"斯图尔特附和道。

"我会在这里吃午饭的，我怎么能错过安妮塔做的美食呢？"韩希说到。结婚好几年了，她一直没有跟着布莱克称呼安妮塔和斯图尔特为爸爸妈妈，她只是入乡随俗地直接叫他们的名字。开始的时候很别扭，但很快就顺其自然了。只是在生日卡和其他的贺卡上，她会跟着布莱克称他们为爸爸妈妈。

安妮塔和斯图尔特重回厨房后，布莱克和韩希各自倒了杯饮料，坐在旁边厅堂里的沙发上，边喝饮料边稍作休息，布莱克还时不时地跟自己的父母交谈几句。美国的厨房多半是开放式的，韩希很喜欢这一点，开派对的时候，主人可以边做饭便跟客人聊天。韩希没问安妮塔要她帮着做些什么，最开始来这里做客时，她总要这样问上一句，像在她自己的父母家，她妈妈总是要让她打打下手的。但安妮塔好像并不需要额外的帮手，有斯图尔特这一个帮手就足够了。其实斯图尔特也没做多少事情，他在厨房里陪陪妻子，更是他们相濡以沫的一种习惯和表现。

安妮塔倒是很愿意把自己的拿手菜都传授给韩希。在开始的几年里，韩希也是很想学几手做西餐的本事，每次来这里吃饭，她喜欢在旁边观摩安妮塔做饭，安妮塔也是不厌其烦满心欢喜地讲解示范。她们还会边做边聊，也由此熟悉了彼此，建立起和谐融洽的关系。但是安妮塔常做的也就那几样菜，西餐本来就不像中餐那样花样繁多，待韩希掌握了安妮塔做菜的所有的本事，她再跟在安妮塔后面装模作样，好像就太做作了。再来这里时，她更愿意带一份自己在家做好的中国菜。今天只是来得匆忙，来不及做菜了。她做的中国菜还是很受欢迎的，大家去中餐馆吃到的一般是美式中餐，地道的中国菜更有其独特的魅力，而且韩希来美国后厨艺渐长，有时候她会开玩笑说，她可以去餐馆当大厨了。刚来美国时她曾热衷于吃西餐，每次从安妮塔这里学了什么本事，她会马上回家去实践。几年之后她的口味又转回到中国菜上，特别是这两三年里，她已经很少吃美国菜了。在家里，布莱克也跟着韩希吃中餐，但对布莱克来说，吃上几顿中餐后是一定要吃顿西餐的。韩希有时候不得不准备两种菜，或者她和布莱克各做各的饭。

乔伊和玛吉也陆续到了。布莱克的姐姐乔伊先到的，跟她同来的是她的丈夫约翰和他们十多岁的女儿布兰奇。他们还有一个已经上高中的儿子，今天跟他的朋友们约好去滑雪，没跟父母同来。布莱克的妹妹玛吉倒是全家出动。她和丈夫吉姆有两个儿子，一个六岁，一个四岁。玛吉又怀孕了，这次是个女孩，预产期在四月份。玛吉是这次家庭聚会的明星，她肚子里的那个小宝宝受到的关注超过了过生日的安妮塔。其实安妮塔过生日只是这次家庭团聚的一个理由。每年他们都会找些理由，然后全家人聚在一起。这样的团聚有时候是在他们的父母家，有时候会在乔伊或者布莱克或者玛吉家。乔伊和玛吉离得也不太远，互相走动起来很方便。本来他们是想在去年的圣诞节团聚的，但乔伊一家去了夏威夷，玛吉去了婆婆家，所以他们就把聚会的时间改到了今年的一月，正好是安妮塔的生日。

见面时的寒暄之后，大家就各忙各的了。安妮塔已经把三文鱼放进了烤箱，其余的几个菜也基本准备就绪。四个男人开始围坐在一起玩纸牌，边玩牌边聊天。安妮塔有时候走过去跟他们说上几句话，大部分时间她跟两个女儿和韩希呆在一起，聊些杂七杂八的话题。不过韩希很快退出了这里的交谈，她跟这里的其她三个女人的交谈是可有可无的，双方都出于一种礼貌和善意，她们之间很少有那种让彼此倾心而谈一吐为快的共同的话题。韩希又回到了刚才坐过的沙发上，拿起那本翻过的《新闻周刊》，心不在焉地继续翻看着。

“我收到了税务局的一封信。”韩希听见乔伊嚷道。

“为什么事情？”安妮塔马上问道。

“他们说三年前我们少交了二百块钱的税，”乔伊说，“我都不知道我们漏交过这些钱。”

“我们也收到了这样的信，要我们补上一百多块钱。”玛吉用高了两个分贝的声音叫道。

“这是怎么回事？他们想做什么？”安妮塔很认真地思考着。

“我想州政府缺钱花了。”乔伊很肯定地说。

“可是这一二百块钱能起什么作用？”安妮塔摇了摇头。

“如果能从每个家庭身上都找出一二百块钱，还是一笔不少的钱呢。”乔伊说。

“哪有这种好事？大家都是老老实实报税的，只是有些人因为粗心漏掉了什么，多半是些小钱，能起多大作用？”玛吉说，“钱不够就裁人呗，我有个朋友在州政府工作，最近就担心被裁掉呢。”

“真能裁掉些人倒好了，你们不觉得他们养了太多吃闲饭的人吗？而且浪费了太多不该浪费的钱。”乔伊开始把话题转到对民主党的微词上。布莱克一大家子人都是共和党，而纽约州是民主党的天下，这样的落差反倒为他们创造了更多的发表意见的话题，让他们对政治更多了一份热情。

韩希不再去听安妮塔母女三人的聊天，她对这一类的事情向来缺少热情，而且，既然没有加入他们的谈话，坐在一边“偷听”好像也有些无聊，可是她对刚才已经翻看过的杂志也没多少兴趣，她站起身，想去陪几个孩子玩玩。她还是很喜欢小孩的。结婚的前几年，韩希忙着读书，布莱克则把很多精力放在公司的发展上，而且他们也想多享受几年两人世界的生活，所以把要孩子的事儿搁置在一边。后来两个人都想要孩子了，却一直没有如愿。

乔伊的女儿躲在旁边的书房里上网，显然不想被任何人打扰。安妮塔家的一个侧厅是专门为孩子们预备的，里面有各类的玩具和很多儿童书籍。玛吉的两个儿子刚才在里面热火朝天地打闹了一番，兴奋地摆弄着他们的祖父母为他们新添的玩具，不过他们对新玩具的热情很快就消退了，这会儿他们正用自己带来的iPad看儿童卡通片。韩希曾试着跟他们一起看卡通片，两个男孩正处在对什么都好奇的年龄，他们总是不断地问韩希一些跟卡通人物有关的问题。韩希自己没有孩子，她也就很少在儿童卡通片上花时间，她又不是在美国长大的，她所知道的那些美国卡通人物也仅限于米老鼠唐老鸭或汤姆和杰瑞，而一般美国孩子的卡通朋友要比这丰富得多，他们知道的基本上是韩希所不知道的。

韩希曾经被他们问得很尴尬，有时候她试着按自己的想象和猜测来回答他们的问题，但这很可能是南辕北辙，让两个小家伙听得一头雾水。韩希觉得还是不去跟他们凑热闹了，或许过一会儿他们想玩点儿别的，她再来陪他们。

韩希又回到了沙发边。旁边的安妮塔母女已经转换了话题，她们在聊各自的孩子和即将出生的宝宝。孩子是个永恒的话题，几乎所有的父母都会不厌其烦兴高采烈地谈论他们的孩子。韩希想，如果她和布莱克有孩子，这会儿她一定会兴趣十足地加入到这样的谈话中，她和她们会被一条至亲的血脉紧密联系在一起。如果她顾不上跟她们聊天，那一定是因为她的孩子需要她的照顾。可是现在她只能有些诚惶诚恐地避开这样的话题。她知道在这件事上她过于敏感过于在意了，其实布莱克的父母家人从来没因为他们没有孩子说过什么，他们既没有指手画脚说三道四，也没给过他们一丝一毫的压力。可是韩希还是觉得这是一个让她放不下的遗憾，不仅仅是没有自己的孩子，还有跟孩子牵连在一起的，只有孩子才能带给她的平实和满足。

外面飘起了纷纷扬扬的雪花，轻柔地拍打着安静的庭院和弥漫着温暖气息的房舍。除了韩希，屋子里的其他人都还没有注意到外面飞落的雪花。布莱克还在玩纸牌，几个男人在热火朝天地聊着，几个女人在另外一面谈笑风生着，孩子们也在开心地做着自己想做的事情，甚至烤箱里的千层饼都不甘寂寞，滋滋地发出细碎的声响，蒸腾出诱人胃口的醇香。这么温馨的合家团圆的场面却让韩希更加地感到孤独，她突然无可遏制地想念起万里之外的那个家。快要过春节了，去年的春节韩希是回中国跟父母一起过的。春运期间从北京坐火车回家是件令人头疼的事儿，可是此时此刻的韩希无比地怀念着那些拥挤嘈杂——周围的每一个人的脸上都张扬着按耐不住的激动和兴奋，那可是万众一心的渴望和即将回家的满足。

身边的人都离开了座位，朝一个方向走去。不是走向火车站的站台，是安妮塔和斯图尔特家的宽敞明亮的厨房。要开饭了，韩希醒过神儿来，偷偷地擦去眼角溢出的泪水。她也走进厨房，跟在布莱克的后面去取食物。乔伊和玛吉除了为妈妈准备了生日礼物，还各自带了个菜来，加上安妮塔的几个拿手菜，虽然比不上中国人餐桌上的琳琅满目，但已经算是很丰盛了。美国人吃饭的方式是很随意的，以方便为主，食物和饮料都摆在厨房的台面上，大家各取所需，吃完喝完了也便于随意添加。厅堂里的大餐桌在这样的聚餐时派上了用场，一家老少围坐在那里也并不拥挤。餐桌上有燃烧着的蜡烛和盛开着的鲜花，每个人都在很放松很尽兴地享受着这样的团聚和精心烹调出的美食。韩希也忘却了刚才涌向心头的孤独和思乡之情，此时此刻，这里就是她的家她的栖息之地。她还时不时地跟坐在她旁边的乔伊和玛吉交流几句，无拘无束的谈笑让她们宛如亲生姐妹。

吃过生日蛋糕，韩希觉得是离开的时间了。她先小声告诉布莱克她得回奥尔巴尼了，布莱克这才发现外面在下雪。“哦，下雪了，你还是决定现在走吗?”布莱克问道。

“我查了下天气预报，不是大雪，应该没什么问题。”韩希瞟了眼窗外，雪花还在飞舞着，但并不浓密。她也想过改变主意，下雪天开车总是不太方便，可是如果不去的话她又会感到很失落。“我还是想去那里。”韩希补充道。

“那好吧，开车小心点。”布莱克没再说什么。生活在这一带的人，下雪天出行并不是件大不了的事儿。

布莱克的家人都跟韩希道了别，安妮塔走过来，再次拥抱了韩希，也再次感谢她来参加这个聚会。最后，韩希和布莱克互相亲吻了一下，她便出了房门。美国人一般不会出房门送行，又不是生离死别，用不着兴师动众。韩希也早已习惯了这点，只是在这种风雪弥漫的天气里，她多少有些遗憾，特别是布莱克也没有出来。韩希启动汽车的时候，看到几个孩子跑出屋来。不过他们是出来打雪仗的，看到韩希还没有离去，乔伊的女儿礼貌性地朝韩希挥了挥手。

因为下雪，韩希开得慢了一些，将近四个小时后她才开回奥尔巴尼。她先在中国超市停了一下，买了一只北京烤鸭和一盒叉烧肉，然后便兴冲冲地开到了陈娟家。

韩希熟门熟路地进了陈娟的家。她没有按门铃，她知道房门没锁，她就像回自己家那样进了房门。

陈娟先看到了她，随着陈娟的一声热烈高亢的“韩希来了”，一阵热情洋溢的大呼小叫声迅速淹没了韩希。韩希是最后一个到的，又是顶着风雪来的，所以她的到来更是让大家欢欣雀跃，那一张张熟悉而热烈的笑脸迅速融化了韩希一路奔波的劳累。她麻利地脱掉外套，把刚从超市买的熟食交给陈娟，再换上家居的拖鞋，很快掉进了这热气腾腾人欢马叫的氛围中。

“我说韩希会来吧，有几个等不及了，催着我下饺子。快，现在可以下了。”陈娟敞开嗓门张罗着。陈娟指挥着包出的饺子很是丰盛，有韭菜的、茴香的、猪肉白菜的，还有素馅的。说是素馅的饺子，实际上是荤素搭配，内容很丰富，有萝卜胡萝卜豆腐鸡蛋鸡肉粉丝。萝卜胡萝卜先切丝，再过滚水焯一焯；豆腐是冻过的，更有嚼头；鸡蛋是炒过的，鸡肉是烤过的……各类原料备齐后再剁馅，剁完馅后用油一起炒，出锅前还要淋上些香油，这样调出的饺子馅自然是色香味俱全，也是各色饺子中的头牌。马上就要过春节了，吃上饺子，大家就算过年了。今天的聚会也是很中国式的，大家一边包饺子一边开会。会开完了，饺子也包好了，什么都没耽误。

趁下饺子的工夫，陈娟简单地跟韩希说了下今天开会的内容。大部分是日常事务，也是韩希很熟悉的，说与不说其实没有什么不同，最后要记住的大概就是几个数字，特别是捐款数额上的增长。当然大家争论最多的还是这些善款如何真正用到实处。说到这里，陈娟半开玩笑半认真地说：“没准儿我们应该轮流回国呆上个一年半载，亲自参与我们捐助的环保点的兴建和使用，要亲自做才放心。”

“这倒是个不错的主意。”韩希说。

陈娟叹了口气，说：“可这有多大的可行性呢？”

“至少不是一点儿可行性都没有，”韩希想了想，说，“抽不出一年半载的时间，但很多人可以把自己的假期整合一下，拿出一两个月的时间。第一个人先去一两个月，再把接力棒传给第二个人，几个人一组，就可以从头到尾落实出一个环保点。如果大家决定这样做，我愿意报名。”

其他几个人就着这个话题又是一番热聊。韩希没再发表什么意见，但是她的整个身心是完全沉浸在里面的。她喜欢这种暖洋洋的气氛，身边这些人跟她是情投意合的。韩希觉得自己之所以这么向往着这样的聚会，这么不辞辛苦地奔波而来，大概就是为了这样的心荡神怡的碰撞。哪怕她不说一句话，她那最深层的情感也可以毫无阻拦地释放喷发出来。

饺子还没全出锅，其他的菜已经摆好了，大家很随便地边吃边聊。韩希很快注意到一盘切成薄片的香肠。色泽很一般，甚至有些暗淡，在一片五颜六色的菜肴中，它是最不起眼的。韩希还是夹了两片，近在眼前时，她嗅到一股松枝的清香，刚放进嘴里，便有带了些辣味的浓香弥漫开来。

“哇，这是谁做的四川香肠？这么地道！”韩希嚷道，并四处环顾着，想知道这是谁的手艺。

“是张荣俊带来的，”陈娟接上话茬，“忘了跟你说了，他刚从北京来，现在在纽约做访问学者。他老家是四川的，好像临出国前他老妈专门为他做的香肠，他今天来这里，就带来贡献给大家了。”

“幸亏入海关时没查到他，要不我们今天就没这口福了，”另外一个人插话道，“这种水平的香肠一般人是做不出来的。我前段时间在网上订购了肠衣，买了两大块肉，搅碎后配好料，一点点塞进肠衣，又挂在家里晾了一个月，没敢挂到门外去，怕吓着老美邻居。做好后自己先尝了尝，还是不够味儿，只能将就着自己吃了，没敢带到这里来献丑。”

“我试过这边中国店的各种香肠，就是找不到这样的，”韩希说，“不过就是在国内也很难碰到这么好的香肠。以前上大学时我有个室友是四川人，寒假回来带过这种香肠，也是她妈妈做的，这么好吃的香肠在外面是买不到的。”韩希说着环顾了一下四周，并没有看到任何陌生的面孔。“张荣俊已经离开了吗?”她问陈娟。

“哦，他跟王欣一出去买饮料了，”陈娟说，“我发现了一种新的饮料，准备了两大瓶，本来是想让大家试试的，没想到很受欢迎，不够喝了，让我老公再去买些。张荣俊也跟着去了，他刚来美国，想多看看。”

韩希这才注意到陈娟的老公王欣一不在家里，不过说话间通往车库的那扇门被推开了，王欣一拎着饮料出现在门口，跟在后面的大概就是张荣俊了，他手上也拎着东西。

“说曹操，曹操到，”陈娟朝韩希招了下手，“来，我给你们介绍一下。”

韩希先跟王欣一打了招呼，已经是老熟人了，也就少了客套。当她转向另外一个人时，两个人都呆愣了片刻。似曾相识的面孔，在时间的长河中又变得有些模糊。短暂的犹疑后他们还是很快确定了彼此，“韩希!”“张荣俊!”两个人几乎同时叫出了对方的名字。

“刚才陈娟说到你时，我没想到是同一个张荣俊。”韩希快活地说道，她又对陈娟说：“他是我的师弟，读研究生时，他比我低一级。”

“这么巧，”陈娟说，“这得有多长时间没见面了？我去张罗大家吃饭，你们先叙叙旧。”

陈娟离开后，韩希在兴奋之余又有些无所适从。当年因为要跟布莱克来美国，她研究生没读完就提前退学了；再加上跟蓝天航的关系以那么突兀的方式了结，她一直刻意地回避着跟北方大学有关的一切。她曾经回母校看望过几位恩师，但那一切都是很低调的，来去也是很匆忙的。

“一直没你的消息，怎么也没想到会在这里遇见你。”张荣俊却依然沉浸在兴奋之中，因为这重逢的喜悦他的脸上泛出了红色的光泽。

“刚才还在夸那四川香肠好吃呢，哪想到是你带来的。”韩希开心地笑了笑，脸上又有了刚遇到张荣俊时的明媚。他乡遇故人，那些无足轻重的顾虑很快被兴奋淹没了。

“你就住在这一带吗？”张荣俊问道。

“是呀，离这儿不远，有时间的话可以去我们家做客。”韩希说。

“好啊，我在美国会待一年，会有机会的。”

“你还在北方大学吗？”

“一直就没换地方，我在那里硕博连读，毕业后就留在了那里。你走了好几年了，学校又有不少的变化。”

“整个中国的变化都挺大的。”

“也有一些方面没多大变化，譬如很多老师还是原来的，”张荣俊停顿了一下，补充道，“蓝天航老师也还在那里。”张荣俊知道韩希当年跟蓝天航走得很近。

“是吗？”韩希的心头一紧，有些慌乱地躲开了张荣俊的目光。离开北方大学以后，再也没有人跟她提起过蓝天航。她跟母校的一些人还保持着联系，他们在交流时都有些心照不宣地避开了这个名字，但那些尘封的记忆并不会因为无人提起而烟消云散。当张荣俊说到蓝天航时，韩希竟然发现有一个人从未离开过她的牵挂，还有那一段感情，她也从未真正地放下过。

“他都还好吧?”韩希尽可能轻描淡写地问道。

“怎么说呢？当老师搞科研他都没得说，人品也没得说，但他不是那种喜欢媚俗的人，如果他能圆滑些，他可以过得很滋润。他还没结婚，好像有个女朋友。”张荣俊是个心直口快的人，看到韩希的脸有些燥红，才意识到他提及到一个也许不该轻易去碰的话题，于是他赶紧岔到别人的身上：“你跟你的导师姚定远老师还有联系吗？他现在是统计系的主任。”

“我走的时候，他就是副主任了。”韩希轻松地接上了这个话题。

陈娟这时候招呼他们过去吃饺子，两个人去取了饺子，但更多的兴致还在聊天上。从两个人共同认识的一些人，到一些陈年旧事，又到韩希这些年在美国的生活和张荣俊在这边的访问项目，两个人一直聊得热火朝天。韩希表现出了比以往更多的热诚，只是偶尔又有些失落和心不在焉。因为直到张荣俊离开这里，他都没再提及蓝天航，这让韩希感到些许的遗憾，就像一个精彩的故事刚开了头就没了下文，实际上韩希一直在期盼着听到下面的故事。

这个晚上韩希在陈娟家留宿。外面的雪花还没有飘尽，韩希收到布莱克的短信，说他明天回来，韩希就决定在陈娟家住上一个晚上，她以前也在这里住过。热情周到的陈娟专门为朋友们预备了两间客房，睡衣和各类洗漱用品也是一应俱全。收拾完毕，又打发两个孩子上床睡觉后，陈娟没有去自己的主卧室，而是进了韩希的房间。交往了这么多年，两个人已亲如姐妹。韩希每次在这里借宿，两个人都要在临睡前说说悄悄话。韩希已经坐在床上，陈娟也上了床，两个人抵足而坐。韩希慵懒地伸了下腰身，又活动了一下脖子和肩膀，她很享受这种亲密无间的友情。韩希有几个很要好的美国闺蜜，但她跟她们在一起时，从没这么随性过，好像只有跟自己的同胞姐妹，才能这么放肆又这么尽兴地促膝谈心。

“我想回家了。”韩希突然说。

“结婚好几年了，还这么放不下你老公呀？”陈娟笑道，“明天一早你就可以回家了。”

“我是说，我想回中国了。”韩希说。

陈娟明白了韩希的意思，怪不得她刚才进来时，看到韩希在想什么心事。

“你只是想想而已，还是认真的？”陈娟问道。

“我是认真的。”韩希一字一句地说，她的神色也是认真的。“刚来美国的时候，倒没往这上面想，不知为什么，现在在这里什么都熟悉了，反倒想回中国了。”

“中国这些年发展得很快，是挺有诱惑的，不过你在这啥也不缺呀。”

“肯定还是缺了些什么，不是物质上的东西，是精神上和情感上的归属感，这可能是我们在这里永远也不会有的东西。”韩希想了想，接着说，“今天早上我先去了布莱克的父母家，然后来了你这里。按说我应该觉得布莱克那边更亲一些，到底算是一家人，可我来了你这边，才觉得特别放松和尽兴，就像现在跟你坐在一起，没有任何的生分和隔阂，有骨子里的共通的情分，我想回的家，就该是这样的。”

“我懂你的意思，”陈娟说，“我也有过这样的念头，这样的冲动，但只是想想而已，过了那个劲儿，也就消停了。”

“你现在回去是不太现实了，一家子人，特别是两个孩子，他们跟这里的联系可能比跟中国的还密切。”

“那你就可以说走就走吗？你跟布莱克谈过这事儿吗？”

“谈过两三次，第一次是在两年前，他没有明确的反对，但我知道，他并不想这样做。”

“如果他反对你回去，你还想回去吗？”

“这是我目前最怕面对的问题，”韩希坦白道，“我知道如果布莱克反对我还执意回去的话，我们的婚姻……也就走到了尽头。布莱克反对的可能性还很大，他虽然在中国有生意，但他还是更喜欢住在美国，而且，一般美国人是不喜欢夫妻分居的。”

“可是……”陈娟不知道说什么好。她希望天下所有的有情人都能终成眷属，希望所有在婚姻中的男男女女都能美满幸福，她不愿意看到婚姻的破裂和解体，特别是自己好朋友的婚姻。

“我知道你想说什么，”韩希说，“布莱克是个很优秀的男人，我很尊重他，在开始的时候我还很崇拜他，正因为崇拜敬畏他，我总怕生活在他的阴影下庇护中，我总想闯出自己的天地，我想在布莱克心目中证明我的能力，虽然布莱克并不一定需要看到这些。我在证明自己的过程中，也真的找到了自己的位置，自己的事业。我可以独立地支撑起一片天空了，我也有能力跟布莱克比翼双飞，可是这时候我发现自己更想向着另外的方向飞翔，这样我们之间就出现了裂痕。”

“也许那不是裂痕，只是差异，可是我们不是说求同存异吗?”

“我说的裂痕跟差异还不是一回事，我和布莱克之间当然会有差异，他比我大了十多岁，我们有年龄上的差异，还有文化上的差异，这些都是当年我们结婚时就存在的差异。光有差异还不是什么大的问题，当然差异会导致裂痕，可是我们之间的裂痕并不全是由这些差异引起的。这种裂痕是别人发现不了的，也理解不了的。”韩希说到这叹了口气，“唉，我就不解释了，因为我对我自己都解释不清。”

“你不会是因为那个蓝天航想回去吧?”陈娟突然想起今晚韩希跟北方大学来的张荣俊聊得很热切，张荣俊提到蓝天航时，陈娟恰好离他们不远，听见了一耳朵。韩希以前也跟她聊过蓝天航，凭着女人的直觉和她对韩希的了解，她知道蓝天航在韩希心里还有着相当的份量。

韩希怔愣了一下，但她还是很肯定地说:“我是想为我自己回去。”

陈娟知道韩希并不会对她隐瞒什么，就是蓝天航是其中的一个原因，一个很重要的原因，但还不是那个决定性的原因。“那你回去以后做什么呢?”陈娟想到了一些具体的问题。

“还没想好，工作这些年，也攒了些钱，生活上应该没有问题。我可以先回去，再决定做什么。对了，我们不是提到我们的环保组织需要国内的人手吗？我可以先做这个。”韩希的眼睛一亮。

陈娟轻微地叹了口气，又摇了摇头。“唉，你太理想主义了，还是再想想吧。已经走了这么多年了，家还是原来的家，可家里的很多情形都变了，物是人非。去年我回国，觉着很多人都在半空中飘着，不是在脚踏实地地走路，那么浮躁，我这个旁观的人都觉得累，更不用说身陷其中了。回去后你可能会失望的，你做不到随波逐流，你可能更痛苦。你也别指望改变什么，很多事儿我们是无能为力的。我们能帮着多建几个环保点，让更多的人生活在一个好一些的环境中，那已经对得起我们的良心了。”

韩希没有接上这个话茬。她知道陈娟说的都是大实话，也只有要好的朋友才会说得这么实在。她不是没有想过回国后可能遇到的问题和难处，只是她的态度比陈娟的看法积极很多。她固执地认为她和跟她一样的那些人还是可以为这个国家做些什么，或者改变些什么，同时也让她自己的生活更有意义也更鲜活。

陈娟看韩希没反应，以为韩希回国的念头还是倏忽不定的。她忙活了一天，已经很累了。她跳下床，拍拍韩希的肩膀说：“快睡吧，睡个好觉，你的心情会好很多，也会平静很多。”

韩希只是朝陈娟笑了笑，然后躺了下来。

陈娟掩上房门，踏着厚厚的地毯离开，没有留下任何的脚步声。浓浓的睡意朝韩希袭来，那一刻身体上的困乏更像一团温暖的棉絮包裹着她，让她轻柔地沉入到睡眠的甜美中。当最后一缕知觉若即若离时，她又突然惊醒过来。她坐了起来，半梦半醒地怔忡了片刻，想回家的念头并没有离她远去，反而越来越清晰了。

4.

这一年的冬天有些漫长，但是春天还是周而复始地如期而至。

韩希停好车后，没有马上走进那家法国餐馆，她在路边驻足了片刻。乍暖还寒的季节，微风中还夹杂着层层的寒意，但毕竟是有了春天的气息。匆匆而过的行人们的脸上，溢彩流光的街道和店铺的回旋中，都洋溢着抑制不住的盎然春意。即使是那最没笑意的脸上，也有了一层淡淡的暖色。春天是从每个人的心情开始的。韩希很惬意地深深吸了口气。那一刻，她是完全属于这座城市的。可是她也越来越意识到，她对生活的期盼里已经有了不同的声音，特别是在这个万象更新的季节，那个原本微弱而且时断时续的声音突然间变得无比清晰无比强烈。

韩希折身进了餐馆，她早到了二十多分钟，不过桌子已为他们准备好。一个叫萨姆的侍应生带她走到那个她订好的桌位前，周到地安排她坐下。她说她要等一个人，先不点菜，萨姆礼貌地暂时离开，留下一个温暖的微笑和一段属于韩希的不被打扰的时间。

韩希特意在这家上好的餐馆订了这个靠窗的位置，她知道布莱克喜爱法国菜，更重要的是，这是她和布莱克在奥尔巴尼，也是在美国一起吃过的第一家饭馆。韩希想起了布莱克第一次带她来这家餐馆时的情景，那时候她刚来美国，她在这里开始了完全不同的另外一种生活，就像今天的这个春意盎然的日子，带着新鲜露珠的光泽和烂漫春花的芳香。当韩希在这家布莱克最喜欢的法国餐馆回忆他们当年的浪漫时，她突然有些黯然若失，就好像在望着一件精致的没有什么裂纹的瓷器，却要亲手打碎那美丽的轮廓坚实的存在。因为有了这些许的伤感和惧怕，当布莱克兴高采烈地出现在她的面前时，她多少有些恍惚，恍惚间她有些忘了今天约布莱克出来吃饭的目的。

布莱克是直接从他的办公室赶过来的。他穿一身银灰色的西装，挺括的西装总是能让男人更加的挺拔潇洒。他的那条黄绿色的领带跟韩希的黄绿色的丝巾相映生辉。这次的搭配不是出于不谋而合的默契，而是韩希刻意而为的。今早她看见布莱克是打着这条领带离开家门的，她也就有意为自己挑选了同一颜色的丝巾来做装饰。不过今早她还没把这顿晚餐的计划告诉布莱克，她只是确定了布莱克今晚没有其他的安排。中午他们通电话的时候，她才在电话上邀约了他。

布莱克坐下后，拍拍缠绕在韩希肩膀上的那条丝巾，说："这么巧，我们今天都选了黄绿色。"

"是不是跟春天的色彩很搭调？"韩希用手轻揉着那条丝巾。

"当然，这是春天的色彩，"布莱克答道，"这颜色很适合你，很漂亮。"

萨姆回到他们的桌前。韩希和布莱克各自点了菜。他们都要了份有机的烤牛排，只不过布莱克要的是生牛排，韩希要的是半生半熟的。他们第一次一起来这家饭馆的时候，也要了同样的牛排。那次韩希要的是烤得很透的牛排。几年过去了，韩希的口味发生了一些变化，但还是不能接受很多美国人喜欢的生牛排。

布莱克还是看出了韩希的异样，或者说他在来之前就多少感觉到了这顿晚餐的不同寻常。今天既不是两个人的结婚纪念日，也不是两个人的生日，或者其他特别重要的日子。当然以前两个人也没少一起出来吃饭，但很少这么正式。

在上菜的间隙，布莱克温柔地看着韩希，认真地问道："希，你有什么事情要告诉我吗？"

韩希轻微地叹了口气，她也温柔地望着布莱克，说："布莱克，谢谢你给了我那么多的爱。"她的话里和内心深处都充满了感激。

"这都是我应该做的，我是你的丈夫，你不是也给了我许多的关心吗？"布莱克朝韩希笑了笑。

"有时候，我都不知道该如何回报你。"韩希说。

"爱是不需要回报的，"布莱克又笑了笑，"需要回报的爱就不是真正的爱了，你在爱我的时候，想到过我的回报吗？你不会告诉我这顿饭是需要回报的吧？"

韩希扑哧笑了，两个人的谈话气氛轻松了许多，她也就不那么紧张地说出了那句让她难以启齿的话。"我想回中国发展，你觉得怎样？"

布莱克没有回答韩希的这个问题，他只是问："你想好没有？"

韩希点了点头，她是在经历了长时间的内心挣扎后，才决定回中国发展的。韩希很少为做一个决定花费这么多的时间和心思，所以当她经过深思熟虑做出这个决定后，没有人，包括她自己可以改变这个决定。

“如果你想好了，我尊重你的决定，”布莱克说，“我知道你是一个很坚定的人，你一旦做出了决定，就会坚定不移地走下去，这也是我欣赏你的地方。而且，我知道你为这个决定考虑了很长时间了。”

“谢谢你这么理解我，”韩希感激地看了眼布莱克，然后很艰难地说道，“这个决定做出后，我一直在想我们怎么办，我回中国发展，你更喜欢生活在这里，也许，我们不得不……”

布莱克帮韩希说了下去：“你想说，我们不得不分手吗？”

韩希没有回答他，她的沉默已经是她的回答了。她避开了布莱克的目光。

布莱克沉默了片刻，然后用尽量平静的口气说：“即使我们离婚了，我们还是好朋友。”

韩希还是在回避着布莱克的目光，她什么也说不出来，眼睛里涌出一层薄薄的泪水。为了掩饰她此时的无助，她把脸转向了窗外。一个年轻的母亲推着一辆婴儿车从外面走过。坐在车里的孩子正手舞足蹈者，兴奋地张望着这个新奇的世界。母亲的目光全在孩子身上，一脸的陶醉满足。韩希突然想，如果她和布莱克有个孩子，也许今天的这个决定就没有了。当然孩子只是一个原因，他们也可以一直像现在这样生活下去，没有孩子的牵挂，韩希甚至考虑过两地分居，她在中国，布莱克在美国，但那毕竟不是一个长久之计，特别是对布莱克来说，那是不公平的。

布莱克好像在开始享受盘子里的美食了，因为心不在焉，他的咀嚼的速度反而快了些，等到韩希把目光转向了他，他开口道："如果你愿意，你可以接手我在北京的恒点公司，当然我会征求下我的合伙人皮特的意见，我想他不会反对我的这个建议的，皮特很了解你，也很欣赏你。"

"谢谢你，谢谢你这么大度，这么周到。可是……能让我好好想一下吗?"毕业的时候韩希就没去布莱克的公司，现在他们要离婚了，以后在一起共事，她怕有些尴尬。

布莱克看出了韩希的犹豫，他补充道："你不要认为你是受恩于我，我们是互惠的。说实话，我们跟我们在中国的代理人展飞已经有了一些摩擦，更确切地说，是冲突，我们在物色更合适的人选。对我和我的合伙人皮特来说，你可能就是我们要找的那一个人。"

韩希惊讶地看着布莱克。她跟展飞只见过几次面，但每一次都对展飞留下了很深很好的印象。她更愿意相信布莱克和展飞之间出现了一些误会，文化上的差异导致处理事情和问题时的方式不同，自然很容易造成误会。

布莱克没再多说什么。他不喜欢随便评判一个人，在他对展飞还没有一个更全面的认识前，他不想给出更多的结论。布莱克只是说："我是认真的，希望你也能认真地考虑。"

"我知道，我会的。"韩希轻声应允道。她知道布莱克确实是认真的，或许这个建议也确实有实施的可能性，但她之前并没有往这方面想，这种角色的转换对她来说也有些突兀。可她不得不承认，这是一个很有建设性的方案，也是一个对她很有诱惑力的主意。

布莱克和韩希回到家后，在客厅里小坐了片刻。私密的氛围里，两个人闲聊了一些各自工作上遇到的趣事，他们都没提及刚刚吃过的那顿饭和那个即将改变他们两个共同命运的决定，他们只是比平时聊得更长一些，每当对方讲到有趣的事情，他们的反应也比平时热烈了许多。

后来，他们同时安静下来，布莱克温柔地拍了拍韩希的肩膀，韩希拉住布莱克的手，他们手拉着手离开客厅，走上楼去，进了他们的卧房。几乎是在同一秒中，他们都向对方伸出了双手，紧紧地搂抱住对方。他们开始一遍遍地亲吻着对方，在舌尖划过的风声中，他们像两只船在海上启航。风在吹，原始的野性燃烧在新鲜的风帆上；它们一起驶向海的最深处，这里不再风平浪静，一阵阵飓风开始肆无忌惮地向它们咆哮，惊涛骇浪中，两只船失去了控制，它们碰撞着，哭嚎着，在被割裂了的生命的边缘做着垂死的挣扎；汹涌的波涛几乎完全吞没了它们，在即将沉没的最后一刻，它们一起纠结出最后的力气，一起酣畅淋漓地冲向疯狂的浪尖。

多年的婚姻已经让男欢女爱变得有些索然松懈，婚姻中的男女也很难在彼此的交融中这么的疯狂。他们积聚多年几乎已经不再属于他们的狂热沸腾着，疾如雷电般喷发出来，他们要在这一次的撞击中消耗掉他们所有的热情和欢愉，这一刻他们丢掉了所有的矜持和自我，他们只渴望完全地奉献给对方，风驰电掣里却是遮天盖地的温润的柔情。

潮水退了，两只船漂向了岸边。布莱克和韩希相依偎着，他们依旧不想分开，好像害怕一旦离开对方的身体这世界就不复存在了。他们都不去想即将到来的分离，他们依旧沉浸在刚才的缠绵中。他们记不清他们缠绵过多少次了，但他们都会记住这最后一次的缠绵，也是无数次的缠绵中的最缠绵的一次。

韩希半夜醒来时，她和布莱克还相拥在一起。他的温热的呼吸撩拨着她的面颊，挂钟的滴嗒声和两个人的心跳声此起彼伏着。月光很好，而昨天晚上他们没顾上拉上窗帘，清朗的月光倾泻而入，室内的一切都历历可辨。韩希端详着布莱克的面庞，高高的额头，直挺的鼻梁，线条分明的嘴唇，在如水的月光中透着坚毅的光泽。毕竟是黑夜，这些年里长出的白发和皱纹却被悄然掩埋在黑暗中。韩希恍若回到他们的新婚之夜，容颜依旧，布莱克对她的感情和宽容也是天长地久的。她不知道很多年以后，她会不会怀念这个夜晚。她跟一个爱她的男人相拥在一起，当她想到这样的怀念时，她的心里抽搐了一下，一行清泪淌落在布莱克的怀抱中。

第六章

那是蓝天航，韩希确信那个男人是蓝天航。这么多年过去了，韩希还是可以毫不费力地在人群中认出他。她以为她早已忘了他，这个男人跟她的生活不再有任何的瓜葛，可他一旦出现在她的视线中，她又情不自禁地调动起所有的情感去亲近他，呼唤他。当她见到蓝天航的时候，她才确定不疑地相信自己真的回到了北京。

1.

韩希回到了北京。颠簸了几下后，飞机平稳地落了地。

开往北京机场的高速路上，一辆黑色的凯迪拉克在窄小的空隙中穿行，游刃有余地超过了其他的汽车。展飞在开车，专职司机坐在副驾驶座上。

韩希推着两个行李箱走向出口。长途旅行使她的脸色略显苍白干涩，但她脸上有着掩饰不住的喜悦，还有几分期许，几分茫然。她的目光在接机的人群中搜寻着，直到完全走出出口，她也没有看到展飞，展飞说好要来接她。韩希的好心情并没有因为这个受到影响，她推着行李车在出口附近闲逛着。四周的广告牌、过往的人们的表情和衣着让她明显地感觉出了这座城市的新的变化。如果说几年前她离开北京时北京还正在跟世界接轨，那么现在她已经完全是一个世界的城市了。每次回北京，她都能惊喜地看到那个距离在不断地缩短，而现在那样的融合已经是亲密无间的了。

展飞快步冲进候机大厅，他在散漫的人群中很快看到了韩希。韩希素面朝天，一头秀发因为缺水而少了光泽，黑色棉布衣衫搭配着一条牛仔裤，很随意的旅行的装扮，可是自信和优雅是骨子里的东西，不需要附加也不依赖于任何的装饰。

韩希也很快看到了展飞，展飞穿一身深色的西装，挺拔潇洒。

韩希迎着展飞走去，快活地叫道："嗨，展总。"

展飞接过了韩希的手推车，解释道："对不起，到晚了，有一个紧急会议，加上堵车。"

韩希马上说："没关系，我正好可以转一转。"

"房子已经收拾好了，"展飞边走边说，"我现在送你过去。"

"谢谢展总。"以前跟展飞见面时，韩希有时候称他为展总，有时候直接叫他的名字。这次她是回来工作的，她觉得称他为展总更合适一些。

展飞更喜欢韩希用他的名字称呼他："还是叫我展飞吧，现在你是恒点公司的总裁，我应该叫你……韩总。"

韩希笑道："你不是一直叫我韩希吗？"

"那私下就不改称呼了。布莱克都还好吧？"

"他挺好的，"紧接着韩希又补充说："我们刚刚办完了离婚手续。"

"哦，对不起。"展飞得知韩希要回来做总代理时就有过这样的猜测，今天坐实了这件事时，他还是稍稍有些意外。

韩希说："没关系，恒点公司还是属于他和皮特的，我很感激他们给了我这样一个机会。"

两个人说着走出了机场。展飞已经给司机打过手机，很快，那辆黑色的凯迪拉克停在了他们的面前。展飞和韩希上了车，汽车平稳而迅速地驶向机场高速路。

郁郁葱葱的绿树和点缀其间的建筑物一闪而过，韩希若有所思地望着窗外。她一遍遍地告诉自己，她又回到了北京，而且这一次她不再是一个匆匆的过客，她将在这里永久地生活下去。韩希望着窗外的眼神变得专注而深情起来，她知道她确实回到了这座她喜爱的城市，或许她从来就没离开过这里。在她十岁时她第一次来北京旅游，那时候她就喜欢上了这座城市。考大学时她一定要报在北京的大学，她想来北京，也如愿以偿。如果她后来没有嫁给布莱克，没有去美国，她应该会一直生活在这里，跟这座古老而年轻的城市一起成长。想到这，那张曾经十分熟悉后来却因为时光的流逝而变得有些模糊的面孔突然无比清晰地出现在韩希的脑海中。那是蓝天航。如果当年她跟蓝天航终成眷属，她应该会留在北京，那会是怎样的一种生活呢？韩希的心里快速地跳动了几下，但她很快就平静下来，她不想让自己做更多的跟蓝天航有关的设想。她回到北京跟蓝天航没有什么直接的关系，可是她又能说她决定回来跟蓝天航一点儿关系都没有吗？

汽车进入市区后又开了一段，拐入一片高档公寓楼，韩希的心思已经完全回到了当下，她猜想这里就是她在北京的住处了。那辆黑色的凯迪拉克果然驶进其中的一个地下停车场。

车里的展飞拨了个电话："我们到了，正在停车。"

展飞接着转向韩希："汪晴已经在等我们了。"

"是吗?"韩希坐直了身体，脸上有些按捺不住的激动。

停下车后，司机帮着拿下了两个大旅行箱。展飞对司机说："你先走吧。"说着他一手拖一个箱子，带着韩希朝电梯走去。韩希想要帮着拖一个旅行箱，展飞说："还是我来吧，拖两个箱子，正好保持平衡。"

电梯把他们送到了十二层。电梯门打开，展飞和韩希拖着行李还没从电梯里走出来，汪晴就迎了上去。汪晴的状态很好，一身剪裁得当的职业装恰到好处地勾勒衬托出她的身材和身份。三个人把行李拖出电梯后，汪晴和韩希紧紧地拥抱了一下。汪晴定睛看了眼韩希，说："你没变呀，应该说更有魅力了，这下我们公司的男员工要有干劲了。"汪晴说着瞟了眼展飞。展飞回避了汪晴的目光。

韩希淡淡地一笑，对汪晴说："我们又在一起了。"

汪晴笑道："这就是缘分。"汪晴又转向展飞："你知道我们是怎么遇上的吗?那年我们一起飞美国，又在纽约转乘了同一架飞机，竟然都要去奥尔巴尼，她去嫁人，我去读书。两年前我回到了北京，她竟然也回来了。"

展飞说："你们确实有缘。"

韩希和汪晴相视一笑，又拥抱了一下。

房门开着，他们进了屋子。汪晴对韩希说："来，我带你看看房间，希望你能喜欢。"

汪晴带韩希巡视着，展飞跟在她们后面。公寓的中间是厨房、餐厅和客厅，两边有卧室和书房，客厅连着阳台。中间部分是完全打通的，非常敞阔。

韩希很兴奋地说：“这是我最喜欢的布局。”

汪晴又说：“这个地段很好，离公司不远，又靠着一条商业街，你可以走着去逛街。”

汪晴介绍房子时，韩希不加掩饰地表露出她的欢喜。

展飞对韩希说：“这是汪晴为你选的。”

韩希很感激地对汪晴说：“这比我自己找来的还要让我满意。”

汪晴略微有些尴尬，但她马上笑容满面地说：“你喜欢就好。”

展飞问两位女士：“要不要一起去吃晚饭？”

韩希说：“我就不去了。”

汪晴善解人意地说：“你一定很累了，那我们改天再为你接风吧。冰箱里有吃的喝的，要不要再给你叫些外卖？”

韩希摇摇头：“不用了。”

汪晴又说：“我就先告辞了，等你倒好时差，我再带你出去好好转转。”

展飞对韩希说：“那我也告辞了，你好好休息。有什么需要的，随时跟我们联系。”

展飞和汪晴进了电梯，并排站在里面。电梯启动后，汪晴对展飞说：“房子是你找来的，为什么说是我？”

展飞不以为然：“既然她很喜欢，我就把这个人情揽给你了。怎么，有意见？”

汪晴没说什么，停顿了一下，又说："我看见你把冰箱都塞满了。"

展飞笑着说："她会以为是你买的，只有你知道她的口味。"

汪晴耐人寻味地看了眼展飞："你一直走高冷路线，什么时候成暖男了？"

展飞迎住了汪晴的目光："人家大老远回来，我们不该这样做吗？你们不是最要好的朋友吗？"

汪晴和展飞出了电梯，向地下车库走去。

汪晴边走边问："你什么时候喜欢上她的？"

展飞回避道："你想得太多了。"

汪晴说："我猜两年前你答应让我进恒点，全是因为她。"

展飞答非所问："我是很感激她给我们推荐了一个优秀的人才。"

汪晴的表情复杂起来，五味杂陈。她为韩希的到来而欢喜，也嫉妒韩希得到了她梦寐以求却无法得到的东西。很明显展飞是愉悦的，汪晴努力让自己愉悦起来，至少要显出她的欢愉，她说："我也感激她。其实，她回来了，我还是很开心的。"汪晴的嘴角真的浮现出一抹温暖的笑意。

展飞和汪晴走了后，韩希独自在公寓里转了一圈，这套公寓她越看越喜欢。有些口渴的韩希走进厨房，打开了冰箱，想看看里面有没有饮料，她已习惯于喝冰镇的饮料。冰箱几乎是满的，还全是她的口味。她回忆起跟汪晴在美国逛超市的情景，汪晴的细心周到让她很感动，她不知道这一冰箱的东西是展飞为她准备的。

地下车库的出口处，汪晴开车出来。看到展飞正往外走，汪晴停下车，按下车窗，看着展飞。

展飞解释道："我让司机先走了，这里没信号，我出去叫个车。"展飞说着晃了下手中的手机。汪晴说："我捎你一程吧。"展飞拉开车门，上了汪晴的车。

汪晴一直沉默不语。开过一条扩建过的街道时，展飞扭头看了眼窗外，说："往前两条街有个新开的饭馆，要不要去？"

汪晴有些不悦："我连吃个饭都是备胎。再约吧，能不能也约上你那个搞金融的老同学黎阳？"

展飞说："好啊。这么说我才是个备胎。"汪晴几次给他臭脸，他都没有介意，他本来就不太介意，今天他的心情很好，他就更不会介意了。

展飞又转向汪晴，故作不解地说："你好像对金融挺感兴趣。"

汪晴轻描淡写地说："现在不是时兴跨界吗？不过我只是喜欢见见不同行业的人。"

对汪晴的心思，展飞不去揣摩也能知道个七八分，他不想去点破她，既然汪晴想搭上黎阳，他也愿意帮她这个忙。

2.

韩希第二天就去了恒点公司，展飞到得比往常早，已经在等韩希了。

展飞向韩希介绍了恒点公司的运作情况后，把一个厚厚的文件夹递到韩希的手中，说："我刚才讲的是些重点，具体的情况都在这里了。"

韩希接过那个文件夹："谢谢，我会尽快看一下。我回来之前仔细看过你发给我的那些材料，学到了很多东西，也让我看到了自己的不足。"

展飞不解地看着韩希。

"我有很多地方要请教你，其实……"韩希犹豫了一下，接着说下去，"我冒出过那样的想法，应该让你继续做总代理，我来做副总。"

展飞马上打断了韩希："你还没有正式开始，怎么知道你不是一个更优秀的人选呢？布莱克请你来做总代理，一定有很充分的理由。"

展飞说着站了起来："他们应该差不多到齐了，按照你的要求，只是一个很简短的欢迎会。"韩希也站了起来，两个人一起向门口走去。

展飞带着韩希进了那间大会议室，恒点的员工基本上到齐了。展飞做了开场白后，韩希在热烈的掌声中走上前台。

所有的目光都集中到韩希的身上。韩希似乎有些紧张，不自觉地看了眼展飞。展飞用鼓励的眼神望着她，韩希和展飞双目对视了一下。韩希微微一笑，镇定下来。

韩希说道："我很高兴能加入这个团队。有人总结出公司成功发展的四要素：团队、市场、技术、资金，第一要素就是团队，特别是对恒点这样的 IT 公司。我很感谢展总为恒点组建和培养了一个非常优秀的团队，因为有了这样的团队，恒点才赢得了市场，让恒点的技术和资金发挥了最大的效能。从今天开始，我正式成为这个团队的一员。”

韩希再次把目光转向展飞，说：“展总比我更有经验，我在公司的运作上会很尊重展总的意见。”

韩希又扫视了一下全场，说：“我也会尊重这里每一个员工的意见，你们都是这个团队中不可或缺的一员，我希望能跟大家精诚合作，为恒点的发展一起努力。”

汪晴坐在台下，不动声色地观察着不同人脸上的反应。

散会后，韩希没有马上离开，跟大家寒暄了一番后，她才回到自己的办公室。

韩希刚进来，汪晴也跟了进来。汪晴进来后，带上了房门，她扫视了一眼韩希的办公室，表情有些严肃：“你今天是首秀，应该给他们一个下马威。”

韩希扑哧笑了：“好像我是来打架的。”

“本来这里就在风言风语，你今天的一番话，只是坐实了一些人的猜想。”汪晴的表情还很严肃。

韩希明白汪晴的意思，她说：“如果他们猜到的是事实，我并不想隐瞒什么。”

汪晴在屋子里转了一圈。韩希的办公室豪华气派，弧形角橱和椭圆形办公桌既大气又不失柔和。

汪晴提醒道：“这是个美国人开的公司，但更是个中国公司，你可能还要适应一段时间。”

韩希不置可否地笑了笑。

汪晴直视着韩希，问：“我还是不明白，你为什么要离婚，为什么要回来。”

韩希反问道：“你不是也回来了吗？”

“我能不回来吗？虽然我们是坐着同一架飞机去的美国。”

韩希说：“可是你在美国的那几年也是美好的。”

汪晴苦笑了一下，意味深长地定睛看着韩希：“我不想再跟任何人提及那些事情，我只是在那里读过书。”

韩希意识到自己不小心触碰了汪晴心里的伤疤，她郑重地说：“我知道，过去了的已经永远过去了。”韩希说着揽住汪晴，拥抱住她，轻轻拍了下她的后背。

3.

田姚的父母来到北京，跟林燃和田姚一起吃饭时，田姚的爸爸对林燃一直非常冷漠。田姚的妈妈有些过意不去，主动来找林燃解释。林燃很通情达理，并且表示他会加倍努力，一定会在北京站住脚，给田姚一份幸福的生活。田姚的妈妈对这样的承诺并没有太大的信心，但自己的女儿又坚决不肯跟林燃分手，她只能再观望一下。

林燃向田姚的妈妈保证要给田姚一个好的生活和未来，他又多打了一份工，没有按时来跟蓝天航一起做研究。林燃向蓝天航道歉，蓝天航却说是他对不起林燃。在几乎没有科研经费的情况下，林燃却花费了大量的时间和精力。

方琳对蓝天航正在做的研究颇有微词，她让蓝天航放弃这项遥遥无期没有任何利益的研究，赶紧到系主任姚定远那里争取去美国的机会。蓝天航回到家里，他的女朋友方琳正躺在沙发上发微信，看到蓝天航回来，她发出去一个“一会儿再聊”，把手机扔到了一边。蓝天航进了另外一个房间，方琳很快跟了进来。

方琳问：“你怎么去了这么长时间？”

蓝天航说：“正好林燃有时间，我们一起核对了一些数据。”

方琳的脸上有了愠色：“你不是去找姚定远谈去美国的事儿吗？”

“今天太晚了，我明天会去找他。”

方琳白了蓝天航一眼。

第二天，蓝天航不得不去找姚定远。

周而复始的生活几乎磨掉了蓝天航所有的锐气，但他的沉稳让他浑身散发着一种成熟男人的味道。他已经很少想到韩希了，他甚至记不起来韩希已经从他的生活中消失了多久，本来男人就把这样的追忆看成是无意义的事情，何况他的生活中还有太多其他的事情需要去关注。

蓝天航穿过龙腾虎跃的操场。一只排球被抛出球场，落在他的面前，他接起排球，奋力扔了回去。跑过来捡球的男生朝蓝天航挥了挥手，以示感谢。蓝天航没有看他，无动于衷地朝前走着。他进了教学楼，来到系主任姚定远的办公室门前，敲了敲门，然后推门进去。

姚定远正在低头看文件，没有注意到蓝天航。

蓝天航叫了声：“姚主任。”

姚定远抬起头：“是小蓝呀，快请坐，我正要找你呢。”

蓝天航狐疑地瞟了眼姚定远。“找我?”他边说边坐在姚定远身边的沙发上。

“也没什么大事，我们跟企业合作的那个项目做了不短的时间，要争取收尾了。”姚定远说道。

蓝天航不经意地皱了下眉头，显然他现在关心的并不是这件事，他没好气地说:“这个项目实际上才进行了一半，有不少问题还没有解决。”

姚定远面露难色，支吾道:“总之尽快结束吧。他们还有一部分项目经费没打给我们，你想办法催一下。等经费都到了，该分的就尽快分下去。为做这个项目你立了一大功，应该多拿些钱。”

蓝天航没有说话，脸上带着不置可否的表情。姚定远有些尴尬，补充了一句:“多劳多得嘛。”

蓝天航并不想再纠缠酬劳的问题，他提醒道:“我们这样做，肯定保证不了项目的质量，本来我们已经是在应付了事了，如果搞这种项目仅仅是为了钱的话……”

姚定远赶紧打断了他的话:“有关项目质量的好坏，很难有一个标准的尺度，这也用不着我们两个来探讨和实践了。唔，你找我是不是有什么事情?”

蓝天航调整了下自己的情绪，直接问道:“我想知道，为什么派贾国平去美国?您很清楚，中美合作的这个项目，这边的工作主要是我来做的，贾国平基本上没做什么事情。”

姚定远不动声色地说:“究竟派谁去美国，系里还没做最后的决定，而且，这是几个主任共同研究的结果。”他转而和颜悦色地朝蓝天航笑了笑，说："小蓝呀，你就安心工作吧，系里不会看不到你的工作成绩。另外，又有一家企业找上门来，希望能跟我们合作搞项目，系里还是想让你来负责。"

蓝天航阴沉着脸出了教学楼，他想一个人去什么地方清静一下，在楼前停了片刻，又不得不朝家走去，他知道方琳在家等他。

蓝天航还在上楼梯，方琳就开了房门。蓝天航刚进家门，方琳就问："谈得怎么样？"

蓝天航只好敷衍道："系里大概会让贾国平去。"

方琳愤愤地说："你去之前我就知道会是这个结果。"

喘了口气后，方琳接着说道："既然人家不让你去，你完全可以给自己创造另外一个机会，一个永远留在美国的机会。"方琳的脸上带着跟她的年龄不相称的成熟。

"我倒没想过留在美国，我只是觉得不公平。"

"所以你才要走呀。我不知道你留恋这里的什么，干了这么多年，房子就混上这套老式的二手房，号称是两居室，小得跟鸟笼子差不多，又破又旧；工资呢也低得可怜，现在什么东西都在长，就你的工资不见长；你的科研经费要让给别人花；你写出的论文还要加上别人的大名；这回去美国的机会怎么说也是你的，到底还是让那会拍马屁的给拍走了，你整天就是替别人做嫁衣。"

蓝天航推诿道："现在出国也不是什么难事儿，哪个老师都有机会去，一年给一万美元。"

"一万美元能干什么？怕是连租房子的钱都不够，而且你还被套瓷实了，不能出去挣外快。”

“照你这么说，去美国是份苦差事，那还是让贾国平去吧。”蓝天航自我解嘲道。

“你是真不懂还是装不懂呀？”方琳恨恨地瞪了眼蓝天航，“人家贾国平走的是合作项目，食宿生活费科研费那边全包了，这边的钱还照拿不误，而且人家是被请去的，不用腆着个脸自己联系接受学校，还不知道有没有人要你。”

蓝天航坐了下来，尽可能不去听方琳在说什么。

方琳继续抱怨着：“这是一个国家项目，他现在成了项目负责人，项目一完成，他就能提正教授了。另外，这个项目铁定拿奖的，绝对是名利双收。现在出来混，就得有这样的混法。”

蓝天航无可奈何地苦笑了一下：“现在的年轻人着实厉害，可以把一笔账算得如此精明。”

方琳补充说：“而且不藏着掖着，我想要的东西都明明白白地写在脸上。”

蓝天航看了眼方琳，说：“是呀，你现在满脸的愤怒。有件事可能能让你高兴，姚定远让我再牵头搞个项目，还说要给我额外的奖励。”

方琳的鼻子哼了一声：“你以为这是好事呀？他们是在占你的便宜。有这个时间和精力，还不如自己出去搞个项目，凭你的业务能力肯定干得风风火火，钱还全归你，不用去跟那些啥事儿没干的人分钱。”

蓝天航有些不耐烦了。方琳撇撇嘴，还要说什么，蓝天航赶紧摆了摆手，阻止道：“好了，今天就到此为止了。”

方琳竟然顺从地住了嘴，她从背后搂住蓝天航，把脸颊贴在他的后背上，柔声道："我这就去做晚饭，今天晚上去后海散散心，怎么样？"

"好吧。"蓝天航拍了拍方琳的手臂。

方琳松开了手，准备去厨房，她像是突然想起来什么，轻描淡写地说："哎，我这次的微积分考得不好。"

蓝天航皱了下眉头，说："又要让我去求人，求人家对你高抬贵手。"

方琳嗔笑着："我这是给你一个表现的机会呀。"

"唉，现在真不知道什么是真的了，连考试分数都可以改来改去。"

"不就是多加几分嘛。"方琳撅着嘴，装出生气的样子。

蓝天航摇了摇头，有些不耐烦："好了好了，我找人就是了。"

方琳笑着去了厨房。蓝天航再次摇了摇头，怪不得这次方琳没为出国的事跟他继续争执下去，极少做饭的她还主动做起了晚饭，原来是想让他帮着去改分数。"都是女孩子的小伎俩。"蓝天航在心里嘀咕了一句，因为比方琳大了不少，他对方琳也就多了份纵容和娇惯，而曾经对考试作弊或在分数上动手脚深恶痛绝的他，也不再那么较真了。

4.

那天是田姚的生日，林燃带田姚来了后海的酒吧街。他们很少来这里，虽然田姚非常喜欢泡吧，酒吧里的消费毕竟不是穷学生能承受得了的。

对喜欢热闹的田姚来说，后海有些安静了，她更偏爱三里屯，只是她今天很想先吃份炒肝，然后再去酒吧，后海可以同时满足她的这两个愿望，她可以在这里连吃带喝。他们先去了一家炒肝店，解了田姚的馋瘾，然后循着音乐声找到家算是热闹的酒吧。

这里云集的多半是跟他们年龄相仿的年轻人，音乐声有些尖利，在鼎沸的喧闹声中依然有些刺耳。林燃和田姚要了爆米花和两杯柠檬茶。在爆燥的音乐声中，田姚时不时地扭动下身子。林燃显然不如田姚兴奋，他时而沉醉在这样的氛围中，时而又露出疲倦的神情。

田姚突然说："我想再要一份水果沙拉。"

林燃犹豫了一下，还是说："好吧。"他掏出钱包，里面已经所剩无几。

田姚一边夸张地咀嚼着，一边偷偷打量着邻座的一个女孩，那女孩裹了一身名牌，手上夹了一支抽了半截的香烟。"那女孩好出位呀。"田姚用脚踢了下林燃。

林燃扭头扫了眼那个被田姚羡慕着的女孩，说："还没你漂亮呢。"

"漂亮有什么用？连一身像样的衣服都没有。"

"我们还年轻，什么都可以挣来的。"

"说得倒好听。"

"哎，我正要告诉你一件事呢，我已经通过了恒点公司的初试，下个星期去复试。”

“横店？那不是个拍戏的地方吗？你去那干什么？”

“是恒点，一家美国人开的公司。”

“这个听着还靠谱，我允许了，你加紧点儿吧。”

林燃没说什么，他努力使自己平静一些。

田姚兴奋地开始了想象：“你如果能进去，挣的钱肯定不少。”

林燃不置可否。

田姚又说：“你挣了钱先送我一套化妆品，我要倩碧的，或者兰蔻的……”

林燃说：“我可记不住那些名字，随便你挑吧。”

田姚嚷道：“口气不小呀。”田姚喜滋滋地亲了下林燃。但是嘴巴刚挪开，她的兴致就低落下来：“就一套化妆品，我咋就 hold 不住了，你还是给我买个 LV 的包包吧，至少也得是 Coach 的，记住，别拿假货来骗我。”

林燃随口说道：“就依你了，一套化妆品，外加一个正品 LV。”

因为兴奋田姚的胃口似乎更加好了，大口吃着新上来的水果沙拉。田姚注意到林燃只是在看着她吃，问道：“你怎么不吃？”

林燃推说道：“我不喜欢沙拉。”

田姚迅速地把那盘水果沙拉填进了自己的嘴里。

韩希和展飞这天晚上也来了后海。韩希回到北京才半个多月，但她很快找到感觉。随着工作的进展，她也越来越有信心了。当然这段时间神经一直绷得很紧，身体上也有些吃不消，所以当展飞建议来后海散散心时，她欣然应允下来。

后海酒吧街开了很多年了，韩希还是第一次来。她以前在北京时，跟蓝田航去过几次三里屯，流行的时尚是年轻人无法抗拒的，她去那里也更多的是为了追逐时髦。但她一到了后海，她就被这里别样的情调打动了，那是一见钟情式的从内心而来的喜悦。韩希喜欢有水的地方，特别是可以沿着千年的红墙碧瓦，走进这绿树掩映下的一倾碧波。只是她不曾设想这么古色古韵的地方，可以让现代的酒吧这么和谐地添加进来，而那丝丝密密跟古典揉和在一起的时尚，既有着时尚的绚烂，又散发着从古韵而来的经久不息的底蕴。古典和时尚的结合，原来可以这样的完美。

展飞自然是让韩希来挑地方。韩希选了家中式的酒馆，而不是西式的酒吧。落座后，展飞又让她来点菜。她点了砂锅卤煮、脆皮肥肠、椒盐腰花，拌野菜，还有芝麻烧饼。韩希点菜的速度很快，展飞在一旁笑道："好长时间没吃这一口了吧？"

"你不说，我都没意识到有些菜好多年没尝过了，"韩希的目光从菜单转向展飞，"光顾上我自己了，你想吃什么？"

"你点的正好合我的口味，再点个甜点吧。"

韩希又把目光转向了菜单："江米藕怎么样？或者八宝莲子冰粥？"

"两个都不错。"

他们又要了酒水，展飞要的是燕京啤酒，韩希要了一壶龙井茶。

在上菜的间隙，韩希打量了下四周。饭馆不大，是个朴素而安静的地方，隐隐约约听到二胡和琵琶的声响，好像是从外面悠闲的船只上传来的。沿街的灯火都映在了湖里，变得更加的朦胧。空气中弥漫着的淡淡的醉意，不是来自各色的美酒，却是流淌在那些陶醉于此情此景的人们的欢笑和絮语中。

“俗语说，‘先有什刹海，后有北京城’，后海的水可是连着故宫的龙脉的。”展飞知道韩希在看这里的风景。

“怪不得这里地气这么足，底气也足。”

“我知道你会喜欢这里的。”展飞说。

韩希没问为什么，心里觉得跟展飞亲近了许多，也许是这里的气氛也营造了这份闲雅的心境。之前他们见面多半是在办公室、会议室里，现在他们近在咫尺，膝盖几乎顶着膝盖，面孔也挨得很近，韩希可以清楚地看到这个男人脸上的所有的起伏，心里也就有了些起伏。为了掩饰自己的走神儿，韩希支吾道：“这个地方很有情调，我真的很喜欢这里。”

展飞却说：“你刚才看我的眼神儿有点拐弯，女人总喜欢把几个男人放在一起比较，我想你对我的评价不会太低吧？”

韩希咯咯笑了。“你很自信，但愿你的自信不是让女人惯出来的。”

“我可没这么幸运。”展飞笑道。

“展飞，我非常感谢你，”韩希转换了语气和内容，“是你帮我在恒点走出了第一步，而且是我非常满意的一步。万事开头难，没有你的帮助，我不会开始得这么顺，至少不会走得这么快。”

“没什么，”展飞说，“我真的没做什么额外的事情，你靠的是你自己的天分和努力，有些东西别人是帮不上忙的。”

韩希感叹道：“真没想到我会来这里工作。几年前，我为慈善组织的资金的事情来恒点找你帮忙，真没想到我这次是为工作回到这里。”

展飞说：“你的加入能大大推动恒点的发展。”

“我会尽我最大的努力，”韩希诚恳地说，“不过像恒点这样的 IT 公司，团队比个人的努力重要得多。我发现你带出了一个非常优秀的团队，这是我见到的最好的工作团队，怪不得恒点这几年发展得这么好。”韩希的这番赞许是发自内心的。虽然合作的时间还不长，但她已经感受到了展飞身上的许多优点，他既精明强干，又沉稳持重，并知人之明，有很强的合作精神；他鹤立鸡群，又不露锋芒，是个难得的人才。她不明白布莱克怎么会对展飞有了顾虑，她感到的只是庆幸，有这样的工作搭档，可以少走很多弯路，可以少浪费很多的时间和精力，也更能激发她的工作热情。她并没把展飞放在一个竞争对手的位置上，虽然从某种意义上说他们正是彼此最大的竞争对手。韩希的到来，分割了展飞手中的权力，他以后做任何决定都受到了牵制。虽然他没有表现出任何的不悦，韩希还是有些过意不去，而且她感到很多方面展飞比她更有经验，也更有优势，所以她在公司的运作上很尊重展飞的意见。

“谢谢你的夸奖，”展飞也没讲什么客套话，“恒点现在正在招人，在扩大一个团队的规模的时候，最重要的是保持住原有的质量，而且要补充进真正的新鲜的血液，以新带旧，增强活力，促进和扩大发展。”

“你说的这点很重要。我在想，我们这次应该物色些这样的人才，至少有一部分人应该是这样的，既懂电脑技术，又懂电脑文化。”

“电脑文化?”展飞反问了一句。

韩希解释道:“恒点现在是个技术公司，但我觉得在适当的时候恒点会转换发展方向，或者说可以有几个发展方向。我们现在销售的几种蕊片已经有了很好的市场和商誉，在这个基础上我们可以尝试下新的领域，譬如互联网。”

“你不觉得时机不太好吗?这几年互联网已经出现了大量的泡沫，而且，恒点做的主要是电脑硬件。”展飞简单地反驳道。他这样说并不代表他认为这个想法是不可行的，他习惯于逆向思维，当一个创意出现后，他会先想出一些否定的理由，如果这些理由被一一推翻，那么先前的那个创意就有了很大的可行性。

韩希认真地想了一下，说:“泡沫永远都会有，关键看我们做什么样的网站和怎样去做了。互联网是需要技术支持的，如果我们做的是音乐网站，我们现在销售的音效卡正好能发挥更大的作用，两者还可以互相带动，相映生辉。”

展飞不自觉地点了点头。他发现韩希是个幻想家，又是个实干家，把幻想和实干有机地融合起来，这便是现代成功者最优秀的素质。他相信恒点在韩希手上会朝着更好的方向发展，但他现在还不想说太多。韩希刚刚海归，正是热情万丈的时候，他想等她的状态从新鲜高扬回落到平淡现实时再跟她探讨各种可行性。另外，这些重大的决定也不是一时半会儿，或者他们两个人就能拍板的，这一刻他更想跟她聊些别的。他有意看了下手表，用开玩笑的口吻问：“今晚我们能领到加班费吗？”

“什么？”韩希一时没听明白。

“我带你来后海，可是想让你放松一下的。”展飞说。“不好意思，”韩希娇羞地一笑，“这段时间我的脑子总是停不下来，北京，或者说中国的变化真是太大了，我怕自己放慢了步子，就更跟不上这里的节奏了。”

说话间，菜也陆陆续续上齐了，两个人边吃边聊。

展飞说：“第一次在奥尔巴尼见到你，是五六年前吧，你好像刚到美国？”

韩希想起了第一次跟展飞的见面，就是在那个时候。“那时候以为我会跟这里越来越疏远，后来才发现，有些东西是永远割不断的。特别是这两年，这种感觉越来越强烈。”

“所以你就回来了？”

韩希点了点头。

“你回来了，你的父母一定很高兴。”展飞知道韩希已经回家探望过父母。

“他们有些不敢相信，我真的回来了。”父母当然为韩希的归来而高兴，但他们的兴奋里是掺杂着忧虑的。韩希离了婚，父母又开始为韩希的终身大事而烦心，他们不想看着女儿就这样孤身一人过下去。可怜天下父母心。如果韩希在异国他乡能有个美满的婚姻，他们倒宁愿她不回国。韩希不曾料想这次回去见父母并不是欢天喜地的，这大概是她海归后遇到的第一件让她纠结的事情。一番心事这会儿又涌上心头，她差点把那些郁闷告诉给眼前的这个男人，但她很快打消了这个念头。在这样的风景这样的情调中，她确实觉得跟展飞的距离近了许多，但他们肯定还没亲近到无话不说的地步。而且，在美国的公司工作了几年，韩希已经习惯了他们的办公室文化，同事间，特别是男女同事间总要有些距离。她赶紧埋下头吃起饭来，一些已到嘴边的话也跟着被一起咽了下去。

韩希一时的静默让展飞多少猜出了她的几分心事，他知道她又走神了，而这次他特意避开了有可能让她走神的事情，有意把她拉回到眼前的情境中。“你看，来这里的人真是形形色色，他们来自北京的每一个角落，也可以说来自世界的每一个角落。有的是这里的常客，有的可能今生只来一回，有的腰缠万贯，有的囊中羞涩，有的在这里是为了了却寂寞，有的真的喜欢这里的情调，有的仅仅是为了坐一回酒吧。”展飞悠闲地喝了口啤酒。

韩希的脸上又露出了欢颜，她带些俏皮地问：“那么你属于哪一种?”

“如果是问今天的话，我是带你来看看北京的一道风景。跟几年前的北京相比，今天的北京更丰富多彩了，无数的风景，和无数的诱惑。”

“我已经看到很多的变化了，很多的惊喜。后海就是一个变化，不仅仅是有了个酒吧街。三里屯比后海还早，但三里屯是西式的酒吧街，走的是时尚的路子；后海是中西合璧的，她有个文化的内核，而且是东西方文化的融合，这么好的融合就是一个变化。”韩希说到这停顿了一下，又瞟了眼窗外的风景。“不过，我在感受变化的同时，也在留意着跟以前一样的风景和习惯。”

“你觉得哪些方面没有变化？能不能给我个例子？”展飞对这个话题很感兴趣。

“譬如，北京的早市。”韩希的兴致也浓了起来，“到北京的第二天，因为时差，也因为兴奋，我起得很早。我跑出去打了个车，跟那师傅说，拉我去个最近的早市。师傅熟门熟路地带我找到个早市。那会儿应该是六点多种，正热闹着呢。我一个摊儿一个摊儿地逛过去。水萝卜和青口白菜是水灵灵的；草莓和山楂红得很喜气，草莓的味道要比美国的正很多；黄瓜还顶着花儿呢，美国就没这么清脆的黄瓜，要不个儿太大，要不个儿太小，也不如这里的黄瓜这么爽口；还有那新鲜的笋和莴苣，我跟它们都是久别重逢呢。”韩希一边说笑着，一边时不时地瞟一眼街上涌动的人流，她好像不想错过任何一道新鲜的景致。

展飞的心思却全在他和韩希的谈话上了。“我跟它们也是好久不见了。现在很少下厨做饭，就是去买菜，也是去超市。好像现在早市已经不太多了，我都快忘了还有早市这种地方。让你这么一说，我倒是有些怀念早市的那种熙熙攘攘的气氛，那一份讨价还价、挑挑拣拣的快乐。”

“我都顾不上还价和挑拣，光顾上高兴了。有些东西跟十年前不太一样，热带水果的种类比十年前多，现在的蘑菇也肥大了许多……但大部分东西是一样的，五谷杂粮还是装在布口袋里，整整齐齐地码在那里；修鞋的机器，看着就亲切；还有来买菜的老太太推着的竹车，吱吱嘎嘎地叫着，我都当欢声笑语来听了……”韩希越说越兴奋，她的眉眼都快乐地舒展开来，嘴角也一直挂着盈盈的笑意。那欢笑像是秋天午后的阳光，从广袤透蓝的天上倾斜下来，无遮无拦，无拘无束，温暖，细碎，却又浓厚饱满。展飞被她的笑感染了，确切地说，是被那灿烂的欢悦感动了。他好久没在一个成年人的脸上看到这种孩子式的未被污染的未掺杂进任何杂质的笑了。展飞定定地看着韩希，一种久违了的轻松和温暖让他有些不知身在何处，也模糊了此时此刻的具体的时间。他的思维好像停顿了两三分钟，当他从半醉半醒的恍惚中清醒过来，他发现韩希的目光正游移在窗外一男一女的背影上，如果不是灯光昏暗，他还应该发现韩希的脸上正涌动着迷濛的血色。

那是蓝天航，韩希确信那个男人是蓝天航。这么多年过去了，韩希还是可以毫不费力地在人群中认出他。她以为她早已忘了他，这个男人跟她的生活不再有任何的瓜葛，可他一旦出现在她的视线中，她又情不自禁地调动起所有的情感去亲近他，呼唤他。当她见到蓝天航的时候，她才确定不疑地相信自己真的回到了北京。只是她不再有当年的冲动，确切地说，她的内心深处依然涌动着当年的冲动，只是她已经学会理智地掩饰自己的冲动，她已经不会毫无顾忌地抛下展飞，冲出门去追上那个男人了。

蓝天航和方琳从韩希的眼前走过，他们近在咫尺，又渐渐远去，方琳那头飘扬的黑发遮住了韩希最后的视线。

5.

恒点公司招募新员工的工作进行得很顺利。林燃在前几轮的筛选中过关斩将，他的能力和机敏给大家留下了很好的印象，但是在最后一轮中他遇到了几个更强的对手，考核小组关于林燃的争论也最多，投票结果出来，林燃一票之差名落孙山。但林燃不肯放弃，他决意再做一次努力。

那天韩希正在办公室里看材料，门外传来了明显的争吵声，她放下手中的材料，走了出去。秘书小姐和林燃正在争执中，秘书小姐瞪了眼林燃，然后对走过来的韩希说："他非要进去见您，可他根本没有预约。"

林燃愣了一下，他不能确定走到他面前的这个女人就是他想要见的恒点的总裁韩希，她跟他原来想象的形象有很大的出入，他嗫嚅道："我想见韩希……"

韩希看了眼林燃，和颜悦色道："我就是韩希。请问，你有什么事吗？"

林燃解释道："我叫林燃，我是来应聘的，可我没有得到那份工作。"韩希笑了笑，问道："你还需要我单独向你解释原因吗？"

林燃涨红了脸，嗫嚅道："不，不需要，可您能给我十分钟的单独面谈的时间吗？"韩希略一思忖，点头道："好吧，请跟我来。"秘书小姐吃惊地望着自己的新任老总，林燃跟着韩希朝里走去，还不忘扭头朝秘书小姐做了个鬼脸。

坐在韩希面前的林燃，开始有点儿局促紧张，但他很快让自己镇静下来。"虽然我还没毕业，我没有很多的工作经验，但我相信我对这份工作能保持更多的认真、坦诚和热情。因为我的经验不足，所以我会更加认真地对待每一个细节；因为我没有什么资历，所以我更有勇气承认自己的不足，也就更有机会学习别人的长处；因为一切对我来说都是新的，我也就更有可能倾注新鲜的热情。”林燃用诚恳而平缓的语气陈述道。

“我相信你身上的惰性和投机取巧的经验也是最少的。”韩希补充说。

“那您认为……我行?”

“我们没有录取你，并不能说明你不够优秀。我们在做通盘的考虑，可能有些人比你更适合这份工作。”

“我一直梦想能有这样一个机会。”林燃还在做最后的争取。

韩希这时候更像一个看着自己的弟弟争辩的大姐姐，但她还是说：“每一个来这里应聘的人都希望我们给他这个机会。”

“我可以不要任何报酬。”

“可这里是一个商业公司，我们也还没有推行对外培训人才的业务。人事部门会保留你的申请材料，一旦再有机会，我们会通知你。”

韩希的回答已经没有任何回旋的余地了，但她的表情和语气都是很舒缓的。林燃尴尬地站了起来。

林燃从韩希的办公室里走出来，有些垂头丧气，秘书小姐朝他做了个鬼脸。

林燃出了恒点公司所在的写字楼，看见在门口等他的田姚。

“怎么样？怎么样?”田姚急急地问道。

林燃咬了咬嘴唇，没吭声。田姚撅着嘴巴说：“不知道我在住进养老院之前，能不能用上你送的兰蔻?”

“你现在也不用化妆品，看你这张脸，溜光水滑的，一点褶子都没有，涂上层脂粉，反倒假了。我保证让你在进养老院的时候，带上用也用不完的化妆品，这样你正好可以成为养老院里的一枝花。”

“哼，那时候再涂就晚了，我现在就得开始用高档的护肤品，才能让这张脸永葆青春。你猜我的室友用什么？La Mer，海蓝之谜，比兰蔻还高档。再说了，现在有几个素面朝天的？我就是不涂脂抹粉，我总得抹点眼影、腮红和口红吧？这样才提气，你看着我也来劲，带出门去也能给你多加些分。”

“说心里话，我就喜欢你现在这个样子，自然健康，青春靓丽。”

“别给自己找理由了，你就是没本事兑现诺言。还有呢，你不是说要给我买个 LV 吗?”

林燃有些气恼了。“我说过给你买，就一定会给你买。”

“不是我胡搅蛮缠，你让我抱那么大的希望，到头来还不是一场空。你的奋斗再次验证了这条真理：鸡窝里飞不出金凤凰。不是我寒碜你，你不是说你能进了恒点吗？到最后还不是让人家给刷了下来？本来指望你能在北京尽快立住脚，我爸妈也不会再计较你家在农村而不让我跟你好了。这下倒好，你马上就要毕业了，工作的事儿连点影儿都没有。”

林燃没有听田姚在说什么，他看了眼身旁的恒点大楼，像是在自言自语：“我一定会进恒点，我要回到这里。”林燃此时的表情过于严肃，有些吓着了田姚。

田姚赶紧说：“好吧，我就再信你一次。”田姚的语气温婉下来，她的火气显然消了不少。年轻的生命里，新的希望可以一点就着。这次不成，总还有下一次。田姚常常数落林燃，但她对林燃还是有信心的。林燃的聪明和闯劲在同龄人中鹤立鸡群，因为这，田姚相信林燃可以改变一穷二白的现状。田姚喜欢潜力股，虽然没钱没背景的穷学生混社会的时候越来越举步维艰，但她还是看中了林燃，或者说看上了林燃的潜力。她也拒绝不了物质和享受的诱惑，但她比大多数女孩子更有耐心。当她的女伴们炫耀男友们的财富或身份时，她的耐心和信心让她可以保持一份淡定。

田姚撒娇搂住林燃的脖子，这是恋人间的身体语言，林燃知道田姚不再气恼了。田姚的一些话让他有些伤心，不仅仅是因为在他遇到挫折的时候田姚没给她安慰和鼓励，他还为自己没有能力兑现对田姚的许诺而难过。

田姚看林燃没有回应，就很亲昵地拍了拍他的脸颊。林燃拂了拂田姚的头发，搂住田姚的腰，想一起离开这里。但他的心思好像还在刚才停留的地方。恍惚间，他看见很多路人涌向身后的恒点所在的大厦，他慌乱地扭过头去，那座伟岸挺拔的大厦褪去了所有华美的外衣，只剩下钢筋水泥的框架和散落其间的高高的脚手架。在刚刚封顶的顶楼上，一个中年男人凄苦地站立在上面，无助而茫然地望着下面涌动的人群。

“别跳，别跳，有话好好商量。”

“不就是几个工钱吗？你死了，你一家老小怎么办？”

“跳呀，你怎么还不跳，你吓唬谁呢？”

……

不同的声音此起彼伏着，一个十岁左右的男孩被涌动的人流推撞着，他听不清任何的声音，只是哀痛地望着伫立在顶楼的那个男人，他不自觉地跪倒在地上，两行泪水涌出他那恐惧而绝望的眼睛，顺着脏兮兮的瘦削的脸庞，流进干裂的嘴里。刹那的惊恐中，林燃的呼吸急促起来，惨白的脸上挂着几滴泪水。

田姚感觉到异样，她抬起头来，看到了一张因为痛苦而扭曲了的脸。“你怎么了？不就是没进了恒点吗？你别这么在意……我是说了你，可我也不是……不是真生气，你别这么当真好不好……就算我说错了，你……你也别拿我的错误惩罚你自己呀……”口齿伶俐的田姚因为紧张和歉疚结巴起来。

“没什么，没什么，”林燃虚弱地喘了口气，“我突然有些不舒服，现在好了。”林燃努力笑了笑，然后使劲攥住田姚的手，拉着她离开那里。田姚边走边时不时地看一眼林燃，直到他的脸上重新展露出笑容。刚才发生的只是一个小小的插曲，田姚并不是一个心思缜密的女孩，当林燃又开始有说有笑的时候，田姚一时的紧张和担心也就很快烟消云散了。

6.

恒点公司的发展蒸蒸日上，展飞比以前忙碌了许多，加上新总裁的到来和招募新的员工，他更是忙上加忙，不过再忙他也不会错过一年一度的同学聚会。展飞在学校里就是学生会主席，加上他热心，他每年组织这帮同学聚一次，平时也常有联络，互相照应一下。这些年里，一些外地的同学也来北京发展，也有一些原来在北京的同学去了国外或外地，就是身在北京的同学也因这事那事不是每次都能来。尽管有这样那样的变化，展飞还是坚持每年都搞个聚会。这种聚会已经成了一种习惯，像是连接过去了的那段青春岁月的一根纽带，虽然随着岁月和世事变迁的磨蚀，这根纽带越来越显单薄。开始时他们一般会找个饭馆，后来展飞的房子越来越大，有时候聚会的地点会定在展飞的家里，或者是一家私人的会所。

今年的聚会是在展飞的家里。展飞又添了房子，新居在东部的黄金地段。客人们到来后，无一例外地赞叹着房子的考究和奢华。展飞自然是得意的，但也有些哭笑不得。他之所以邀约这帮老同学来家里，是想营造更好的私密的气氛。他们一生中最美好的那段青春岁月是在一起度过的，有时候，他对他们的在乎甚至超越了那些跟他有血缘关系的人。

展飞在家搞同学聚会时，汪晴带着韩希去一条商业街购物。两个人都是一身休闲装。

汪晴指着一家店铺说："这是我很喜欢的一家店，里面有些很不错的小摆设。"

韩希马上来了兴致："进去看看，正好我想装点下我的公寓。"

门铃声又一次响起，展飞来开门，黎阳站在门口。

黎阳嚷嚷道："现在的聚会泛滥成灾了，但展童鞋组织的大学同学聚会还是要来滴。"黎阳边说边走进来，另外几个已经到了的老同学迎了上来。

黎阳故作吃惊状："我还以为我是第一个呢。"

有个同学笑道："你差不多能当上倒数第一。我们来了好一会了，展飞的新居已经被我们看烂了。"

黎阳大呼小叫着："展童鞋就是牛啊，这可是黄金地段，你什么意思呀，让我们来这里受刺激。"

展飞解释道："我这不是把你当亲兄弟嘛，才把你供到家里来，外面到哪儿去找这么由着你的地方。"

黎阳用拳头锤了下展飞的肩膀："你小子就别找借口了，快，带我看看。"

那些已经看过房子的人又簇拥着黎阳和展飞往房子里面走去。今年的聚会从一开始就偏离了主题，客人们关注的是展飞的房子，并由此衍生到整个房市上，他们谈得热火朝天，口沫四飞。展飞为这次聚会准备的一套影集一直被冷落在一边。这里面有他们上大学时最珍贵的合影，还有他们每年聚会时拍的照片，展飞自掏腰包出了一套影集，他本来以为这套影集会给今天的聚会带来惊喜和回忆，但他的老同学们的眼球和心思都被房子吸引去了。他有些后悔，早知道这样，他会换个聚会的地点。

韩希的购物车里很快有了不少的战利品，她的目光还在一件件的家居小摆设上欣喜地搜寻着。每拿起一样小东西，她都会爱不释手。

韩希兴奋地说："我太喜欢这家店了。"

汪晴说："我是偶然发现这里的，他们的东西都很精致，又别具一格。"

"你看上的地方都很好。你帮我租的公寓，我越住越喜欢。"

“你把这些东西摆进去，会更有情调。”

“等我收拾好了，要请你去我那儿，好好为你做顿饭，表示感谢。”

汪晴笑笑：“好呀，好久没吃你做的饭了。”

韩希拉住汪晴，一脸幸福地说：“好久没像这样跟你逛街了。”

两个人继续转悠着，她们时不时地私语几声……

展飞订的菜送到了，大家边吃边继续聊着。

展飞有些游离于这场热闹之外。大屏幕的电视一直开着，正在播报新闻。嘈杂的人声压过了播音员的声音，展飞偶尔瞄一眼身旁的电视。

“哎，展童鞋，你这土豆烧牛肉里的牛肉是牛肉吗？我咋吃着有些不对劲儿。”

嘈杂的人声中，黎阳的这声吆喝最响亮，也把展飞拉到眼前的一片狼藉中。

“现在用万能牛肉膏抹一抹，神马肉都能变牛肉。”客人甲附和道。

“菜都是在饭馆订的，管它什么肉，能吃就行。”展飞轻描淡写地回应道。

“那可不行，虽说我这胃已经百炼成钢了，可还是有伤不起的时候。据说这种牛肉膏还是一种合法的添加剂，下次咱还是别点牛肉，一不小心就被合法欺诈了。”黎阳一边唠叨着，一边往嘴里塞了块牛肉。

“你倒是照吃不误呀，”客人乙笑道，“反正吃不死你，再说，有肉吃就不错了。前几天我去单位的食堂吃饭，好久不去那里了，要了个我爱喝的骨头汤。你猜怎么着，那汤跟洗碗水一样，清得能照出我的老脸来。想当年，骨头汤里全是大骨头，光喝汤就能喝饱。”

“你就别抱怨了，”黎阳又扯到了别的话题上，“你那单位，肥得淌油，喝清汤的一年都能有个几十万。我那单位，我算是个啃骨头的，比喝骨头汤的好点，可那些能吃上肉的都吃不饱，人人都在外面兼职。”

“那也不错呀，你还能挣外快，我可是一天八个小时都耗在那里，忙得四脚朝天，我绝对属于 iPod 一代。”客人乙说。

“iPod？现在还有人用 iPod？”

“是 iPod，”客人乙解释道，“I，insecure，没安全感；P，pressured，压力大；O，overtaxed，税负过重；D，debt-ridden，债台高筑，iPod 说的是像我这样的没安全感，压力大，税负过重，再加上债台高筑的人。”

“你是站着说话不腰疼，你债台高筑？你是贷款买豪宅，你开的车是 BMW，宝马，我也是 BMW 一族，每天去上班，先坐公共汽车，Bus，然后乘地铁，Metro，出了地铁还得走上一大段，Walk，我这宝马可比你的惨多了。”

“你们就别在这秀洋文了，知道你们满世界跑，你们这不是让我觉得更悲摧了吗？”

……

酒足饭饱的男人女人们，一边慵懒地打着哈欠，一边七嘴八舌地发泄着。每次聚会大家都少不了高谈阔论一番，可是他们谈论的内容在这十多年里已经有了太大的变化。最初的几年里，虽然大家在单位里或生活中都遇上一些烦心事，见面时少不了唠叨几句，但那种诉说还算是心平气和的，老同学间也是惺惺相惜的，大家还是上下铺的兄弟或姐妹，谁有个难处，其他的人会真心实意地出主意想办法。那时候聚会的基调是高昂向上的，时不时有热血沸腾的时候，从大学校园里带出来的“天下兴亡，匹夫有责”的豪气还没有消磨殆尽。后来大多数人陆陆续续地结婚生子，对他们来说那是一个最琐碎平常也最温情充实的阶段。见面时，聊得最多的是家事和孩子，苦乐相伴，却是满足和幸福的。不知从什么时候开始，特别是这几年里，大家越来越少了快乐，有钱的没钱的好像都没了安全感，一个个活得苦大仇深，这同学聚会快成了诉苦大会，还带着羡慕嫉妒恨的火药味，一群本没有多少利害冲突的人也开始攀比争执起来。

逛了几家店后，汪晴带韩希去了一家雅致的茶室，去喝下午茶。韩希也喜欢上了这个茶馆，坐下来后，她对汪晴说：“你早回来两年，发现了这么多的好地方，倒省得我去找了。”

汪晴说：“还有不少呢，我会带你挨个儿去。”

韩希感叹道：“你不觉得回来也很好吗？”

“是呵，也不错，最好的机会还是在这里。”汪晴停顿了一下，望了望窗外，问道：“你不觉得我们已经错过了不少机会吗？”

韩希想了想，说：“我倒没觉得，可能我不是为机会回来的。”

汪晴说：“这么好的机会就在你身边，就是你的，你当然不用像我这样想了。”

“我是在布莱克给我这个机会之前决定回国的。感情只是一个原因，我在生活中、工作中，没有了激情，还有，我想回到这样的一个地方，”韩希扫视了一下四周，“所有的一切都是我熟悉的，不需要去熟悉就已经很熟悉很亲切的地方。”

汪晴不置可否地笑了笑，又问道：“那你原来打算回来做什么？”

韩希说：“没有想好，我想先回来，再决定做什么。我倒是想过在这里为我参加的那个环保组织做一年的义工，他们正好需要国内的人手。”

汪晴笑了：“在奥尔巴尼的时候我就说你是因为无聊才去做义工，当布莱克给了你恒点的机会，你还是选择了这里。”

韩希说：“我犹豫过，其实我并不想来布莱克的公司。”

汪晴说：“这个我知道，之前的工作，是你自己找的。”

韩希又说：“这一次，不仅仅是因为我，布莱克很希望我能来恒点，他和皮特在找合伙人。”

汪晴不动声色地说：“不是有展飞吗？他们已经合作了很多年。”

韩希意识到了什么，说：“是呀，他们有很好的合作，只是有些协调上的问题，大概是因为不同的商业规则。我跟展飞接触以后，觉得他是一个很优秀的合作伙伴。”

汪晴突然说：“你跟展飞的合作好像不是从恒点开始的。”

韩希说：“我刚到奥尔巴尼的时候，他去那儿出差，布莱克请他吃饭，带上了我，他留下个联系电话，后来因为环保点的事情，真的去麻烦过他。”

汪晴说：“他肯定大力相助。”

韩希说：“他帮了不少的忙，后来还帮我们做了在北京的联系人。”

“这么长这么多的故事，你从来没跟我提起过。”

“是你没兴趣，有次展飞去奥尔巴尼，我还邀请过你呢，你没来。”

汪晴很坚决地说：“不可能。”

韩希只好说：“那时候你的心思只在一个人身上。”

汪晴一时无语，她低下头抿了口茶水，放下茶盅后，她轻轻地问：“你后来见到过他吗?”

“见过谁?”韩希很快明白过来，问：“是刘浩淼吗?”

汪晴没有吭声，算是默认。

韩希避开了汪晴的目光，一时不知道如何回答。

汪晴苦笑了一下：“奥尔巴尼不大，很难绕开一个人。”

韩希把目光转回汪晴：“我们不是刚说过了吗？回来也很好呀。”

汪晴不易察觉地叹了口气，转移了话题：“喝完茶，要不要接着逛?”韩希看了下手机上的时间，说：“今天没时间了，今晚还得跟展飞去美国商会主办的一个酒会。”

汪晴笑了笑：“你们的合作确实不错呀。”

展飞的客人们指天说地高谈阔论时，展飞在看手机。

电视里在播报一条新闻：“金融部门刚刚查处一个基金诈骗案，犯罪团伙推出一个叫‘云端上’的高投资回报项目，向公众募集资金，号称年化收益率12%，一些信誉很好的公司跟进入股，还有多家国有银行员工参与‘飞单’，影响到很多投资人的决定，给他们造成重大损失……”

展飞没有扭头去看电视，把目光投向黎阳，显然黎阳也听到了这个报道。展飞和黎阳对视了一眼。展飞起身，走向阳台。黎阳避开其他人，随着展飞去了阳台。

阳台上，展飞问黎阳：“怎么回事？”

黎阳反问展飞：“以你的聪明，还能不知道是怎么回事吗？”

展飞说：“我早发现这个基金中有虚假项目和烂尾，还有多个项目之间深度关联。”

黎阳笑了：“那又怎么样？你不还是带着恒点掺和了一把吗？你和恒点都是得益者，就别管那么多了。”

展飞阴沉着脸，望向远方。

黎阳拍拍展飞的肩膀，说：“你得感谢我，该进的时候进，该撤的时候撤，若不是跟我合作，你能又买上一套让老同学们羡慕的大房子吗？”

说完，黎阳轻松地回到里面热闹的人群中。

展飞一个人孤独地站在阳台上。他觉得很累，在他听到刚才那条新闻前他就很累了。那种累不是因为张罗这次聚会，那累是从内心深处一层层渗透出来的，而且由来已久，并不是源自于这次聚会和刚刚播报的那条新闻，只是在一片空泛的虚论和数落中，那种累的感觉好像有了丰沃的土壤，迅速地生长显现出来。展飞突然想，也许这是他最后一次组织这样的聚会了，因为聚会的内容和气氛已经远离了当年的初衷。可是当他想到不再有这样的聚会，他又感到一种难以割舍的遗憾。

展飞在阳台上站了一会儿，回到喋喋不休的人群中时，他有些悲悯地看着这里的每一个人，那一张张沧桑的青春不再的脸和那种无以诉说的神情，又分明是让他觉得亲切的。他跟他们没有任何的不同，他们完全属于一个共同的群体。虽然不是发小，但他们是知根知底的，又有些同病相怜、相依为命。他们在一起的时候不用设防，他们可以无所顾忌地放纵着自己的言语，松弛着自己的状态，也许正是因为如此，这种带了些自虐的尖嘴薄舌的贬损却可以让他们迷恋和沉醉。

有个客人的手机响了下，是条微信，他瞟了一眼，说："好了，我还得赶个场，先闪了。"

其他的人也觉得到时间了，陆陆续续起身告辞。

"别忘了拿影集。"展飞嘱咐道。

每个人像刚开完一个新闻发布会，公事公办地把影集揣进包里。黎阳随手翻了一下，嘿嘿笑道："这么怀旧的东西，太小资了。展飞呀，你要是有钱没处花，下次我搞活动，你多赞助点。"

客人们走后，展飞一个人坐在那里，翻了翻影集。他不知道自己怎么会这么无聊，整出这么一个不伦不类的影集。

旁边的手机响了，展飞拿了起来，是黎阳打来的。

黎阳问道："还在想那事儿呢？"

展飞没好气地说："没有，在看影集。"

黎阳说："我刚在车里翻了翻，有一张我很喜欢。"

"就一张？"

"好几张，还不少。"

展飞笑了一下："说吧，你想让我赞助什么？"

黎阳认真起来："你要真有闲钱，可以搞个网站，里面都是这类的东西。"

展飞说："这个想法倒是跟一个人不谋而合。"

"哪位童鞋跟你一样傻呢？"

"是我们公司新来的老总。"

"我还以为是你呢。"

展飞顿了顿，说："我也想过。"

黎阳说："那就赶紧做吧。"

展飞说："我还在等时机，在等一个愿意跟我一起做的人。"

"你不是说新来的那老总有兴趣吗？"

"我还不是很确定。"

黎阳问道："你约我跟你公司的一个人吃饭，是她吗？"

展飞说："不是。"

"好，是她我就别来了。"

"为什么？"

黎阳嘿嘿一笑："道不同不相为谋。"

展飞问道："那你跟我是同一类人吗？"

黎阳说："肯定不是，但我们是老同学，有好事得拉上你吧？"

展飞放下电话，若有所思。如果不是要跟韩希一起去参加那个商务酒会，他倒更想把这天剩下的时间都消磨在这沉思默想中。

展飞开车去接韩希，心思却还在当年的大学校园里。他已经很少像这样回忆过去了，他没有时间，也没有心情去做这样的停留。对他来说，每年的同学聚会几乎成了唯一的例外。汽车里回旋着大学时代听过的歌，都是当年展飞喜欢和迷恋的。他突然想起韩希提起的音乐网站，这是个不错的主意。但或许还应该有更多更丰富的内容，除了那些耳熟能详的歌曲，还可以有电影、小说、书信、照片，五味杂陈的情感故事……

这个想法让展飞激动起来，但是当韩希坐进了他的车里，他并没有提及这个话题，这里掺杂了太多他私人的情感，无从开始，无以叙说。

苍茫暮色中，展飞开着车缓缓驶过北方大学校门口，坐在车里的韩希似乎不经意地瞥了眼学校的大门。

正在开车的展飞注意到了韩希的举动，他问道："这是你的母校吧？"

"是。"韩希说。

展飞看了眼汽车上显示的时间，说："酒会七点钟开始，我们至少有二十分钟的空当，要不要我开进去转一圈？"

"我……另外找个时间吧。"韩希顿了顿，又轻声说道："想起那几年的校园生活，感觉那么遥远，又那么亲近。"

展飞说："我能理解你的这种感受。不瞒你说，今天还在我们家搞了个同学聚会。”

韩希很感兴趣地看着展飞：“是吗？是不是很有感触？”

“怎么说呢，也许有些东西永远都找不回来了。”

“你是说年轻时的一些梦想吗？”

展飞想了一下，说：“当年确实有很多想法，可能很傻。”

韩希还在望着展飞，说：“一些梦想可能很傻，我还是愿意一次次地去重温那些做梦的日子，那些还没有被世故侵染过的日子。”

展飞扭头看了眼韩希，问道：“那你还能回去吗？那些日子是不是已经不像当年那么纯净了？”

韩希很肯定地说：“不，还是一模一样的，只是每次我看它们的心态会有些变化。如果我能带着全部的心思和热爱走回去，我会有跟当年完全一样的感动，做出跟当年一样的决定。”

韩希顿了顿，又说：“重拾初心的时候，我会觉得轻松了许多，也强大了许多。”

展飞没有说什么，只是默默地听着，握着方向盘的手慢慢渗出汗来。虽然他的眼睛一直在看着前方，但他分明看到了那种久违了的眼神，就在他的身边注视着他；还有一个微弱而又执着的声音，在这个车水马龙的嘈杂的都市的黄昏，穿越时间和空间，亲近着他的耳膜和心灵。他在今天同学聚会上期盼的，不就是这样的心灵撞击吗？

第七章

展飞做检讨的时候，韩希整个人僵在椅子上，她的整个思维也僵住了。她没有听到展飞在说什么，她的脑子里是一片轰鸣声。台下鸦雀无声，很沉重的气氛中，韩希的心里划过尖利的疼痛，像一把锋利的刀片，从她的心口划过。

1.

林燃没有放弃，他在恒点所在的那栋写字楼里找到了一份临时工，他成了那里的清洁工。

林燃没再刻意地做更多的表现，每一次他只是很认真很漂亮地完成好分配给他的清洁任务，但是他还是吸引到了韩希的注意力。

韩希站在窗前，展飞就站在她的身后，从这里他们可以看到写字楼下那个被喷泉和各类的盆景装点着的院子。韩希专注地看着那个正在清扫院子的小伙子，那张年轻的脸在清晨的阳光里单纯而自信。

韩希望着林燃的时候，展飞却在注视着韩希，他的整个身心都被眼前的这个女人占据了。其实在美国第一次见到韩希时他就曾怦然心动。见面的时间很短，但那简单的交流让他很愉悦，也印象深刻。那一次，他并不是很确切地记住了她的长相和具体的谈话内容，一直让他挥之不去的是一种沉静的气质和她身上带出来的温暖的氛围。后来他们又见了两次面，每一次的感觉都很好，但那时候他对她还是没有任何的奢想，她的大方得体也可以让任何的非分之想嘎然而止。现在不同了，她独自一人出现在他的面前，而且他在她身上越来越多地感受到那种心有灵犀的共鸣，作为一个男人，他第一次产生了束手就擒的愿望。他渴望着被她征服，而不是去征服她。这简直是种妙不可言的感受。当一个成功的男人被一个优秀的女人征服时，他并没有失败感，相反，他还会有很强的成就感，一种跟主宰世界一样饱满的成就感。让展飞遗憾的是，韩希并没有想征服他的愿望。

韩希没有觉察到展飞的心猿意马，她的目光还在林燃身上。“我没想到这个林燃会出现在我们这个写字楼里，而且做了个清洁工。我前几天就注意到他了，你看，他扫地从来没有扫重复的地方，他像在绘制一张精确的图表，这就是一个人的素质。不管他出于什么目的想进恒点，但他至少已经表现出了足够的能力。”韩希边看边说。

展飞马上回过神儿来，他望了眼楼下的林燃，说：“我没想到他能进了最后一轮，可惜差了那么一点点。我后来又看了下他的材料，发现他正好是北方大学的研究生。他不光是你的校友，还是你的系友呢。”

“这么巧？看样子我有必要去北方大学了解下他的情况了。”韩希决定尽快回趟自己的母校，考察下林燃的能力和人品。她认为恒点公司不应该错过任何一个优秀的人才，而且，离开了好几年，该回去看看了。

展飞扭头时看到韩希的写字台上铺满了材料，都是跟广博公司相关的材料。

韩希走回写字台，面对眼前的材料，她说："跟广博的合作还是没有大的进展，几次谈判，消耗了大量的时间和精力，也在消磨着我的热情。"

展飞鼓励道："慢慢来，这是你做的第一个项目，万事开头难。"

韩希点了点头："我会全力争取，哪怕只有很小的希望。"

展飞知道这件事对韩希的重要性，回到他的办公室后，他打了一通电话，发现这件事的关键是一份批件，他马上约了那个跟批件有关的人见面。

第二天，韩希就去了北方大学。她有意没开车去，也没有带自己的司机，她打了辆出租车，让车停在校门口。在北方大学古朴的校门前，韩希踌躇了片刻才走了进去。这么多年，她不是没有机会回自己的母校，以前每次回北京，她都冒出过这样的念头，有时候这个念头还非常强烈，可是最终都没有成行。她好像一直没有找到一个恰当而充分的理由，她也不明白自己为什么一定要找个理由。这一次，她终于有了一个理由，可她真的需要这个理由吗？她不是早就想回来了吗？也许她只是想找个理由，掩饰她内心的慌乱和急迫。这里新起了几幢大楼，可主要的道路和建筑都没变，还有那种弥漫在校园里的特有的气息，也从韩希的记忆深处一层层地翻滚出来，刹那间，过去了的几年的时间只留下一片空白，她好像从来就没离开过这里。

韩希当年的导师姚定远已经在办公室里等她了。见到韩希，他怔忡了片刻，感叹道：“韩希呀，早上你打电话过来，我还以为这是美国长途呢。看见你更觉得时间过得太快了，这一晃得有多少年没见面了？我真的是老了。”

韩希接过姚定远递过来的茶水，说：“我并没看出您有太多的变化，跟当年站在讲台上给我们讲课的您没什么两样。”

姚定远说：“唉，变化还是多着呢，不光是表面的，还有心里面的，那时候只知道一门心思上好课，现在要考虑的事情就多了。”

韩希说：“您现在是系主任，重任在肩，肯定不能只想上课的事儿了。”

“好像不仅仅是这个原因，”姚定远自我解嘲般摇了摇头，“现在系里还要搞创收，我搞不明白自己是做老师的还是经商的。”

韩希有些同情地望着姚定远，转移了话题：“姚老师，我今天来，还想向您打听一个学生的情况，他叫林燃，明年毕业。”

“林燃？他是个还不错的学生，”姚定远说，“但我对他还没有更深入的了解，让我想一想，哪几位老师给他上过课，顾文钢，任一阳，蓝天航，张意……”

韩希脱口而出：“蓝天航能了解林燃的情况吗？”

姚定远看了眼韩希，像想起了什么。韩希的脸微微涨红了。

姚定远沉思了片刻，开口说道：“韩希，我一直很遗憾你和蓝天航没有走到一起，当时有人因为嫉妒，诋毁蓝天航，诬陷你的一篇论文出自蓝天航之手。蓝天航澄清了事实，但他怕再次影响牵连到你，有意疏远了你。这么多年他也没结婚，他可能还是没放下这事儿。今天，我觉得我有必要道出这个真相，我也为当时没有站出来表态向你道歉。”

韩希震惊地看着姚定远，一时无语。她明白了蓝天航当时为了保护她才没有跟她走到一起，她可以原谅那个造谣的人，却一时走不出蓝天航和她共同承受的苦痛。

姚定远尴尬地避开韩希的目光。

正在这时，系办公室的工作人员敲门进来，说：“姚主任，蓝天航今天没来上课，招呼也不打，学生们还等在那里呢。”

姚定远看了眼韩希。韩希赶紧说：“您先去忙吧，我也要走了。”

“好吧，反正你一时半会儿也走不了，我们改天找个时间好好聊聊。另外，你可以给天航打电话了解林燃的情况，也顺便劝劝他，让他安心工作。”姚定远边说边朝门口走去。

韩希还是忍不住问道：“蓝天航会不会是生病了？”

姚定远摇了摇头：“应该不会，他八成是去了外面搞讲座，去挣讲课费。系里没少出现这种事儿，唉……”

韩希离开了姚定远的办公室，朝楼外走去。她经过几间教室时，突然意识到其中的一间教室正是当年蓝天航来给他们代课的地方。她折回身来，轻轻推开那间教室的门。教室里只有三五个学生在看书，或者在做功课。韩希的目光掠过排列整齐的桌椅，落在写满各类数据的黑板上。她呼了口气，有些怅然若失。

虽然已过去了近十年，韩希还清晰地记得蓝天航第一次给他们上课时的情景。

年轻的韩希坐在台下，倾慕地看着讲台上的蓝天航。

2.

一向自信的韩希突然有些不自信起来。

她在一堆衣服中挑选着。那身蓝色的套裙简洁大方，韩希穿在身上试了试，或许穿的次数多了，穿在身上总有些陈旧感；那条印花连衣裙倒是轻盈新鲜，可又好像太花哨了，有点儿俗气；这套银灰色的西装倒是很高雅，可又显得太职业了，她要去见的是蓝天航，不是什么商业伙伴或客户；韩希又从衣架上取下刚买的那条紫色紧身长裙，她在身上比划了几下，穿起来效果肯定很好，既有品味又很出型，可是衣领开得太低，已经算是袒胸露背了，她想今天穿这身衣服有些不得体。韩希突然觉得她所有的衣服都不能让她十分满意，而她找不到一件满意的衣服，她好像就不能完全找回她的自信。韩希把那些衣服重新拨拉了一遍，考虑再三，还是穿那身蓝色的套裙，比较适合蓝天航的欣赏口味，如果蓝天航的欣赏口味还没改变的话。她又找出一枚白金的胸针别在衣服前面，她以前从没这样搭配过，感觉比一上来好了一些。

选好衣服后，韩希看了看时间，好像还来得及洗个澡。她匆匆洗了个热水澡，用干毛巾擦干身体后，喷了些雅诗兰黛的Pleasure。她第一次用Pleasure，是蓝天航送给她的，那是他给她的二十二岁的生日礼物。这种并不是很名贵的香水，韩希对它的气味是一嗅钟情。那淡淡飘着的芬芳，可以很持久地飘散着。香而不艳，空谷幽兰般的灵秀，明月清风般的飘逸。雅诗兰黛后来推出的 Pleasure Intense，香气比 Pleasure 浓郁一些，也多了些性感的味道。韩希还是对 Pleasure 情有独钟，淡雅、朴素，却有种难以抗拒的魅惑和神采，淡而不空。那味道又是让人喜悦和欢快的，一如这种香水的名字。

韩希又涂了同一味道的乳液，然后换上那身她早就想好要穿的内衣，这套绣花内衣是她所有内衣中最精致最性感的，色彩、质地都极好。韩希穿着内衣在镜子前走动了一下，她觉得这样做好像有点儿拨云撩雨的暧昧，脸跟着臊红起来。虽然她知道这套内衣今晚只是穿给自己看的，她还是想要那种别样的感觉。紧接着她穿好外面的衣服，然后坐下来化妆。她一般是不化妆的，如果化妆一定是淡妆，这次也不例外，只是眼影比往常涂得重了些，蓝紫色的，映衬着两潭盈盈的秋水。

韩希把自己收拾停当，好像也差不多该走了。想到很快就要见到蓝天航，她是紧张和激动的。这会儿她才发现，到蓝天航的家里跟他见面更是让她紧张。她给蓝天航打过电话，见面的理由是去了解林燃的情况。她知道这个理由是牵强附会的，她可以就在电话上了解到所有的情况。如果一定要面谈，面谈的地点该是在他的办公室，或者一个公众的场合，但她说的是去他的家里，幸好他没有回绝。她很想知道他现在过得怎样，看看他现在的家，她知道他还没有结婚，她想知道更多的跟他有关的一切。韩希再次走到穿衣镜前，最后审视了自己一番。

蓝天航和方琳刚吃过晚饭，晚饭都是从学校食堂买来的，蓝天航趁方琳去厨房的时候，看了眼手机上的时间。

方琳在厨房顺手洗了个苹果，啃着苹果回到房间里。“你跟我去嘛，胖哥希望我们两个都去。”方琳边吃苹果边说。

“你自己去吧，今晚有个朋友要来。”蓝天航多少有些不耐烦。

“什么人这么重要？你们不能改个时间吗？”

“我们很多年没见面了，约好来跟我了解些事情。”顿了顿，蓝天航又说，“你赶紧去吧，别让胖哥他们等急了。”

方琳白了他一眼：“急什么，没看我在吃苹果吗？”

正说着，响起了门铃声。方琳看了蓝天航一眼，蓝天航起身去开门。

幽暗的灯光下，韩希出现在叶天航的面前，蓝天航呆愣了一下，他没想到韩希被时光打磨得这么光彩照人，而她的眼神又是纯净的，令人怅然的纯净。这眼神儿让他觉得很亲切，却又有些陌生，他慌乱地回避了韩希的眼睛。

韩希在最后一刻镇静下来，她像是见到了一个昨天还见过面的朝夕相处的朋友，她笑着说：“对不起我来早了，我以为会堵车，没想到今天这么顺。”

“没什么，快进来吧。”蓝天航说着把韩希请进屋来。

方琳已吃完苹果，她正准备离开这里。

蓝天航说：“我来给你们介绍一下，韩希，方琳。”

韩希和方琳互相道了一声“你好”。方琳接着说：“几个朋友在等着我，我得走了，你们聊吧，再见。”方琳很仔细地看了眼韩希，又意味深长地扫了眼蓝天航。

“再见，希望能再见到你。”韩希说着，也很认真地看了眼方琳。

方琳的鞋跟声消失在楼梯口。韩希随意地坐在了书桌边的一把椅子上，蓝天航坐在她对面的沙发上。两个人突然都觉得有些无所适从，韩希曾无数次设想的与蓝天航的重逢，已经被几句客套的寒暄一笔带过，为了遮掩自己的尴尬，韩希抬起头，打量了眼这间房子。

蓝天航开口道：“没想到我还蜗居在这种地方吧？”

“我倒觉得挺好的，有这么多的书。”韩希的目光落在方琳的一张照片上，她接着问道：“这是你的女朋友吗？”

“就算是吧。”蓝天航说得有些含混。

韩希不解地看了眼蓝天航，她感觉不出面前的这个男人是个恋爱中的男人，可是，这间房子里住着一个男人和一个女人，他们住在一起，好像又跟爱情和婚姻无关。

“你什么时候回美国？”蓝天航问道。

韩希想了想，说：“这次我准备长期在这里待下去。这么多年，我一直在怀念北京，我想我该回来了。”

这一次是蓝天航感到不解了，他问道：“你先生同意吗？”

“我们已经离婚了。”韩希淡淡地说。

蓝天航的眉毛挑了挑，他好像给韩希的归国找到了适当的理由。

两个人都缄默了片刻。

韩希先开口道：“半个月前，我来拜访姚定远老师，他提到当年的一些事情……”

蓝天航知道韩希在说什么，他回避着韩希的目光，斟酌了片刻，说：“过去的就让它过去吧，我很高兴看到你开始了新的生活，很好的生活。”

韩希收回了投向蓝天航的目光，当她再次看着他的时候，她问道：“那天你怎么没去上课？”

蓝天航一头雾水：“什么？上课？”

韩希说：“我拜访姚老师时，正好那天你有课，可你没来……”

蓝天航明白过来，他并不是一个经常缺席的老师，那天是唯一的一次例外，而且他跟系办公室的一个人打过招呼，只是那个人忘了通知学生。蓝天航不知道韩希怎么知道了这件事，他解释道：“那天正好有个很重要的讲座邀请我去主讲，我承认他们给的报酬吸引了我。”另外，蓝天航最近确实由于工作上的事情情绪不佳，只是他觉得没必要跟韩希讲这些了。退一步说，作为老师，没去上课，肯定是他的不对。

“可是，还有什么讲座比你自己的课和你自己的学生更重要呢？”韩希动情地说，“我是在教室里认识你的，我一直忘不了当时的情景，你打动了我们所有的人。我相信你是喜欢做老师的，学生们也喜欢你的课，你怎么可能为了一个讲座让他们失望呢？”

“韩希，你已经走了很多年了，有些事情有了变化，如果我只知一门心思在学校教书的话……”蓝天航摇了摇头，没再说下去。他并没有因为韩希的直截了当而生气，但他显然不想跟她探讨这些事情，他们在起点上就已经南辕北辙了。

小屋里出现了令人尴尬的沉默。韩希知道她刚才有些冲动了，毕竟，他们已经不是从前的他和她了。她先打破沉默，提起来这里的那个原因和理由：“我来这里是想跟你打听下林燃的情况。”

“哦，你在电话上跟我提过。”蓝天航也赶紧切入正题，他很有条理也很务实地介绍了林燃各方面情况，还特别提到林燃帮他做研究的事情。

“你在做什么研究?”韩希又偏离了主题。

“在做一些数据分析，希望能做出一个好的数据模型。”蓝天航不想在这件事上多说什么，把话题转回到林燃身上：“林燃才学兼优，又能踏踏实实地做事，还很成熟很有责任心，能为别人和工作着想，在这个年龄段的年轻人中，像他这种方方面面都很优秀的人很难得，算是百里挑一吧。”

韩希说：“看样子恒点公司要破例录取林燃了。”

蓝天航没再说什么，他想韩希今天来拜访他仅仅是为了了解林燃的情况，他可以理所当然地推断出今天的谈话该结束了，但是韩希并没有告辞的意思。

蓝天航挪了挪身子，只好客气地问：“要不要再加点儿咖啡?”

韩希碰了碰已经空了的杯子，说：“好。”

蓝天航这才发现咖啡壶也已经空了，赶紧说：“我再去煮一点吧。”

韩希没有阻拦他，看他独自进了厨房。

厨房里传出零零碎碎的声音，并不连贯。蓝天航好像有意待在那里，煮出一壶新的咖啡。韩希黯然地独自坐在客厅里，她很想站起来，走进厨房，跟蓝天航随便聊些什么。但她知道此时的他不想被打搅，他的离开不是无意而为，咖啡是可以在客厅里煮的，也不用守在那里。这样的躲避她可以理解，缠绕其间的却是细细密密的伤感。

蓝天航还待在厨房里，韩希身边的手机响了起来。

蓝天航拿着咖啡壶走了过来，顺手拿起了手机。

蓝天航在电话上支吾着，韩希自己端起咖啡壶，把咖啡倒进自己的杯子。

蓝天航放下手机，对韩希说："是方琳打来的，让我去接她。"

"一个女孩子晚上独自出门是不太安全，你去接她吧，我也该走了。"韩希用善解人意的微笑掩饰着内心涌动的伤感，她身边的书桌上还放着那杯满满的未来得及喝下去的咖啡。

蓝天航坚持送一送韩希，他们一同走出宿舍楼，韩希走向自己的汽车。在汽车前，韩希转身跟蓝天航握了下手，蓝天航说了句"一路平安"。韩希进了汽车，汽车发动时发出轻微的声响。

韩希想起什么，按下车窗，把自己的名片递给蓝天航。

韩希说："这是我的联系方式，希望还有机会见面。"

蓝天航接过名片，没说什么。

韩希朝蓝天航挥了挥手，蓝天航也朝她挥了挥手。在挥手之间，汽车从蓝天航的身边驶过。韩希在汽车的反光镜里寻找蓝天航的身影，可是里面只有模糊的楼房和昏晕的灯光。她期待了很久的重逢，还没有真正开始就结束了。也许男人和女人在重逢时可以有完全不同的状态，也许他们对这场重逢的期待本来就完全不同。

3.

韩希去见蓝天航的那个晚上，展飞约了黎阳来跟汪晴吃饭，他答应过汪晴，介绍她跟黎阳认识。

黎阳进了订好的那家饭馆，领位小姐带着他去了展飞订的包间，展飞和汪晴已经在那里等他。看见黎阳进来，汪晴赶紧站了起来，展飞坐着没动。

展飞介绍道："我的老同学黎阳，我们公司的市场总监汪晴。"

黎阳和汪晴握了下手。汪晴热情地说："久仰你的大名，今天终于见到你了。"

展飞对汪晴说："你不用这么抬举他。"

展飞又转向黎阳："你来晚了，我们已经点好菜了。"

黎阳翻开菜单，说："都点了哪些菜？你点的我不放心。"

展飞说："是汪晴点的。"

黎阳马上合上了菜单，说："那我一百个放心。"

汪晴笑道："怎么这么信任我？"

黎阳认真地说："一见你就知道是一路人。虽然一见如故，还是得道个歉。今儿来晚了，刚进来一笔大生意。"

展飞无动于衷地听着，汪晴很感兴趣地问道："是什么生意呀？能问吗？"

黎阳说："从美国来的一笔塑料生意。"

展飞马上说："你不是在进口洋垃圾吧？"

黎阳捅了下展飞，说："你不说话我还能把你卖了？"

展飞又说："汪晴是对金融感兴趣。"

汪晴却说："我的兴趣很广，是好的生意，我就是做不了，也很想拜师学习下。"

黎阳笑眯眯地看着汪晴："我就说我们是一路人嘛。"

展飞看了眼汪晴，说："你不会把进口洋垃圾当成好生意吧？"

汪晴说："如果能变废为宝，那就是好生意呀。"

汪晴和黎阳心有灵犀地对视了一下。

黎阳大言不惭地说："我们确实是在变废为宝。过去的二十年间，中国的废旧物品进口量翻了十倍，从四百五十万吨增长到四千五百万吨。洋垃圾回收机构已铺满全国各地，这个巨大的垃圾回收产业帮助很多人脱贫致富，为发展做出了很大的贡献。"

"洋垃圾应该能有很大的利用价值，"汪晴说，"我在美国时发现很多美国人挺浪费，一些很好的东西就被他们扔进了垃圾桶，还有大量的一次性的塑料用品和废弃纸张。"

"这些东西都有很大的利用价值呀，"黎阳说，"譬如我想掺和一把的塑料制品，有很大的回收利用价值，从废塑料中回收的新塑料，比从石油提取物中合成新塑料便宜，节约了制造成本，中国的使用量又很大，这就可以创造巨大的利润。"

汪晴饶有兴趣地听着，她对黎阳说："这是件好事呀，我很有兴趣跟你一起做。我算不上合作伙伴，我想给你打个下手，以学习为主。"

黎阳犹豫了一下，还是说："好，两个人的力量和智慧比一个人的大。我们可以再找一天谈下具体操作的细节。”

汪晴欣喜地点了下头，那双明亮的眼睛更亮了。

展飞冷眼坐在一边，轻微地摇了下头。他想起韩希、陈娟和他自己参与的那个环保组织，他们已开始想方设法阻止洋垃圾进入中国，坐在他身边的这两个人却在想着从这个漏洞上发财。他相信黎阳和汪晴不会不知道洋垃圾对中国的环境造成的危害也是巨大的。展飞讽刺了他们一句：“看样子你们在做一项伟大的事业。”

黎阳自然听出了展飞的话外音，却笑着说：“谈不上伟大的事业，但肯定是一个伟大的再生产链条。我们可以把一个美国人扔掉的饮料瓶子，变成一个精美的打火机，再销售回美国。在这个垃圾再生产中，所有的参与者都是利益的获得者。”

汪晴频频点头。初次见面，汪晴跟黎阳就很谈得来，展飞倒有些像局外人了。

4.

虽然韩希和蓝天航的重逢颇为平淡，但这次见面帮助林燃得到了去恒点公司工作的机会。蓝天航对林燃赞赏有加，韩希也一如既往地信赖着蓝天航的判断和建议。

林燃再次坐到了韩希的对面。

韩希微笑着说道：“恭喜你，你已经被恒点公司录用了。考虑到你的学业，我们允许你现在在我们这里只做兼职，等到你毕业后，如果我们还有共同合作的愿望，我们也非常欢迎你正式进入恒点公司。至于你拿多少薪水，由展总跟你谈这个问题。你的工作是在市场部，见过展总之后，汪晴总监会告诉你具体做什么。”

林燃激动得涨红了脸，连说了几声“谢谢”，起身告辞。

韩希又叫住他，说：“我忘了告诉你，我也是北方大学毕业的，我们不仅是校友，而且是系友，但这一点肯定不是我欣赏你的根本原因。不过能有你这样的师弟，我还是感到很骄傲的。”林燃还未来得及说话，韩希补充道：“我前几天见到蓝天航老师，他很赞赏你。”

“您认识蓝老师？他是我们最喜欢的老师，他讲的课最受学生欢迎了。”林燃由衷地说。

如果林燃的溢美之辞用在了蓝天航的其他方面，韩希会认为那里面多少包含了奉承的成分，但林燃像现在这样评价蓝天航，韩希丝毫不怀疑那些话的真实性。韩希刹那间有些感动，这么多年过去了，蓝天航竟然在学生的心目中还保持着这样的形象，这让她既惊喜又意外。韩希看了眼林燃，想再说点什么，但她很快让自己恢复了常态。

“喔，你先去展总那儿吧，左边第一个门。”韩希对林燃吩咐道。

5.

韩希接到王欣一的电话，说他人在北京，韩希有时间的话，他想跟韩希见上一面。

他们约在一个茶馆见面，那里比较安静。韩希感觉到王欣一这次回来，不光是来探亲，跟“含希”也没有直接的关系。果然，韩希和王欣一见面后，没寒暄几句，王欣一就道出了这次回中国的原因。

“我得到一个很好的工作机会，”王欣一说，“是一家外资银行，让我负责金融分析项目，是我以前在花旗银行的一个同事推荐的我。他去年回来的，薪水优渥，他拿的起薪是三十五万美元，一年后升到了五十万，我在美国肯定拿不到这样的薪水。”

“你动心了？”韩希问道。

王欣一点了点头。

“可能还不光是薪水的诱惑。”韩希又说，凭她对王欣一的了解，加上她自己决定海归的感受，应该还另有其因。

王欣一又点了下头。“我在美国也很难遇到这样的机会，有这样的机会，甚至更好的机会，但不属于我。我跟他们已经见了面，算是面试吧，双方的感觉都很好，我们在一起应该能做成些事情，是我梦寐以求想做的一些事情。”

韩希说：“你真能回来的话，大概用不了几年，你就是首席经济学家了。”

王欣一笑了笑，这是他的梦想，他本来以为这辈子不可能实现这个梦想了。

韩希又说：“我当然很希望你们回来，这样我们又可以常见面了。不过这是件大事，你还得考虑陈娟的意见，还有两个孩子的意见。”

“是呀，很多的事情要考虑，工作毕竟只是生活的一部分，我们离开了将近二十年，还有重新适应的问题。我也想听听你这个海归的意见。”

韩希把自己回来后的各种感受和见闻毫无保留地告诉了王欣一，有好的方面，也有她正在调整和适应的地方。两个人对是否海归做了很多探讨。韩希想起她邀请汪晴这个周末去她那儿，王欣一见过汪晴，汪晴也是个海归，她问王欣一想不想加入她们，或许汪晴也能给他一些建议。

“这个周末我就回美国了，”王欣一说，“我在北京考察了跟我们有关的方方面面，包括孩子可以去的国际学校，头绪很多，回去后得跟他们好好商量下，尽快做出决定。”

6.

韩希把汪晴请到了家里，她把那套公寓看作是自己在北京的家了。

韩希带汪晴看她的设计和布置。汪晴边看边说：“那天你买的那堆小摆设都派上用场了，给这房子增色不少呢。”

韩希说：“这要谢谢你。”

“谢我干吗？都是你的眼光。”

“是你带我去的那儿，还给了我很多建议。”

汪晴的目光继续搜寻着。房间里收拾得很整洁，只有书桌上有些凌乱。汪晴看到一些图片，上面有些简陋的村庄，表情麻木的村民，还有很严重的白色塑料垃圾污染。汪晴拿起几张图片，问：“你还在为那个环保组织做义工？”

韩希说："几乎没做什么。我回来后，并没有像我原来设想的那样为这个项目做更多的事情，还不如在美国的时候做得多。也许忙过这段时间，我可以去实实在在地落实一个环保点。"

汪晴却说："你会越来越忙，有的时候会身不由己，你也有可能越来越喜欢另外的一种生活。"

"什么样的生活？"

"你会知道的。"

说话间，汪晴已经挪动了脚步，她的目光落在一组照片上。这是一棵原木做成的树，每个树枝上挂着一个相框，里面嵌着一张照片。汪晴注意到了两三张合影，应该是在韩希去美国前照的。里面除了韩希，还有一个男人是同一个人。汪晴指着这个男人问："你从来没给我看过这些照片。他是谁？是你以前的男朋友吗？"

韩希一时语塞，她不知道该怎样定义她和蓝天航的关系："不是，我们那时候都在北方大学，他比我早几年毕业，不过我们曾经关系很好。"

"能看得出来，他叫什么名字？"

"蓝天航。"

"你们很般配呀，应该彼此都动了心，就是还没捅破那层窗户纸吧。"

韩希有些尴尬，汪晴说得没错。

汪晴又说："那布莱克是横刀夺爱了？"

韩希说："不能这样说吧，我和蓝天航并没有谈恋爱，再加上发生了其他的一些事情，布莱克向我求婚时，蓝天航正在疏远我。”

汪晴说：“如果是我，会选择布莱克的。”

韩希纠正道：“我当时并没有做选择，蓝天航没有给我这个机会，他也很赞成我接受布莱克。只是我最近才知道他退出的原因。”

“你是因为蓝天航回中国的吗?”汪晴总是喜欢直入最重要的环节。

韩希不置可否地笑了笑，说：“知道这件事的人可能会这样认为，其实两个当事人，并不这么确定。”

汪晴说：“我猜想，你还是想见到他的。”

韩希大方地说：“我已经见过他了。”

汪晴很感兴趣地看着韩希。

韩希却不太想继续这个话题了，她反问道：“你怎么样了?回来两三年了，有没有遇上心仪的?”

汪晴说：“我？我已经不相信爱情了。”

“你还年轻，真正的爱情还没来呢。”

“我可不会这样想。不过这样也好，当一个女人不再被爱情纠缠，会活得很轻松。哎，你的饭做好没有，我饿死了。”

韩希说：“我煲的汤应该好了，可以开饭了。”

韩希把一个个准备好的菜端到了饭桌上，精致而丰盛。

汪晴开心地说：“又吃上你做的饭了。美国把我们这些中国人都培养成大厨了。我回来后终于不用自己做饭了。”

韩希说：“我倒觉得能为家人朋友做饭是件好事呵。向你表示感谢，当然要亲自下厨了。”

汪晴说："谢谢，按照美国的习惯，这是最高规格的了。"

韩希和汪晴都入座后，汪晴说："你不觉得你已经很美国化了吗？"

"什么？"韩希有些不解。

汪晴说："最好的宴请，要在家里。还有，你会为爱情做出重大决定。"

韩希说："可我是为我自己回来的。"

汪晴坏笑了一下："至少跟那个蓝天航有点关系吧，他现在是什么状况？"

韩希说："有个女朋友。"

汪晴意味深长地看着韩希："看来你们还很有戏呀。"

7.

蓝天航去了那家正在跟他们统计系合作做项目的企业，推进项目的进展。这是家国有企业，资金雄厚，但在合作项目时一直人浮于事。蓝天航很认真，还有些较真，这让他们感到不悦。蓝天航越来越感觉到他们只是想找个由头，从上面要来拨款，然后冠冕堂皇地走个过场，通过鉴定，结束这个项目。他们更在乎如何通过鉴定，而不是实际的效益。

从那家企业回来后，蓝天航去找姚定远。他来到姚定远的办公室前，敲了下门，没等回应，就开了门。

姚定远一愣，问道："小蓝，有什么事吗？"

蓝天航直接了当地说："我刚从我们的那家合作单位回来，

他们提出现在就做鉴定，尽快了结这个项目。”

姚定远马上说：“这是好事呵，他们已经把钱打给了我们，一分没少，早点结束，你可以有更多的精力去做下一个项目。”

蓝天航说：“可这个项目根本不合格，我们不该跟他们一起滥竽充数。”

姚定远面无表情地说：“只要有企业公司愿意跟我们合作，我们就应该向它们敞开大门。”

蓝天航说：“可我们根本保证不了项目的质量，一些企业就是想找个理由去要项目经费。”

姚定远的脸上还是很平静：“起码他们还想做个项目吧，我们也创收了，各取所需。”

蓝天航有些气愤：“那我们不就是招摇撞骗吗?”

姚定远也提高了嗓门：“你说得倒轻松。你不需要钱吗？靠这个项目挣上来的钱你少拿了吗？更过份的是，为了出去挣讲课费，你可以把一帮学生晾在这里不来上课。”

蓝天航满脸通红，无言以对，姚定远的最后一句话无疑戳痛了他。

蓝天航步履沉重地走回家来。他机械地开了门，径直走向冰箱，一口气灌下一大杯冰水，有些干裂的嘴唇在水的滋润下渐渐恢复了原来的颜色。他折回身去带上房门，然后随手拿了本杂志，跌坐在沙发上。人们现在都喜欢翻手机看微信，蓝天航还保留着看纸质书的习惯，也会看些杂志。

蓝天航还没看进去一个字，方琳已经回来了。她一边说着

“怎么你在家里”，一边打开了音响，小屋里顿时轰鸣起激烈的音乐声。

蓝天航抬起头，没好气地说：“能不能小点声儿？没看见我在看杂志吗？”

方琳背对着蓝天航说：“朝我嚷嚷有什么用？系里到底把去美国的那个名额给了贾国平。瞧他多得意，他最得意的地方不是这次让他去美国，而是他抢占了本该属于你的名额。你瞧着吧，再过两年，系主任的位置也是他的了。原来我以为他什么都不如你，现在看来他还真比你强。活在这年代，就得像他那样。”

蓝天航把杂志扔在一边，起身走到阳台上。方琳不屑地撇了撇嘴，把音响的声量调得更大了。

蓝天航一个人木然地站在破旧的阳台上，夕阳的余光从他身上扫过，使他显得愈发的孤独和沧桑。楼下有两个中年教师正在激烈地争论着什么，两个人都在不断地打着手势，争得面红耳赤，其中一个想走了，另一个又追了上去。蓝天航猜想他们并不是在争论一个学术问题，学校又要开始评职称了，虽然现在评职称已经不像以前那样举足轻重，但这依然是大学校园里最敏感的话题之一，牵动着无数人的切身利益，楼下这两位的激动八成也跟职称有关。想到评职称这件事，蓝天航苦笑了一下，还不自觉地摇了摇头。他不是一样也被这件事困扰着吗？为什么他的生活中有这么多的烦心事呢？蓝天航扬起头，深深地吸了口气，又缓缓地呼出来。他很想从这个固定的圈子里跳出来，哪怕只是暂时的，至少可以给他一个喘息的间歇。他本是一个与世无争的人，却无法避免地陷进无数个纷争中。他想不明白在一个大学校园里，在最应该让人静下心来的地方，怎么也会有这么多的争扰？他真想抛开这一切，逃离这一切，可是作为一个理性的人，他知道这不是解决问题的办法。

蓝天航的身后突然安静下来。他走回房间，听到方琳出去后关门的声音。

蓝天航疲惫地坐下来，看到了韩希留下的那张名片，他想了一下，拿起来。他很想找人倾诉一番，有太多的事情郁结在心里，他想把所有的东西倾倒出来。如果他不能选择逃避的话，也许找人诉说一番可以让他轻松很多，虽然男人很少选择这类释放自己的方式。其实男人并不排斥这种方式，只是男人习惯于一个人去承担，而且，更重要的是，男人很难找到一个能让自己畅所欲言并且可以完全地暴露一个真实的自我的倾诉对象。韩希曾经是那个他愿意向她敞开心怀的人。

蓝天航突然有了一个冲动，他想见到韩希，想跟她好好地聊聊。

他拿着韩希的名片，开始按上面的电话号码，但他按了几个号码后，又摁断了手机。他有些害怕见到韩希。韩希比当年离开北京的时候成熟了许多，成熟的韩希浑身散发着磁场般的吸引力。她的一举一动都很随意，却女人味十足，而大部分女人身上缺少这种气韵，至少没有充分展示出来。同时韩希又非常的单纯，从眼神儿到她的思维和心思，都有一种很简单又很清澈的单纯。方琳比韩希年轻，却早就没有了这种单纯。这种已经有些陌生了的单纯让蓝天航觉得很感动，也许正是因为这份单纯，他渴望着向韩希敞开心扉，可也正是因为这种单纯，让他感到跟韩希有关的一切已变得可望而不可即。

蓝天航还是选择了望而却步。他知道他是不可能去找韩希谈什么的，虽然他在心里依然觉得跟韩希很亲近，在她离开的这些年里，他在内心深处一直为她保留着那个最美好的位置，她从未离开过他的生活。现在韩希回到了北京，她上次来找他，不仅仅只是因为林燃的事情，当他真的可以去亲近她的时候，他又分明感觉到现在的他们已经无法逾越的生疏。

8.

方琳即将研究生毕业，她要尽一切可能留在北京。田姚即将大学毕业，她也希望跟林燃都能留下来。方琳和田姚都开始找工作。可是诺大的一个都市，有太多的人拥挤在这里，也有太多的人想挤进来。方琳和田姚找工作都不顺利，方琳还是坚定不移，田姚却心灰意懒起来，只能把留下来的希望放在林燃身上。

展飞利用各种关系，疏通跟广博的合作。他终于搞到那份很重要的批件，最终促成了跟广博的合作。

韩希无比兴奋，但她并不知道展飞所做的一切。

与此同时，林燃在工作中发现了问题，他考虑再三，决定把材料整理出来，上报给了他的上司汪晴。

汪晴坐在办公桌前，翻看着林燃交给她的一叠材料。林燃站在办公桌的另一边。

汪晴皱了下眉头，说："林燃，你的工作职责我在你报到的那一天都告诉你了，这些事情跟你没有任何关系。"

“可是……”林燃欲言又止。

“可是什么？这件事就到此为止了。”汪晴很严厉地看着林燃。

林燃沉默了一下，小声说：“我知道了。”

汪晴看着林燃走出她的办公室，拿起电话，打给展飞。那边没人接。汪晴看了下时间，赶紧朝会议室走去。恒点的高层管理人员每星期有个例会，汪晴进去时，展飞、韩希都坐在里面了，汪晴是最后一个到的。她想坐到展飞旁边，展飞两边都没有空位。

林燃回到了他的办公室。这是一个大的办公间，里面有很多隔断。

林燃失望地坐在他的隔断里，想了一会儿后，他拿起手边的那一叠材料，走到碎纸机旁边，把它们一张张地放进去。

下班时间已经过了，恒点公司的高层管理人员会议还在进行。

韩希看了眼挂钟，说：“关于下个阶段的计划安排，刚才大家已经提了不少很好的建议，各位还有什么要补充的吗？”

汪晴说：“为了配合今后的发展，我认为在人员安排上还应该做些调整。如果有可能，我们应该再招些更合格的人，一些临时性的人员，譬如林燃这样的，没有必要让他们占用我们的资源。”

韩希有些意外：“林燃做得不好吗？”

汪晴说：“一个还在读书的学生，我们能指望他做得多好呢？”

汪晴的话音刚落，又有一个人发言道：“还有，恒点的外部形象和内部的管理方式都有不少改变，这是韩总带回来的美国式的原则和规矩，肯定是很好的，但不一定适用于我们。我们是不是有更好的办法？汪晴也是海归，员工们倒很认可她的做法，我们有没有可能折衷一下？”

在座的人都有些尴尬，努力遮掩着不同的表情。

汪晴刚想开口弥补一下，韩希先开口了：“我很感谢你们能直抒胸臆，我会加强跟大家，包括基层员工的沟通，听取你们的意见和建议，在对内对外的管理上，在工作人员的安排和考核上做相应的调整。今天不早了，不如先到这里，大家可以先回去考虑一下，我们下次开会时讨论这件事，你们说怎么样？”

大家都没有异议。

人们陆陆续续往外走，汪晴朝展飞走去，她看见展飞正走向韩希。

汪晴扭头离开了会议室。

韩希和展飞走在最后。展飞随着韩希进了她的办公室。

展飞看着韩希有些疲惫地把手提电脑等开会用的东西轻轻放到老板桌上。韩希抬起头时，两个人对视了一眼。

展飞开口道：“他们只是一家之言。”

韩希说：“可他们也许是对的。”

展飞斟酌了一下，说：“本来我也想在私下提醒你，又觉得应该多给你一些时间。”

韩希望着展飞：“多一些时间改变自己吗？”

“多一些时间重新适应这里吧，我们终归要入乡随俗。”

“有些东西不是美国给我的，是我在这里就形成了的。”

“但美国很可能跟你当年在这里的初衷很吻合，反倒让你保留了初心。这些年中国在发生变化，某些方面甚至是巨变，可你没变，回来后反倒水土不服了。”

韩希惊讶地看着展飞，似乎在说：你怎么这么了解我？

展飞解释道：“你现在经历的，我已经经历过了。”

韩希想起了那次在奥尔巴尼时展飞说过的一些话。“你跟我提到过，你是从两种文化中走过来的，那你用了多长时间重新适应这里？”

展飞说：“还在适应中，我们要适应的不光是文化，还有时代的变迁，还有自身的变化。”

韩希定睛看着展飞，停顿了片刻，她又问道：“你希望我改变自己吗？”

展飞迟疑了一下，说：“有时候希望，有时候不希望。”

韩希微微一笑：“这是你之前没有提醒我做些改变的一个原因吧？”

这次是展飞觉得有些惊讶了。他笑了笑，算是默认，然后又说：“有些东西你是避不开的，当周围很多人跟你有不同的声音的时候，你不得不去面对本来不是问题的问题。”

展飞说完这句话，打住了这个话题：“别多想了，至少今天不要再想这个问题了。怎么样，今天晚上一起出去放松一下？”

韩希刚想说“好呀”，但展飞的灼灼目光突然让她有些无所适从，她推托道：“不能再占用你的时间了，或许我们应该搞一次郊游活动，让公司的所有员工好好玩一次。”

“那好，你定个时间和地方，告诉我就行了。”展飞随意地笑了笑，他对韩希刚才的拒绝没有表现出任何的失望。他知道对韩希强求是不行的，他懂得适可而止。他也不是那种喜欢死缠烂打的男人，理智告诉他急于求成只会拉远他们之间的距离，耐心和自信又让他相信韩希最终是会被他打动的。

韩希说：“还是征求大家的意见吧，这里肯定有不少会玩的人。”

“那我走了，你也不要搞得太累了，早点儿走吧，已经不早了。”展飞起身告辞。

韩希说：“你也一样，明天见。”

展飞回到自己的办公室，他把开会用的材料放回办公室后，很快就离开了。

展飞从地下车库开车出来，要右转的时候，他看到黎阳的车从他眼前驶过，汪晴坐在黎阳的身边。他们正在热乎地聊着什么，没有注意到展飞。展飞想按下喇叭，跟他们打个招呼，手到了喇叭上，没有按下去。

韩希从自己的办公室走出来。她在路过那个大的办公间的时候，发现门还开着。韩希走进去，看到林燃正在忙碌着。

韩希开口道：“林燃，你还没走？”

林燃说：“还有一点事情，马上就好了。”

“这样吧，我等你一下，然后请你吃饭。你有空吗？”

林燃羞涩地一笑：“我……有空，只是……”

“只是不好意思跟我一道吃饭，对吗？”韩希笑道，“你看，现在已经是下班时间了，我现在不是你的老板。”

韩希带林燃去了一家她去过几次的饭馆，她很喜欢那里的环境。他们已经开吃了，林燃还是有些拘谨，毕竟是第一次单独跟自己的老板吃饭。

两个人边吃边聊，他们多半是在聊北方大学的事情。

韩希随意地问道："最近见到蓝老师了吗？"

林燃说："上个星期见到过他，对了，他问起你。"

"是吗？"韩希的心里颤动了一下。

林燃问道："您跟蓝老师很熟吧？"

韩希想了一下，说："原来很熟，应该说很亲近。那是以前的事情了，两个人的变化都很大，他好像已经不是原来的他了。我不知道这是年龄的缘故，还是周围环境对他的影响。"

林燃说："或许都有关系吧，他不得不活得现实一些。您要在这里多呆一段时间，多经历一些事情，就比较容易理解蓝老师了。"

韩希有些诧异地看了眼林燃，她没想到年纪轻轻的林燃说出这么老到的话来。

服务员又过来上了一道菜。服务员走后，韩希婉转地说道："我知道你很希望能来恒点，希望你现在还是这样想的。"

林燃有些不解地看着韩希，说："我很珍惜这个机会……您给我的机会，所以我想好好地做。"

韩希说："这就好，工作中总会遇到这样那样的问题，我相信你能处理好，越来越成熟。"

林燃迎住韩希信任的目光，踌躇了片刻，终于开口道："有件事，我想我应该告诉您。我们跟广博公司的那笔买卖快成交了，这事儿展总做了很多，我在其间做了一些具体的事情。这笔交易的关键在那份批件上，我们得到了它，但我们并不是完全应该得到它。这次我们遇到了比我们更强的竞争对手，我们没有赢在实力上，我们赢在幕后交易上。”

韩希马上意识到了什么：“你是说我们有很严重的行贿行为？”

林燃接着说下去：“是的，这中间有很多漏洞，但最终都用钱补齐了。我今天重新核实了全部过程，我相信我的判断。但我不知道我们下面应该怎么做，是促成这笔交易，还是……”

韩希没有马上回答林燃，她说：“明天你把具体材料交给我。”

林燃又犹豫起来，他小声问道：“这事儿会不会影响到展总？”

韩希不解地看着林燃：“你为什么问这个？”

林燃说：“我怕对不起他，没有他，我可能来不了恒点。”

韩希有些意外，她看着林燃，等他把话说完。

林燃继续说道：“一、两年前，我来过恒点，想看看这里有没有实习的机会，那次碰上了展总，他让接待员记下了我的联系方式，说是有机会会通知我，我以为他只是说说而已。”

“这么说这次的机会是展总通知你的？”

林燃点了点头：“是，我都没当回事，也不会怪他随便打发掉我，我没想到他是认真的。”

韩希的心里有些惊讶和感动，她没有想到展飞会关照林燃这样的来找工作的学生，能以诚相待，信守诺言。

韩希沉吟了片刻，还是说："这是两码事，你还是先把那些材料给我吧。"

自从林燃把恒点公司有可能有严重行贿行为的事情告诉韩希后，韩希就开始着手调查此事。虽然她当时就想把展飞叫来问个水落石出，但她知道应该沉住气，她不能在未做任何调查的情况下就去兴师问罪。经过半个多月的调查，韩希基本上搞清了这件事的来龙去脉。之后的两天，她一直在想恒点公司究竟该如何解决这件事情。

汪晴在韩希之前就知道了这件事情，她本来想通知下展飞，让展飞有个防范，可展飞的心思都在韩希身上，这让她感觉不舒服。加上她自己也有很多事情要忙，跟黎阳的合作已经开始。她也没想到林燃会把这件事捅到韩希那儿，韩希开始做调查后，她很快就觉察出来，事情就要水落石出时，她觉得有必要跟展飞通下气了。到了这种时候，展飞做什么都于事无补，但她肯定能在展飞那儿挣上这个很大的人情。

汪晴去了展飞的办公室，敲门进来。

汪晴带上门后，说："林燃最近去了几趟韩希的办公室。"

展飞说："这有什么？"

汪晴走过来，坐在展飞对面的转椅上，盯着展飞，说："你做了什么你自己知道。"

展飞略有些紧张，问："为什么不早告诉我？"

汪晴说："我是想告诉你的，你没时间搭理我。我可比你重情义，还来给你报个信儿。"

展飞说："怪不得你上次开会时提出辞退林燃，谢谢了。"

汪晴说："这个林燃，招人的时候我就投了反对票。当然，韩希要让他进来。"

"我也投了赞成票，"展飞又说，"他就是个最底层的员工，员工都还不算，他能做了什么？"

展飞办公桌上的电话响了起来。

展飞拿起话筒："好，我这就过来。"

展飞放下话筒，对汪晴说："是韩希打的。"

汪晴故意重复了展飞刚才的那句话："是呀，他能做了什么？"

韩希有了一个明确的答案后，她才把展飞请进她的办公室。

摊牌之后，韩希很严肃地问道："这件事你如何解释？你自己从中得到多少好处？"

展飞没想到韩希已掌握了一切，但他还是很镇静地回答道："我用不着解释全部过程，我希望你能注意到最终的结果。为了促成这笔生意，我花了两个月的心血，我几乎动用了我所有的关系，而且我做这件事是为恒点公司的利益，并没考虑我自己的利益。"

"那么我们的职业道德呢？恒点公司的行事原则是公平竞争。"

"公平竞争、职业道德在中国是行不通的。"

"如果我们都这样做生意，我们会把这个国家毁掉的。"

"你这样做生意，先毁掉的是恒点公司。"

"如果恒点公司只能靠这种方式赢利的话，我宁愿亲手毁掉它。”

韩希说完这话，两个人都愣在那里，韩希的强硬和决绝让展飞和她自己都吃惊不小。

韩希失望地看着展飞，说：“我以为你不会做这样的事情。”

展飞自我解嘲道：“那你把我拔得太高了，高处不胜寒，我早就不在那里了。”

展飞又说：“好吧，我会在全体会议上做检讨。”

韩希表情复杂地看着展飞，似乎有些于心不忍。

展飞转身朝门口走去。

展飞已经走到门口了，韩希突然问道：“汪晴事先知道这件事吗?”

展飞没有回头，淡淡地说：“我为什么要告诉她呢?”

林燃来到韩希的办公室时，展飞正往外走，跟林燃差点儿撞个正着。展飞冷冷地看了眼林燃，然后走掉了。林燃尴尬地站在门口。

韩希对林燃说：“请进吧。”

林燃走到韩希面前，有些不知所措。

韩希面色潮红，她在平定着自己的情绪。片刻之后，她说：“我们已经终止了跟广博公司的合同，展总会在全体会议上做检讨。”

林燃嗫嚅道：“我们会少挣一大笔钱。”

韩希平静地说：“这个世界上还有比金钱更重要的东西。”

林燃定定地看了眼韩希，有一种要窒息的感觉。他把他所发现的问题告诉韩希后，他心里一直是忐忑不安的。后来的一段时间里没有任何的动静，他以为韩希让这事儿不了了之了。现在的商业运作上有太多的暗箱操作，道德底线早已被金钱的洪流冲垮。如果韩希让这件事不了了之，林燃是不会大惊小怪的，但他的内心深处会对韩希有些失望，那好像不是韩希的风格。现在林燃知道了，韩希果然没有随波逐流，但是她的决绝又让林燃无比的震惊。本来韩希的行动跟林燃的价值观道德观是相吻合的，只是当越来越强大的金钱统治摧毁了越来越多的道德堤坊，他开始怀疑他的很多想法是落伍的是不合时宜的。现在他在韩希那里找到了同样的答案，这个让他感到震惊的决定，又让他觉得无比亲切。

展飞在恒点公司的全体大会上做了检讨。

在展飞做检讨前，韩希差点改变了这个决定。他们已经终止了跟广博公司的合作，还让展飞在大庭广众之下做这个检讨，只是为了警示所有的员工以后要有意识地避免违规违法行为。可这也势必把展飞置于一个相当难堪的境地。展飞在恒点向来有很高的威望，他又总是气宇轩昂，潇洒霸气，他向人们展示的永远是一个正面的形象。现在他要承认他做错了事情，还要在那些一直仰视着他又一直在他手下工作的员工面前承认他的错误，这对他来说几乎是一个难以忍受的羞辱。

在全体大会上，他们还来得及取消这个环节，略过这件事进入下一个环节。韩希望向展飞，展飞看到韩希的眼睛里满是犹豫和怜惜，他明白了韩希内心的挣扎。他朝韩希淡淡地一笑，还是走上了前台。

展飞做检讨的时候，韩希整个人僵在椅子上，她的整个思维也僵住了。她没有听到展飞在说什么，她的脑子里是一片轰鸣声。

台下鸦雀无声，很沉重的气氛中，韩希的心里划过尖利的疼痛，像一把锋利的刀片，从她的心口划过。

第八章

韩希并不觉得她比布莱克幸运，走向彼岸时，终究要跟此岸告别，她的心里会比布莱克多了留恋和怀念。她相信她和布莱克都是怀念这里的，他们承受着同样的生命之痛，只是表现出来的形式不同。布莱克怀念的是一个人，当他的生活中有了另外的情感寄托，他的这份怀念会越来越淡。而她在怀念着的不仅仅是一个人，她的怀念更深更绵长，永远都无法消逝。

1.

了断了跟广博的合作，处理完相关的事宜后，韩希决定回一趟美国。她要向布莱克和皮特汇报下恒点的发展状况，她也想去探望下在那边的朋友。还有，回中国后，她第一次觉得累了，她想她该给自己放个假了。

韩希拖着一个拉杆箱站在路口，准备去机场。公司的汽车开过来，展飞从车上下来。

韩希有些意外：“我跟小刘说好来送我。”

“还是我送吧。”展飞说着提起韩希的拉杆箱，放进后备箱里。

韩希只好上了展飞的车。

去机场的路上，展飞在开车，韩希坐在他的旁边。汽车里的两个人，都沉默不语。展飞想说些什么，又不知从何说起。或许可以从那次例会后在韩希办公室里的交谈说起。韩希在工作中不自觉地带出些美国式的原则和方式，跟手下的员工有了些摩擦。他们倒更认可汪晴这样的海归。例会上有人把这件事摆在了桌面上。展飞记得韩希回到办公室时心情不太好，但那时候他们的关系还很融洽，韩希还很信任他。展飞并不认为韩希做得不对，但他还是建议韩希入乡随俗。展飞是为韩希好，韩希似乎并不领情。其实韩希并没有忽视展飞的意见，她加强了跟手下员工的沟通，听取他们的意见，改进她自己和工作中的不足。当韩希的大气和包容渐渐赢得了人们的尊重时，汪晴的圆滑反倒是在投机取巧了。展飞把这一切都看在眼里。

展飞还没有开口，韩希先打破尴尬："这两个星期，你可能会更忙。"

展飞说："没问题。希望你的美国之行一切顺利。"

韩希说了声"谢谢"。

展飞又说："你跟布莱克和皮特见面时，最好不要提广博的事情，我是说，具体的细节。"

韩希没有说什么，只是看了眼展飞。

展飞解释道："有些事情跟他们很难说清楚，我们没有必要让布莱克和皮特对中国的商业运作产生不好的联想。而且，这件事已经了结了。"

韩希把脸完全转向展飞，很认真地问："你能保证，恒点以后不再做这种事情吗？"

展飞似乎在专注地开车，目光始终是向前的，他看着前方说：“我只能保证，我以后不会在恒点做这种事情。”

韩希带着并不轻松的心情上了飞往美国的飞机。也许是太累了，也许是想让昏睡驱散那些让她烦忧的事情，飞机还在起飞的状态中，她就昏昏地睡了过去。直到飞机上开始派送餐盒时，她才醒了过来。

韩希并不觉得饿，还是吃了一些东西。最后她喝了一杯橙汁，那桔黄色的液体在她手上慢慢摇曳着，让她感觉到一些明媚的东西。韩希拉开舷窗，一个明净眩目的世界无遮无拦地涌向她。飞机正飞行在云层之上，她能在这里看到的，是碧蓝如洗的天空和一尘不染的阳光，这是行走在地球上时不可能感觉得到的阳光，没有掺杂一粒尘埃、一丝灰烬，它是那么的透明清淡，新鲜得好像从没在这个世界上存在过，可是它又锐利得可以穿透一切黑暗，纯净得可以洗尽一切污垢。韩希眯细了眼睛，有些贪婪地凝望着这个光明的世界。这段时间积压在心头的阴郁，慢慢地张裂开融化的缝隙。

如果没有发生广博的事情，或许她的这次美国之行是惬意的。令人瞩目的工作业绩，新的开发和合作项目，她回国后收获的成绩显然是掷地有声的，也可以让她感觉到欣慰，甚至可以让她感觉到自己的出类拔萃。可是这样的自我感觉也让她开始感觉到不安，即使没有发生广博的事情，她就真的可以欢欣雀跃高枕无忧了吗？当目不暇接的新鲜的刺激耀眼地旋转着，她不是没有看到光环下的那些阴影，广博的事情只是一个比较明显的喷发而已。还有许多细碎的裂痕，没有那么炫目，却又是显而易见的。

而且，轻易获取的成功和这个时代尊崇的游戏规则，让她更加地跃跃欲试，也让她不自觉地游进了一个浮躁和急功近利的圈子。而这样的接轨几乎都没有经过磨合期，当她发觉她自己也开始媚俗的时候，她已经渐行渐远。或许唯一还能让她感到安慰的是，在对待广博的违规操作上，她还是做出了一个俯仰无愧的决定。

靠在舷窗上，韩希开始重新梳理着几个月的生活。她想起了年初的那个夜晚，陈娟对她说的那些话。之后，在她最终决定回国时，她和陈娟在电话上有过几次深入的交流。她不得不承认，陈娟的那些担忧并不是牵强附会的。这几个月里，她一直漂浮在半空中，总有些不踏实的感觉。陈娟又让韩希想起了那些在“含希”的伙伴。她回国后，并没有像她原来设想的那样为他们的公益项目做更多的事情。虽然她做了几次捐助，但她并没有做具体的事情，甚至还不如在美国的时候做的更多一些。那时候她的心还是安静的，她可以静下心来做一些无名无利的杂务，而她现在已经无暇顾及这些琐事了。虽然在很多人的眼里，她现在做的事情更宏大更有意义，也更值得她去投入时间和精力，更能发挥她的能力和才华，可是她在内心深处还是更痴迷于那些朴素无华的琐事，那才是她生命的基石。有时候她会对自己说，忙过这段时间，她会放慢这边的脚步，去实实在在地落实一个环保点。只是她的这个期许好像越来越遥遥无期，总是很轻易地被公司里新的计划所取代。

机舱里很安静，为了让乘客安然入睡，所有的大灯都关上了，所有的舷窗也被拉了下来，拒绝着外面的光亮。有些人带着耳机，对着座位前的那个小屏幕，看飞机上提供的电影；还有些人在把玩着自己的电脑。韩希没有了睡意，她想一想，又停一停。她从来不喜欢长途飞行，这一次她却是喜欢的。这一段时间她一直在奔跑的状态中，这十多个小时的飞行倒成了一个意外获得的喘息和停留。

跟布莱克和皮特的见面是愉快的。在汇总完恒点的业绩后，韩希提交了几个经过详细论证的可行性报告，为恒点未来的发展铺展出新的平台。她在讲到恒点存在的一些问题时，简单地介绍了一下跟广博的合作以及中断合约的原因。本来她应该在这个环节上做详细的陈述，这也是这次见面最让她紧张的一个部分，但是她在最后一刻决定淡而化之。因为她的轻描淡写，再加上恒点让人欢欣鼓舞的业绩和前景，布莱克和皮特几乎没有注意到广博的问题和与此相关的隐患。他们对此事的忽略让韩希松了口气，但随之而来的是深深的不安，她不知道恒点的发展里还有多少因违规而获得的成果，也不知道在未来的日子里该如何面对同样的问题。

布莱克和皮特仔细地翻看着韩希提交的几份经过详细论证的可行性报告。皮特兴奋地说："太好了，这为恒点今后的发展铺展出一个新的平台。"

布莱克对韩希说："你的效率很高，也很有天分。"

布莱克又笑着问皮特："看样子我们找到了一个合适的人选？"

皮特说："当然，最合适的人选。"

皮特转向韩希："希，你要是早点加入我们的公司就好了。"

布莱克说:“我问过她几次，都被她拒绝了。”

三个人相视一笑。

皮特说:“希最终答应了，已经很好了。看样子一切顺利。”

布莱克还是问了一句:“有没有什么问题?”

韩希有些迟疑，她想起了展飞在送她去机场的路上说的那些话，于是说:“公司运作中肯定会遇到各种问题，但……不是太大的问题，我还能应付。”

皮特说:“那就好。”

皮特看了下时间，征询道:“要不今天我们就到这里?”

三个人都站了起来，皮特给了韩希一个拥抱，先行离开了。

皮特走后，布莱克和韩希都有些尴尬。

布莱克先开口说道:“希，我很高兴，你回去后，已经适应了那边的生活。”

“其实我还在适应，是有些问题，会越来越好的。”只面对布莱克一个人时，韩希想更贴近下事实。

布莱克说:“我原来还有些担心，看样子你跟展飞相处得也不错。在你回中国之前，我们跟展飞已经有了一些摩擦，甚至冲突，所以我们才特别希望你能接手恒点。”

韩希斟酌着词句:“展飞的经验要比我丰富得多，我想……他应该想把恒点做好。也许，有的摩擦，是因为文化不同。”

布莱克说:“但愿只是文化不同。”

布莱克又问韩希:“希，你还有时间吗?或许我们可以一起吃顿饭?”

韩希想了想，说:“我很想去原来的家里坐坐，不知对你方便吗?”

“我已经把那栋房子卖了，”布莱克有些无奈地笑了笑，“在两个月前。”

“把那栋房子卖了？为什么?”韩希很是意外。

“我想我应该开始新的生活了，而我每天回到那里，我会觉得你还在那里。”布莱克挥了挥手，好像是在挥别过去的那段生活。

韩希一时无语，她没有想到布莱克对她的感情会这么深。这让她感动，又让她内疚。她的心里在隐隐地作痛，不仅是为布莱克，也是为她自己，那段生活虽然有缺憾，可是离开了之后，才慢慢回味出里面的甘甜。

“希，不用为我担心，”布莱克倒来安慰韩希了，“我已在试着开始了，我遇到了一个人，感觉还不错，虽然只是第一步。”

“有了第一步，就有可能走出更长的路，对吗?”韩希的心情好了一些。

“希望是这样。”布莱克说。

“有好消息，不要忘了告诉我。”韩希真诚地看着布莱克，她现在最大的愿望，就是布莱克已经完全从前面的那段婚姻中走了出来，并且，遇上一个好女人。

布莱克点了点头，然后说：“那座房子有了新的主人，不过房子还在那里，我们可以开车过去，在外面看一看。”

奥尔巴尼是座不大的城市，两个人很快就到了他们原来住过的房子前。布莱克在路边停了车，他们坐在车里，从远处望着那座曾经的居所。

房子和房子前的庭院几乎还是从前的样子，那棵柳树还在，只是垂柳下多了些小孩子的东西。从这座庭院延伸出去的那条街道也是韩希无比熟悉的。积雪融化时，鹅黄嫩绿春花烂漫；到了秋天，更是层林尽染遍地铺金，那鳞次栉比的树枝上摇曳的色彩曾让她长久地驻足。她没有想到，这里的一草一木这里的气息会这么亲切地留存在她的记忆中，随着时光的流逝，反倒是越加清晰了。

在美国时，她怀念着彼岸的中国；在中国时，她怀念着彼岸的美国。她从来没有完全地属于这里，她对这片土地的爱始终是有私心的，那份感情也是有保留的。等到她离开了这里，在另一片土地上开始了完全不同的生活，她才发觉她是热爱这里的，而且，她越来越多地发现，她的理想，她的处世方式，她的价值观，竟然跟这片土地有了密不可分的联系。

布莱克看到韩希陷在沉思中，一直没有打搅她，只是安静地坐在一边。还是韩希先打破了沉默，她温柔地看了眼布莱克，说道："谢谢你陪我一起回到这里，就像当年你带我来到这里一样。"

"希，我希望你在美国生活的那些年里，没有太多的遗憾，我希望你是喜欢这里的。"布莱克说。

"我喜欢这里，"韩希很肯定地说，"那些年的生活真的很美好。"

"能告诉我美国或美国人最打动你的是什么吗？"布莱克问道。

韩希想了想，说："对我触动最大的是你们对别人的信任。我记得有次我带汪晴去一家商店买东西，汪晴原来拿了一个皮夹，但在交款时又不打算买了。回到家后，她发现账单上已经打上皮夹的钱，这就是说商店多收了这个皮夹的钱。第二天，她请我跟她一道回那家商店，想让我帮她证明她并未买这个皮夹。我们找到商店的经理，汪晴很简单地把情况说了一下，还未等我这个证明人开口，经理已经非常诚心诚意地把钱退给汪晴了，还连连赔着不是。走出商店，汪晴一个劲儿地说：怎么就这么简单？他怎么就这么相信我说的话？你知道我们对怀疑和不信任早就习以为常了，我们只知道'口说无凭'，可在这里，偏偏就可以'口说为凭'。当然，这种信任源自于每一个被信任者的诚实和信誉。"在飞美国的飞机上，韩希认真地想过自己在美国度过的那几年，她不得不承认，美国是一个经得起细细品味和长久感受的国家。

"希，我很高兴你能看到美国好的方面，而且真的喜欢美国。"布莱克快活地说。

"我离开这里，并不是因为这里不好。"韩希深情地望了眼车窗外的街景。

"我知道，"布莱克点了点头说，"我能理解。"

"你的父母还好吧？"韩希问道。她想起了那一对善良的老人，安妮塔和斯图尔特。安妮塔的父亲，布莱克的外祖父是个牧师。安妮塔的母亲从小就告诉她，要把家里最好的东西拿出来，帮助需要帮助的人。安妮塔的一手好厨艺是从母亲那里学来的，母亲给她的，还有一颗仁爱之心。从安妮塔的父母开始，他们家在周日做完礼拜后，多半会请一些人来家里吃饭。这些人大多来自别的国家，或者其他的城市，原本跟他们素不相识。每次有新的客人来，在安妮塔做饭的时候，斯图尔特喜欢带客人们参观他的那些火车模型。这是斯图尔特的一大爱好，少年时代的他就开始积攒一些小的火车模型。后来他们家把隔壁的房子也买了下来，打通了顶楼的所有房间，又买了十几张大桌子拼在一起，摆放火车和轨道。韩希嫁给布莱克的时候，斯图尔特的火车王国已经完全落成。除了各种各样的火车模型，还有桥梁、隧道、山脉、河流、绿树、各类的建筑物……大大小小的火车穿行其间。斯图尔特总是不亦乐乎地向客人们介绍他一手搭建的王国。韩希第一次见到这别具一格的规模浩大的造型，着实大开眼界，很是新鲜兴奋。后来去的次数多了，再听斯图尔特老生常谈，就慢慢地没了兴趣。离开美国后，她倒怀念起那一大屋子的模型，还有在一旁津津乐道的斯图尔特的童真焕发的笑脸。有时候外边来的孩子会看中其中的一个模型，斯图尔特总是很大方地抓起他心爱的宝贝，送给那个此生可能只见这一次面的孩子。当他把模型递到孩子的手上时，他总要调皮地从小孩子那里索要一个亲吻或是一个拥抱。让韩希怀念的，还有安妮塔亲手做的那些饭菜，想到她跟他们曾经是密不可分的一家人，韩希的心中搅动着失去后才能感受到的难过。

“他们都还好，他们……很想念你。”布莱克斟酌着字句。

“我也很想念他们，很希望他们能有机会去中国看看，我会像……他们的女儿那样好好地接待他们。”韩希对他们是心存愧疚的。

“我会转告他们你的邀请，”布莱克停顿了一下，说，“我在卖这所房子前，我的父母还专门来这里坐了坐。”

韩希的心头抽搐了一下，她故作轻松地又把话题转回到眼前的房子上：“房子的外观基本上没变，没想到这里还是原来的样子，跟我们在的时候一样。”

“是呀，看来房子现在的主人跟我们有同样的口味。”

韩希和布莱克正说着话，房子的房门开了，走出一个穿着休闲装的女士，紧随她出来的，是一个小男孩和一个小女孩。这是这栋房子的新的女主人和她的孩子。她的目光始终在两个孩子的身上，没有注意到路边的汽车里还坐着两个人。女主人带着两个孩子在玩耍，草坪上是欢快的嬉闹和笑声。

韩希静静地看着他们，说：“有时候我会想，如果我们有孩子，我可能会永远留在这里。”

韩希的声音很轻，但布莱克还是听到了。布莱克说：“就是你能留下，也是有遗憾的。”

韩希扭过头，看着布莱克。

布莱克接着说：“你会想念中国，留恋你在那里的那些梦想，那是你最大的梦想。”

韩希说：“我承认，在美国时，我一直怀念着彼岸的中国；我回到中国后，当中国又变成了此岸，你相信吗？有的时候，我会怀念彼岸的美国。”

布莱克摇了摇头：“这好像是种很复杂的情感，我从未经历过，大概很难完全地理解。”

韩希说：“我很羡慕你，你没有彼岸，你可以永远快乐地生活在这里。”

布莱克却说：“那我倒要羡慕你了，你不仅有此岸，还有彼岸。”

韩希没再说下去。她并不觉得她比布莱克幸运，走向彼岸时，终究要跟此岸告别，她的心里会比布莱克多了留恋和怀念。她相信她和布莱克都是怀念这里的，他们承受着同样的生命之痛，只是表现出来的形式不同。布莱克因为怀念卖掉了这座房子，布莱克怀念的是一个人，当他的生活中有了另外的情感寄托，他的这份怀念会越来越淡。而她在怀念着的不仅仅是一个人，她的怀念是更深更绵长更浩渺的，是永远都无法消逝的。刹那间，她有些怀疑自己回中国的决定是否正确，但最终她还是让自己释然了，她不能带走这里的风景，但这片土地馈赠给她的丰厚底蕴，她是可以带走的，并且可以让那份温暖那些启迪永远陪伴着她。

2.

这一次来美国，韩希并没有计划去见陈娟。时间紧迫是一个原因，更重要的是，她有些羞于去见陈娟。她的那些成功，是不能拿到陈娟那里去显摆的，而她更愿意向陈娟展示的，还只在她的期许之中。

可是在离开美国的前一天，韩希还是去了陈娟家。去之前韩希才想起，上次在北京见过王欣一后，一直没跟他们联系，他们也没跟她联系，看样子王欣一没有接受那份工作。

韩希到的时候，陈娟刚到家。她刚从健身房回来，脸色很好，精神状态也很好。王欣一开玩笑说："陈娟刚跳完广场舞，现在每周都去跳两次广场舞。"

"广场舞？你去哪里跳广场舞？"韩希问陈娟。

陈娟解释道："我去健身俱乐部跳 Zumba，就是去锻炼下身体。我发现美国大妈也喜欢跳舞健身，只是没去广场跳，都在健身房里跳。我没见识过中国大妈的广场舞，估计跟这 Zumba 差不多，有音乐，有动作，一帮人在一起蹦蹦跳跳。你别说这广场舞还挺有意思，群魔乱舞才有气氛。我要是自己在家健身的话，最多能坚持二十分钟，去健身房呢，一场 Zumba 要一个小时，坚持跳上一个小时，身上的关节都活动开了，还真挺舒服。跳 Zumba 的不光是大妈，还有些小姑娘，老中青可以一起跳，不同年龄的人自己掌握好幅度就行了。那里什么人种都有，我发现一般南美洲来的人最会跳，不过所有的人都很开心，跳得很来劲。"

韩希说："早知道我在美国的那些年也去跳 Zumba。"

韩希接着又说："看来你们决定留在这里了。"

王欣一和陈娟对视了一眼，王欣一说："我纠结了一番，陈娟很明确地选择留在这里。我最后决定留在美国，一家人在一起，在奥尔巴尼踏踏实实地过日子。"

陈娟说："我只是不想去做比较，有些比较没必要去做，任何地方，无论是在美国还是在中国，都会有好的方面，也有差强人意的地方，可我们在任何地方都可以好好地过日子，不需要大富大贵，我想要的是简单的幸福。"

韩希问王欣一："那你觉得遗憾吗？"

"生活不可能没有遗憾，"王欣一说，"我们离开这里，也会有遗憾的。"

韩希赞同地点了下头，她不是也有遗憾吗？

陈娟又说："美国已经是我们的家了，但中国永远是我们的故土，我们对那里永远有着割舍不断的情感，我们也希望我们的儿女对那里也能有些特别的感情。正好你来了，有件事还要请你帮忙呢，艺彤能听了你的话。"

陈娟和王欣一正在为女儿王艺彤的事情头疼。他们想让上中学的王艺彤参加"含希"的一个项目，去中国的一个"含希"项目做义工，同时也在中国多看看多走走，对中国多一些了解。王艺彤很抗拒父母的这个决定。韩希向王艺彤许诺，她会给王艺彤一个很特别的中国之行。艺彤向来喜欢韩希，勉强接受了去中国的安排。

这次见面，陈娟始终没有问韩希回去后遇到过哪些问题和困惑，也没有提及韩希在"含希"的工作。韩希知道陈娟能猜到些什么，只是她不提起的话，善解人意的陈娟是不会问她的。韩希在陈娟这儿总是感到很温暖很放松，她曾想逃离这样的温暖和轻松，她也真的离开了这里。当她重新回到陈娟这里的时候，这里的温暖和轻松让她倍感亲切。

3.

韩希回到北京不久，正好赶上自己过生日。

那天蓝天航醒得很早，他知道这一天是韩希的生日。他们在一起的那两年里，他会专门为韩希过生日。韩希离去后，每一年的这一天，蓝天航都会静静地待一会儿，回忆一下他跟韩希一起度过的快乐而恬静的时光。只是随着年头的增长，这种回忆变得越来越短越来越淡。可是今年的回忆却浓烈而绵长，或许是因为他们又近在咫尺了吧。

蓝天航再次有了强烈的冲动，他想马上见到韩希。正好今天没有课，为什么不能去见她一面呢？跟她好好地聊一聊，哪怕什么都不聊，只是简单地寒暄几句。

蓝天航找到了恒点公司所在的写字楼，他从未来过这里，可是找到这里好像一点儿都不费劲。

离写字楼不远的地方有个花店，蓝天航先进了花店，他知道韩希很喜欢鲜花，他在考虑是不是应该带一束鲜花给韩希。

花店的小姐走过来，问道："先生想给什么人送花？"

"我有个朋友过生日。"蓝天航回答道。

"是女朋友吗？"

"是……只是朋友。"蓝天航有些结巴。

"那您可以选百合、郁金香、康乃馨，您看怎么样？"

"喔，我再看看吧。"蓝天航的目光在一簇簇娇美的鲜花上搜寻着，他还在犹豫，本来是没打招呼不请自到，还带了一束鲜花，又是在办公场所，是不是太唐突了？蓝天航甚至开始犹豫他是不是该去见韩希。

就在蓝天航犹豫的时候，展飞大步走向韩希的办公室。他敲门进来。

展飞说："你的状态很好，看样子时差都调了过来。"

韩希回应道："是呀，今天感觉很好。"

展飞已走到韩希的面前，他递给韩希一个丝绒的手饰盒。"生日快乐！"展飞大胆地盯着韩希的眼睛。

韩希有些惊诧："你怎么知道今天是我的生日？"

展飞说："我一不小心知道了这个秘密，我想我用不着再为这件事做一次检讨吧？"

韩希笑了笑，她打开盒子，里面是条钻石项链。

韩希的手僵在那里："这太贵重了，我不能接受它，不过我领情了。"

展飞坐在了旁边的一把椅子上，说："韩希，你很聪明，你不会感觉不出……我爱上了你。其实，上次我在商业运作上做了手脚，我不是为了钱，我是太想做成这笔生意，这是为了你。"展飞的耐心还是有限度的，他不想这么拖泥带水地等下去。再说，在男女之事上，男人还是应该更主动一些。借着韩希的生日，展飞决定向韩希表白自己的爱情。

"为了我？"韩希一惊，她不是没有感觉到展飞对她的爱意，她只是没想到广博的事情另有起因。

展飞看着韩希，说："这是你在恒点的第一个项目，而且是个大项目，我知道你很看重它。我为了完成你的心愿，当然，也为了得到你对我的欣赏。"

"可是，那是商业欺诈。"

"当违规行为被人们习以为常后，它已经占据了合法的地位。"

韩希迟疑着合上了手饰盒，想把它还给展飞。

展飞没有接，继续说道："我想告诉你，我在第一次见到你时就很喜欢你。后来，你回到了北京，我在你身上慢慢发现了更可贵的东西。我身边的女孩子并不少，她们一个比一个漂亮，一个比一个开放，好像也一个比一个更爱我，可我一直搞不清楚，她们是爱我，还是爱我手里的那点儿钱。我有时候也想跟她们做一些深入的交流，我是指精神层面的，可她们不懂我的感受，也没有意愿去真正地了解我。而我在你身上，我找到了那种久违了的情感。当你取代了我在恒点的位置，我却没有离开这儿，我留在恒点，并不仅仅是为了事业。"

韩希避开了展飞专注的目光。展飞今天的表现让她有些措手不及。很多男人在表白爱情时是含蓄的，喜欢拐弯抹脚，而她倒是更欣赏展飞在表达感情时的直白和勇气。可她又不太可能接受这份爱情，虽然展飞在刹那间打动了她。韩希不想伤害展飞，她不得不拐弯抹脚地表达着自己的意思："展飞，对我来说，你是最佳的合作伙伴，可爱情是另外一回事……"

韩希还未说完，电话铃响，是秘书小姐打来的。韩希按了下免提。

秘书小姐在电话中说："韩总，有位叫蓝天航的先生想见您。"

韩希看了展飞一眼。

展飞只好说："你忙吧，我先回我的办公室。"说完转身走出去，钻石项链留在了韩希的桌子上。

韩希对着电话机说："请他进来吧。"

走道上，展飞跟蓝天航擦肩而过，他们互相望了一眼。

蓝天航走进来时，韩希已走到门口，本来她的脸上应该洋溢着不加掩饰的兴奋，可这会儿她倒显得过于矜持了。

蓝天航还是没敢带花过来。他扫了眼室内的摆设，稍微有些局促，好在他是当老师的，他可以迅速地调整好自己的状态。

韩希请蓝天航坐到沙发上，她自己就坐在他的旁边。

“想喝点儿什么?”韩希问道。

“随便。”

“以前我们两个都爱喝龙井茶，还是喝这个吧。”韩希起身去泡了两杯龙井，屋子里很快弥漫出淡淡的茶香。

“我以为你改喝咖啡了。”蓝天航说。

“所以上次去你家，你准备的是咖啡，”韩希笑道，“那天晚上咖啡喝多了，害得我一夜没睡。”

韩希和蓝天航心照不宣地笑了笑，他们都明白韩希那夜没睡好觉，不仅仅是因为喝了咖啡，只是韩希不知道，蓝天航那一夜也是辗转反侧，难以入眠。

心悦神怡的茶香里还飘着另外的一缕芬芳。蓝天航记起来，韩希上次去他家，用的是同一种味道的香水。他当然也不会忘记，这是雅诗兰黛的 Pleasure。蓝天航是喜欢女人用香水的，但一定要用得恰到好处。那一年韩希过生日时，他为韩希挑中了这种味道的香水，这乍浓犹淡的味，是最吻合她的气质的。蓝天航心里是喜悦的，韩希还在用同一种香水。

“这香味真好。”蓝天航忍不住赞叹了一句。

“什么?”韩希先想到的是茶香，但她很快意识到蓝天航指的是她用的香水。“我一直很喜欢这种香水。”她笑了笑。很多年过去了，他们还保持着从前的默契。几句话，一个眼神儿，就能知道对方的心思。这种默契重新拉近了他们之间的距离。

“最近一切还好吗？”韩希重新坐回蓝天航的身边。

“还是老样子，你呢？”

“还算顺利吧，又做了一笔不大不小的生意。”

“看样子你现在是得心应手，如鱼得水。”蓝天航为韩希感到高兴。

“那倒也不是，”韩希不想在蓝天航这里隐瞒什么，“其实，我有不少的困惑，我慢慢地发觉，我确实离开这里太久了。我以为跟这里是亲密无间的，也许感情上是这样的，但在行动上已经有了很多的分歧。”

“这大概就是第二次文化冲击吧。从中国到美国，要适应那里的文化环境，从美国回到中国，又要重新适应这里的一切，特别是这些年，中国有了这么大的变化。”蓝天航顿了顿，问道：“那你会不会考虑再回美国呢？”

韩希摇了摇头，很坚决地说：“我是经过深思熟虑后才决定回来的，具体一点儿说，我是在明白了自己更看重什么，知道我究竟想要什么之后决定回国的。虽然有很多的困惑，但我不会后悔。”

蓝天航暗自佩服韩希的执着和坚定，他思忖了片刻，决定把自己的打算告诉韩希。“其实我正在考虑去美国，可以去做访问学者，哪怕只有几个月，或许更长的时间。”

“你什么时候想到要去美国的？”

“有好多年了吧，这个念头冒出过很多次，但并不强烈，只是最近……其实出国本来是件很简单的事，出去学点儿有用的东西，长点儿本事，于国于己都是件好事。只是因为一些特定的原因，我们人为地改变了出国的内容，很多人在想到是否出国时，也就牵扯到很多跟出国并无关联的事情上。很可悲的是，我也落入了这可悲的俗套。”

“别这样说，我知道你如果决定出国的话，一定有一个很好的理由，我也觉得你应该出去待上一段时间，虽然……”韩希没有说完这句话，虽然她在感情上并不希望他离开。她回到了北京，难道蓝天航却要离开北京了吗？

“谢谢你能理解我。”蓝天航说。

在理智上，韩希知道蓝天航的这个想法没什么不好的，所以她还是问道：“要不要我帮忙？我在那边有很多朋友。”

“谢谢，”蓝天航感激地看了眼韩希，“我在那边也还有些关系，如果哪天需要你帮忙，我一定会向你开口的。”

韩希突然想起了什么，说：“对了，有件事我正想告诉你呢，我们准备拿出一千万元，在北方大学设立一个科研基金，就叫恒点基金，每年奖励十个有作为的青年科研人才。”

蓝天航略一思忖，问道：“你这样做，是出于商业目的，还是有其他的原因？”

“我肯定会考虑商业效益，但是为恒点公司树招牌不会只有这一个途径。我承认，在北方大学设立科研基金，掺杂了个人的因素。我渴望在那里做点儿什么，用金钱代表的感情并不都是庸俗的。”

韩希顿了顿，定睛望着蓝天航，加重了语气说："在首届获得恒点基金的人员名单中，我希望能看到你的名字。"

蓝天航不无担忧地说："你如果抱着这样的愿望，或许你会失望的。"

韩希只是不以为然地笑了笑。

蓝天航又说："其实我做研究并不图得奖，我只是渴望我的研究能出成果，而且这个成果能得到承认。"

韩希问道："你还在继续以前的那些研究吗？"

蓝天航说："是，在这上面花了很多的时间和精力，有一些进展，还没有真正的结果。"

韩希又问："那你还会做下去吗？"

蓝天航肯定地点了下头。

韩希看着蓝天航，感叹道："在这个喧嚣的时代，你还可以静下心来做研究。"

"林燃不计报酬地帮了我很多忙，我很感激他，也觉得对不住他，我几乎没有这方面的科研经费，又不能帮他解决工作的问题。"蓝天航想到帮他做研究的林燃就在恒点实习，他觉得有必要在韩希这里提一下林燃。

韩希很肯定地说："我相信像林燃这么优秀的年轻人一定会有很光明的前途。"

蓝天航表情复杂地看着韩希，有感激，也有忧虑。

这时候，办公桌上的电话又响了起来，韩希说了声"对不起"，起身去接电话。

韩希接完电话回来，蓝天航也站了起来："我该走了，我知道你很忙。”

韩希不好挽留他，她确实马上有个重要的会议。

蓝天航走到门口时，韩希叫住他，她走向蓝天航。“你刚进来时，我以为你是来祝贺我的生日的。”韩希说得很直白。

蓝天航有些尴尬：“喔，今天是你的生日……我给忘了。”蓝天航是不会撒谎的，这会儿他没说实话，脸马上红了。

韩希淡然一笑：“没什么。”蓝天航走进她的办公室时，她就知道他今天出现在这里，一定跟她的生日有关，她一直等着蓝天航说些什么。他没有勇气说些什么，她也没有特别的遗憾，这是蓝天航的风格，而且，他能来这里见她，她已经很开心了。

蓝天航倒有些不能原谅自己了。“韩希，”他扭过身，迟疑地望着韩希，浑然不觉的记忆，从很深的日子里流淌过来，总有些挥之不去。

“什么?”韩希看着蓝天航，她这时候真的希望蓝天航能像展飞那样大胆而直接。她看见蓝天航向前伸了伸右手，指尖划过她的发际，好像是回到了从前。

蓝天航伸出手，紧紧地抱住了韩希，但他很快松开了手，愧疚地说：“我知道你需要什么，可是，请你原谅我，我无法给你那些东西。不是我不想给你，是我实在无能为力。”他的脸涨得更红了，好像是在拼尽全力左突右冲，但最终他只是把自己缠得更紧，更无路可走。期盼，遗憾，羞愧，悲哀……万般思绪和感念，只是让他更无地自容。

韩希摇了摇头，她不懂蓝天航在说些什么。

蓝天航离开恒点公司，又去了刚才去过的那家花店。他对花店的小姐说："刚才你给我推荐的那几种花，帮我包一份。请帮我把这些花送给恒点公司的韩希小姐，这是她的具体地址。"

"请问先生贵姓？"那个花店的小姐问道。

"就不用说谁送的了。对了，你们有没有生日卡？"

"有啊，都在这边。"蓝天航认真地挑了张生日卡，交给那个小姐。

"别忘了把这张生日卡放在花里。"

"先生不想在这卡上写点儿什么吗？"

"算了，这卡上的话写得挺好。"蓝天航的脸微微有些发红。

花店小姐熟练地把花插好，蓝天航对整个造型很满意。他付了钱，又嘱咐了一遍那个小姐尽快把花送去，然后离开了花店。

韩希回到办公室后，秘书小姐送来一束花。秘书告诉韩希："这是对面花店送来的，还有一张贺卡。"

韩希接过花和贺卡，打开那张贺卡，迅速地扫了眼上面的文字。

秘书说："送花的人没留姓名。"

韩希说："不要紧，我知道是谁送的。"

秘书走后，韩希再次打开那张贺卡，她的目光细细地走过上面的每一个字：

我在庆祝着你的生日，

也在庆祝着与你的相逢，
这个世界因为你而更加绚丽，
我的生命因为你才饱满鲜活。
你温暖了我的记忆，
更照亮了我的明天。
在你生日的时候，
我心存感激，
因为这个世界有你；
我为自己庆幸，
茫茫人海，遇到了你……

韩希扭头看了眼茶几上的两个茶杯，她确定蓝天航确实来过这里。

4.

展飞跟黎阳越来越疏离，汪晴却跟黎阳越走越近，两个人臭味相投，有些相见恨晚。汪晴已经很少想起奥尔巴尼了。

吴曼在奥尔巴尼找到份工作，最近常要加班，回来得很晚。刘浩淼做好了晚饭，想给吴曼一个惊喜，开车去吴曼的公司送晚饭，可是大楼里已经没人了，吴曼并不在那里。

吴曼回到家里，还是说一直在公司加班。刘浩淼没有点破她，他预感到他们的生活中已起了波澜。实际上，汪晴出现的那一天，他和吴曼的婚姻就不再风平浪静了。

吴曼又是很晚才回到家里，这一次，她提出跟刘浩淼离婚。吴曼说她一直无法走出刘浩淼和汪晴给她留下的阴影，在办公室里寻求感情的寄托。本来只是想出一口气，没想到跟那个男人真的有了感情。只是吴曼的父母很快要来美国探亲，吴曼怕爸妈无法马上接受这件事，需要让他们慢慢接受。刘浩淼表示在吴曼的父母在美国的这个阶段，他会继续扮演一个好丈夫和一个好女婿的角色。

吴曼的父母来到奥尔巴尼，刘浩淼和吴曼又成了一对恩爱夫妻，对岳父母也很好，还带他们去华盛顿、波士顿、大瀑布等地方玩了一趟。吴曼的妈妈感慨道，这辈子最幸运的一件事，就是把女儿嫁给了好朋友的儿子。

吴曼的父母离开奥尔巴尼后，吴曼和刘浩淼去办了离婚。分手的时候，两个人都原谅了对方。吴曼问刘浩淼，如果他们没来美国，他们的婚姻是不是不会触礁。刘浩淼说事情已经到了这一步，也就没有必要追究原因了。他说他会搬出去，把房子留给吴曼。

离完婚后，刘浩淼决定去一趟北京。

5.

汪晴约韩希出来喝个下午茶，她们去了曾经去过的那家茶馆。

同一张桌子边，两个人坐在那里喝茶。汪晴欲言又止。

韩希知道汪晴这次约她出来不只是散散心，她问汪晴：“怎么了?"

汪晴说:"刘浩渺来了。"

韩希放下了手中的茶杯。

汪晴又说:"他专门为我来的北京,他跟吴曼离婚了。"

韩希问道:"他想跟你在一起?"

汪晴说:"可他已经不是原来的那个他了。"

"我倒觉得他的变化应该不大,只是从有妇之夫变成了单身。"

"那种感觉变了,要不就是我变了。"

"开始的时候,你不知道他有太太,他大概也从没爱过吴曼,只是顺从了父母的意愿。"

"可在他能做选择的时候,他还是留在了吴曼的身边。我失去了一切,还有肚子里的孩子。"汪晴的双眼里溢满了泪水,但她拼命忍住了,没让泪水流淌出来。

韩希还是抽出了两张面纸,递到汪晴的手上。

韩希说:"那就告诉他,让他再也不要来烦你了。你不想再见他的话,我去跟他说。"

汪晴却说:"我以为那一切都被抹干净了,可是当他一出现在我的面前,所有的一切又都回来了。最幸福的时光和最绝望的日子都混合在这个男人身上了。"

"是呀,当他出现在你的面前,所有的一切又都回来了。"韩希若有所思,她想起了前不久出现在她面前的蓝天航。

6.

韩希请林燃带给蓝天航一张北京音乐厅的门票，这次将演唱的很多歌曲，都是蓝天航喜欢的歌，当然也是她自己喜欢的，她想请蓝天航跟她一起去听。自从上次过生日时蓝天航来见了她，她对蓝天航有了更多的期待，虽然她也不是特别明确她究竟想跟他建立一种什么样的关系。过去的一段时间里，韩希在一点一滴地调整着自己的心态，她不再把她回国跟蓝天航牵扯上直接的关系，如果没有蓝天航，她也会回来的。可是她在情感上还是巴望着蓝天航生活在这片土地上，并且生活得很好，像从前那样，有理想，有抱负，有作为，哪怕他已经成了别人的丈夫，有了一个幸福的家庭，她会有些为自己遗憾，但更多的是祝福和欣赏，她觉得生活在这片土地上的蓝天航就应该是这样的。可是蓝天航已经脱离了她为他想象的那个形象，他活得有些不伦不类，不得要领；他活得好像很累，最让她感到失望的，是蓝天航现在的精神状态。她不知道这是因为他们过于生疏怯于交流了，还是那些纯真和梦想已经消磨在时光的流逝中。她还是希望能在蓝天航那里找回些什么，至少他们可以做无话不谈的朋友，心有灵犀和默契。韩希固执地认为，蓝天航可以让她更真实地感受到回来的意义，可以帮她更好地把握住今天的中国的脉搏，她还是想跟他走得更近一些，但她也知道那个分寸是不好把握的。蓝天航现在毕竟有个同居女友，哪怕他们没有真正的感情，他们之间也有一种实质性的关系。正因为于此，韩希对蓝天航是欲前又止，可要她彻底忘了蓝天航，她又欲罢不能。

韩希并不知道，她也正让蓝天航欲前又止，欲罢不能。韩希属于那样的一类女人：她们有着珠辉玉立的容貌，却从来不会刻意地把美丽当成她们的武器；她们聪明伶俐，出类拔萃，但她们并不想凌驾于任何人之上，她们是善解人意的，她们又可以道出令人惊佩的真知灼见；她们是耀眼的明星，也可以在平淡乏味的生活中闪耀光芒。因为她们具备了这样的品质，她们可以不为金钱权势折腰，可以真正做到冰清玉洁。男人们渴望得到这样的女人的欣赏，但她们的蕙心兰质又带给她们所欣赏的男人们很多无形的压力；她们渴望能跟她们所欣赏的男人在精神的境界里比翼双飞，并且单纯地认为只要他们一起飞到那样的高度，他们就可以永远翱翔在自由的空间里。这样的女人恰恰是少了世故和现实。而男人们更多地想到的是他们究竟能在一起飞多远的问题，毕竟那里不是远离俗世的真空，有太多的风风雨雨等待着他们，任何的风浪都有可能折断他们的翅膀，而男人们不愿在他们心爱的女人面前展示失败或无能的一面，所以有的时候他们宁愿选择放弃，宁愿给彼此留下一个美好的想象的空间。

蓝天航收到那张音乐厅的门票后，着实又挣扎了一番。他何尝不想见到韩希呢？但他最终选择了不去，他怕去了，会让韩希更失望。他们曾经比翼齐飞过，可是他们分开得太久了，他们的生活中已经有了太多不同的目标，他们对同样的事物已经有了不同的感受，他们的翅膀上已经承载了太多不同的东西。

韩希提前来到音乐厅的门口等蓝天航。开始时她只是悠然地站在那里，人流越来越稀疏，开场的时间马上到了，韩希忍不住急躁起来。

韩希望眼欲穿的时候，看到展飞和一个跟他年龄相仿的女士朝门口走来。

展飞也看到了韩希，有些吃惊："韩希，你也在这里?"

韩希尴尬地回应道："这么巧。"

展飞倒很大方地为两位女士做了介绍："这是我的大学同学，来北京出差；这是我们公司的韩总。"

两位女士互相打了招呼。

展飞又问韩希："你不进去吗?"

韩希只好说："我在等人。"

展飞说："那我们先进去了。"

展飞跟他的大学同学进去不久，韩希看到林燃朝这边跑过来，大概赶得太急了，他的额头渗出一层汗水。

"蓝老师说他来不了，所以就让我来了。"林燃喘着气解释道。

韩希有些失望，但她还是礼貌地说："我们进去吧。"

两个人找到了他们的座位。韩希一直有些走神儿。她很快听到了那首歌，她在奥尔巴尼听过的歌，蓝天航曾经喜欢的那首歌："我的祖国和我，像海和浪花一朵，浪是那海的赤子，海是那浪的依托……"

这歌声开始吸引住韩希的注意力，她安静下来，专注地聆听着。心有感动时，韩希张望了一眼，不知道展飞坐在什么地方，她猜想展飞也会喜欢这首歌。

林燃悄悄地瞥了眼韩希，然后调整了一下坐姿，重新回到音乐的旋律中。

散场的时候，韩希在人群中多望了几眼，没再看到展飞。

出了音乐厅，韩希和林燃都有些意犹未尽，他们相约去了离音乐厅不远的一家酒吧，可以在那里聊聊对今晚这场音乐会的感受。韩希为林燃和她自己点了两杯新榨的果汁，两个人边喝边聊。

“很高兴你也喜欢这些歌曲，”韩希说，“刚到美国的时候，我去当地的华社，看到一些中国人聚在一起唱歌，有些是已经被很多人遗忘了的老歌。他们唱得那么投入，那么深情，开始的时候我还觉得他们有些好笑，也挺落伍的，后来我竟然跟他们有了同样的嗜好。回中国时，我会买很多CD，都是我从小唱到大的歌。在美国时，我喜欢自己一个人静静地坐在那儿听这些歌，有时候眼泪会止不住地流出来。有些歌，你在这里唱的时候，你会觉得很矫情，但你在异国他乡唱的时候，你就不仅仅是在唱歌了。就像是对这片土地的感情，离开她以后，你才会知道。不是她离不开你，是你离不开她。”

“或许正是这些歌声把你带回了北京。”林燃说。

“至少这些歌声凝聚了我跟这片土地间的一条血脉，很绵软，但很坚韧。”

“我很羡慕你，真的，心里能有一些扯不断的东西，而我们现在活得太飘了。你所说的那种感觉，我也曾经有过，只是曾经有过。”

“什么时候?”

“大概是在考大学前后，我那时候为自己的未来描绘了一幅图画，我想读完大学后回故乡好好做些事情，那段时光我过得很充实。”

“你现在还想回去吗?”

林燃想了想，诚恳地说：“我不知道，而且我不知道我还能不能回得去。”

韩希问道：“为什么?”

林燃说：“我们那里属于老区，村民的日子还很清苦。我是我们那里第一个来北京读大学的。我走的时候，有很多人送我。那一刻我哭了，我想读完大学后我一定要回来。可是北京跟我老家的差别太大了，我又想留下来，我不知道我现在还有多少回去的愿望和勇气。”

韩希似有同感：“很多人都是这种心态。”

“不过我还是很想念那里的一切，确切地说，是那个曾经的故乡。那里曾经山清水秀，民风朴素。因为穷，什么办法都敢试。几年前那里开始进来很多从国外来的东西，开始大家都以为是塑料产品，我们可以做加工，其实就是白色垃圾。现在我的家乡成了一个很大很大的垃圾场。”林燃的语气沉重起来。

韩希说：“我不知道你的家乡也有这种情况。其实我在美国的时候，一直在一个保护环境的慈善机构做义工，它的中文名字叫含希，听着跟我同名。我们想办法阻止白色垃圾流入中国，也用筹集到的资金，在中国建了十几个环保点。在我决定回中国时，我曾经想过去其中的一个环保点做些事情。”

林燃问道:“那你现在还在做这件事吗?”

“回国以后，基本上没做什么，但我希望能重新开始，也许可以从你的家乡开始。”韩希不想再在这个话题上多说什么，说什么都会让她感到惭愧，她觉得她越来越远离了回国的初衷。

第九章

在外人眼里，展飞总是风度翩翩，精彩逼人。他的生活中不缺女人的爱慕和追逐。这些女人只在他的生活中，不在他的生命中。韩希是唯一的例外。他在韩希这里找到了那个迷失了的自己。他对韩希的感情里，有他对一个女人的深深的迷恋，又有对他自己的期许和拯救。在他对生活越来越厌倦的时候，韩希成了他对生活重新燃起的热情。可是韩希是不属于他的，这么多年来，他这是第一次遭到女人的拒绝，而且这一次他是真的爱上了这个女人。

1.

恒点的管理人员例会上，韩希正式提出建立音乐网站的计划，但有几个人提出了不同的意见。

汪晴先说出了她的顾虑："虽然我们可以借助音乐网站推销我们的音效卡，但这是一个很大的转型，要冒很大的风险，很有可能得不偿失。"

另外一个人说："电台和电视台都有音乐台，都是我们的竞争对手。"

韩希说："电台和电视台输出音乐的模式是大众传播，听众和观众相对是被动的；音乐网站有着自己的优势，它可以先以大众传播的模式为网友提供一些优秀的音乐作品，通过不断的积累和技术上的分析，我们可以掌握每一个固定用户的欣赏口味，帮助他建造库存一个最适合他的口味的音乐台，这是音乐网站独特的优势。”

展飞说：“我同意韩总的意见。而且，互联网被称为连接网络的网络，其实互联网不仅可以连接网络，还可以连接爱好，连接情感，连接人心，让那些有共同爱好共同欣赏口味的人们在恒点音乐网上相遇相识，起到音乐和网络社交的作用。这是一个音乐网站，也是一个社交网站。”

韩希的眼睛一亮：“展总的想法很好，这也是一个社交网站。”

展飞继续说道：“如果我们把这定位于社交网站，可以有更多更丰富的内容，除了歌曲，还可以有电影、小说、书信、照片，五味杂陈的情感故事……这里有点像一个网上会所，基调是私密和怀旧的，进来的人又可以很快寻觅到那些有共同语言的人。会员间的交流应该是心灵上的碰撞，原本不相识的人，却会因为那些相同的记忆和足迹而亲密地交集在一起。他们可以在这里排遣心中的郁闷和垃圾情绪；也可以在这里找到一份寄托，一种慰籍，共同寻回那些纯真的感动和欢笑。”

韩希定睛望着展飞，脸上浮现出赞许和兴奋。

汪晴面露不快，展飞瞥了她一眼。

……

一个一直没表态的高管审时度势，出来打了圆场：“既然展总和韩总都有这个想法，如果美国总部那边也支持，我觉得我们可以往前走这一步了。”

散会后，其他的人员都离开了，会议室里只剩下韩希和展飞。

韩希对展飞说："谢谢你，支持我去做这件事情。"

展飞却说："其实在你回来之前，我就有这样的想法。"

韩希兴奋地问道："那我们是不谋而合？"

展飞没有否认："应该是吧。但我一直没有去做，我一个人还推动不了这件事情，所以我要谢谢你。"

韩希目不转睛地看着展飞，突然说："我发现我们有很多相似的地方。"

"是吗？"展飞淡淡地一笑，没有多说什么。上次韩希过生日时他向韩希表白遭拒后，他没再有更多的表示，韩希也就装着把那事儿给忘了。

展飞往外走的时候，路过汪晴的办公室，办公室的门半开着。展飞停住了脚步，犹豫了一下，敲门进来。

汪晴看见展飞，没有吭声，继续做她的事情。

展飞带上房门，走过来，坐到汪晴的对面。

"你大概反对做这个网站。"展飞说。

汪晴冷冰冰地回应道："我只是不喜欢某些人假公济私。"

展飞问道："你是说韩希吗？"

汪晴说："我是说你。"

展飞笑道："你什么时候这么公私分明了？你说的没错，我确实想做这个网站。"

汪晴阴沉着脸："是为她做吧？你跟她挺一致的，臭味相投。"

展飞说："你不是一样吗？"

"当然不一样了。两个女人，就是一起逛逛街。"

"我以为你们已经是骨灰级的闺蜜了。"

"有可能吗？在美国的工作场所，一般不会跟工作伙伴走得太近，爱情就更不用说了。"

"这可是在中国，而且，这件事跟爱情无关。"

"我劝你就别自作多情了。"汪晴定睛看着展飞，继续说道："我可以向你透露个骨灰级的闺蜜才知道的秘密，她是为爱情回来的，那个男人叫蓝天航。"

这个名字对展飞来说并不陌生，那天他向韩希表白时来造访韩希的就是蓝天航。汪晴盯着展飞，展飞似乎无动于衷，说："你跑题了，我再重复一遍，我确实想做这个网站。"

2.

王艺彤飞来北京，韩希去机场接她，让她住在自己这里。韩希带王艺彤去了一些地方，在帮艺彤了解认识中国的时候，她自己对脚下的这片土地也有了更多的认识和理解。艺彤也很开心，她说以后上世界地理和世界历史课时，讲到跟中国有关的东西时，她更有东西可说了。上学期他们学到赵州桥时，艺彤以前去过，专门在班上做了个赵州桥的课堂报告，赢得满堂喝彩，艺彤很是骄傲。她告诉韩希，如果她不会中文，她对中国一点都不了解，她的美国老师和同学反而会觉得有些奇怪。她有时候说她不想学中文不想了解中国，只是说给她父母听的。韩希想她得把艺彤的真实想法偷偷告诉陈娟和王欣一，他们肯定会很高兴。

韩希想送艺彤去“含希”环保点，被艺彤拒绝。艺彤说这是她自己的事情，她既然做了这个决定，就会努力做好。

林燃和田姚又去了后海的酒吧。酒吧很安静，不是田姚以前喜欢的类型。林燃和田姚面对面坐着，田姚沉默不语，也有些无精打采。

林燃问她：“想不想吃点什么？你还没吃东西呢。”

“我不想吃。”田姚把头埋进了搭在桌台上的手臂间。

林燃伸出手，轻轻抚摸着田姚的一头少了光泽的长发。

田姚抬起头，说：“我找工作找得心灰意冷。”

林燃安慰道：“慢慢来，好事多磨。”

田姚苦笑了一下：“我已经放弃了，还是考研吧。”

林燃说：“这样也好呀，你在北京继续读书，我在这工作。”

“你的工作也没定呢。”

“恒点留我的可能性还是蛮大的。”

田姚又改了主意：“这次我想去美国读书了，加拿大也行。本来我爸妈想送我去那读大学的，我们家那个楼洞的孩子都出国了，我爸妈也扛不住了，可我死活不愿意，他们心里也是舍不得我走的。”

“你幸亏没走，要不咱俩怎么能遇上？”

“遇上又能怎样呢？”田姚接着又说：“这次不是我拗不过他们，我想他们可能也是对的。”

“你想去吗？”林燃的表情严肃起来。

田姚有气无力地说："不知道，我也不能就在这漂着，不过出去也是漂着，还漂得更远了。"

林燃沉思片刻，说："那就大胆地漂一次吧。"

田姚很感意外："你也想让我去?"

林燃说："也许这对我们来说是条出路，如果现在无处停靠，就只能继续往前走，走着走着可能就走出了一片天地。"

田姚的神色亮了起来，刚才满脸的阴云渐渐散开。

林燃又说："我现在还不能陪你去，我在这先工作两年，攒点钱，然后申请去美国读博，硕博连读，我们在那里团聚。今晚我就开始帮你做准备，有了目标，我们就努力实现它。"

田姚马上振奋起来，嚷嚷道："今晚就算了，从明天开始。我饿死了，菜单呢?"

3.

方琳嚼着口香糖，在一个报亭旁停了下来。她以前是不光顾报亭的，开始找工作后，这里也成了她的一个资源点。

方琳的目光快速地扫过各类的报刊杂志，最后停在一份报纸上，那上面有韩希的照片，方琳觉得这个人非常眼熟，她很快想起来了，这个女人曾去找过蓝天航，在家里她还见到过韩希的名片。方琳能感觉出韩希跟蓝天航的关系不一般。

方琳拿起了那份报纸："我买一份。"她就站在报亭的旁边，迅速地读完了那篇配有韩希照片的介绍恒点公司的文章，一个念头很快冒了出来，她想去见见韩希。

方琳回家后翻找了一番，终于找到了韩希留下的那张名片。方琳是一个想到就做的人，她掏出手机，马上给韩希打了电话。韩希正好在办公室，而且竟然爽快地答应了方琳的请求。一切进展得如此顺利，方琳很是得意。

两天以后，方琳出现在韩希的办公室里。她穿了身银灰色的西服套装，虽然质地一般，但恰到好处的尺寸包裹出无懈可击的精练。

坐定以后，方琳用适中的语气和口气说："我今天直接跑来找您可能有些冒昧。蓝天航并不知道我来这儿，虽然我是因为他才知道您的，但我与您之间的事情与他无关。我是来找工作的，为我自己找一份工作。我在报纸上看到一篇报导你们的文章，我很喜欢恒点公司，也很喜欢您的办事风格，所以我很希望毕业后能来这儿工作，而且我相信自己能胜任这里的工作。"

方琳的开场白并没引起韩希的反感，相反，她倒有些欣赏方琳的自信。

韩希开口道："我很感谢你对恒点公司以及对我的信任。恒点公司近期并未打算招人，但我们正在搞的一个项目，需要临时增加一些人员。既然你对本公司这么有信心，而且又自信你能胜任这里的工作，我倒很愿意给你一次应试的机会，我们会根据你应试的结果决定是否聘用你。我想先请展飞副总经理了解一下你的具体情况，人事部门由他负责。"

韩希拨通了展飞的电话，请他过来一下。

韩希放下电话时，方琳突然问道："您不想问一问我跟蓝天航的关系吗？"

韩希笑道："你不是刚刚说过，你与我之间的事情与他无关吗？"

方琳也笑了笑，以此掩饰自己的漏洞，但她还是忍不住说了一句："或许您并不在乎他。"

韩希用肯定的口气说："不，恰恰相反，我很在乎他。"

展飞的敲门声打断了两个女人的对话。

展飞走了进来。方琳转过身去，朝展飞娇媚地一笑。

方琳跟着展飞去他的办公室。在走道里，他们碰上了林燃。林燃和方琳并不熟，但他们彼此认识。林燃主动跟方琳打了个招呼，方琳心里有些不爽，她不知道林燃就在这里上班；林燃也觉得奇怪，方琳怎么会出现在这里？

林燃正好要去韩希那里，讲完了公司的事情，林燃主动跟韩希提起了方琳："我刚才在走道里碰上了一个同学，她也是北方大学的。"林燃犹豫着他是不是应该告诉韩希方琳和蓝天航的关系。

"你是说方琳吗？她刚才来过我这里，我们的一个项目需要一些临时性的人员，她可能会过来。"韩希看出了林燃的心思，她补充道："其实我在蓝天航那里见过她。"

看来韩希已经知道了方琳是蓝天航的同居女友，林燃想他就不用多嘴了。他只是不明白，既然方琳跟蓝天航有这层关系，韩希为什么还考虑用她呢？在林燃的猜测里，韩希跟蓝天航曾经谈过恋爱，她对蓝老师应该还有男女间的感情。

"蓝天航最近好吗？"韩希问道，她还是很想知道蓝天航的近况，只是她不会去问方琳而已。

“这学期他不给我们上课。听我的一个小师弟说，蓝老师讲课最有新意，他们都喜欢听他的课。”林燃说。

韩希挺欣慰地点了点头。

林燃问道：“您最近见过他吗？”

“我挺想跟他聊一聊，可我每次邀约他，他都说他有事，或许他太忙了。”韩希说道。

“你们以前是不是特能聊？”林燃问道。

“是的，我们在一起时总有说不完的话。他教会我很多东西，而且他很幽默。等我一个人的时候，回过头去想他说的那些俏皮话，我还能忍不住笑起来。”韩希说到这儿，嘴角浮现出一丝笑意。讲台上的蓝天航，雍容闲雅，挥洒自如，他的才华和激情感染了学生，也俘获了韩希的初恋。可生活中的他平淡了许多，只有在倾慕他真正懂得他的韩希这里，他曾经展现出了璀璨的一面。

林燃又问：“您在北方大学设立恒点基金，跟蓝老师有关吗？”

“有一点关系吧。”韩希的脸微微红了。“我希望他能获得恒点基金，凭他的实力，他应该名列其中。不过我也知道，结果并不一定如我所愿。”

林燃能感觉得到韩希对蓝天航的情谊，他想那应该是爱情吧，只是这种爱情对他来说是陌生的。这个年代，已经很少有女人用这样的方式去爱一个男人了。

韩希问林燃：“蓝老师的研究有新的进展吗？他说你帮了他很多。”

“我做得很少，”林燃说，“我从蓝老师那儿学到很多东西，不光是在学识上，他在做研究时有种别人没有的精神，也很执着，在我给他做学生前他就开始做这个数据模型，但愿蓝老师能早些做出来，这样他就可以获得首届恒点基金了。”

“我也希望能有这样的结果。不过恒点基金是为北方大学设立的，而且这是恒点设立的基金，我只是其中的一个员工，对这个基金来说，你跟我的贡献是同等的。”

“是吗？你是说恒点基金里也有我的贡献？”

“是呀。”韩希很肯定地说。

林燃有些兴奋，他没想到他跟自己的母校还能有这样的联系。他还是羞于接受这样的美意，嗫嚅道：“我什么都没做，最多是微薄之力。”

“如果每一个人都能尽一些微薄之力，那我们就会看到一个绝然不同的结果。我想这对高校的发展会很有帮助，微薄之力也可以代表感恩之心。”

“我希望以后还能有这样的机会。”林燃说。

“会有很多的机会，也可能跟恒点有关，也可能是你个人的捐献，不管是什么样的方式，我相信你都会做得很好。”韩希含笑望着林燃。

林燃没再说什么，心里充满着欣欣然的喜悦。

林燃在韩希那里的时候，展飞对方琳进行了一个例行公事般的面试。他扫了遍方琳的简历，看到方琳同样来自北方大学。

问过几个问题，展飞转移了话题，他问道：“你跟林燃原来就认识吗？是他推荐你来这里的吗？从你的履历上看，你们应该是系友。”

“说实话我都不知道林燃也在这里，我来这里不是因为他，而是因为韩总。”方琳想如果非要把她跟恒点的某一个人拉扯到一起，她当然要找一个位置高的人。不看僧面看佛面，就是她的能力不够，展飞也得因为她跟韩希的关系对她网开一面。

“这么说你以前就认识韩总？”展飞不动声色地看着方琳。

“韩总去过我男朋友那儿，怎么说呢，他们的关系很好。”方琳说得很含混，又很暧昧，既给展飞留下想象的空间，又给自己留有回旋的余地。

“你的男朋友？”展飞迟疑了一下，“他跟你差不多大吧？”展飞有点儿不明白，韩希怎么会跟一个毛头小伙子建立了很好的关系。但他很快意识到自己问了个很没水平的问题。方琳的男朋友为什么就一定是她的同龄人？而且，韩希也同样可以搞出个姐弟恋。展飞不明白自己是怎么了，一扯到跟韩希有关的事情，他会时不时地做些不像是他做的事情。他轻咳了一声，想以此来掩饰自己的尴尬。

方琳感觉到了展飞的疑惑，她善解人意地解释道：“我的男朋友比我大不少，他的年龄跟您差不多，他叫蓝天航，在北方大学当老师。”

“蓝天航？”展飞重复了一遍这个名字，这个名字又一次出现在他的耳边。

从展飞的表情和问话中，方琳敏感地意识到眼前的这个展总显然对韩希的私事很感兴趣。在跟展飞进行更多的交谈或接触之前，她还拿捏不准展飞的心思，但她很快给自己设计了一个大胆的步骤，她觉得她应该更多地向展飞透露下韩希和蓝天航的故事，哪怕只是她想象或猜测的东西，由此吸引住展飞，并且尽快跟他建立一种密切的关系。

方琳想继续这个话题，但展飞已回到正题。展飞说：“请谈一下你的专业特长吧。”

4.

方琳顺利地进了恒点，开始来恒点打工。她也在格子间里，但跟林燃不在同一个大办公室里。

下班时间，邻桌的女孩问方琳：“想不想一起去逛街？”

方琳推脱道：“改天吧，我今天有其他的安排。”

人们陆陆续续地离开办公室，恒点的大部分员工还在遵行着展飞当初设定的工作时间。展飞走向自己的汽车，刚坐进去，右边那扇门被人拉开了。展飞扭头一看，是方琳站在那儿。

方琳轻柔地问道：“展总，能不能捎我一程？”

展飞想拒绝，恒点的员工陆陆续续地进了停车场，站在展飞车边的方琳很引人注目，展飞感觉到有些人有意无意地往这边看着，只好说：“上车吧。”

傍晚的马路上，展飞在开车，方琳安静地坐在一边。

展飞面无表情地说：“前面有个地铁站，我可以把你放那儿。”

方琳扭头问道：“展总，您去哪？”

展飞没好气地说：“回家。”

方琳："那我能去您那儿坐坐吗？您就一个人，您不拒绝的话，我应该能去认个门吧？"

展飞冷冷地看了眼方琳，方琳正望着他，一脸的娇媚和柔弱。无可奈何的展飞继续往前开着车。

展飞的汽车拐进一个方琳以前从未来过的住宅区。这片住宅的名字方琳倒是听过，应该是一个非常高档的小区。展飞熟练地把车停进地下车库，然后带方琳进了电梯。展飞按的是十八楼，也是这里的顶楼。展飞开了房门，请方琳先进去："请进吧，你大概只能小坐片刻，我晚上还有……"

展飞的话还没说完，正在往里走的方琳已经紧紧地搂住了他的脖子，她踮起脚尖，一双嘴唇压在了展飞的嘴上。展飞想推开她，却碰到她丰满的胸部。展飞回应起方琳的热吻。方琳顺势拉着展飞完全滑进了屋内。展飞用脚踢了下还敞开着的房门，房门在他们身后轻轻带上。

第二天，方琳又上了展飞的车，这一次两个人都心照不宣。

展飞先带方琳在附近的一家饭馆吃了晚饭。吃饭的时候他们的话并不是很多，两个人各有自己的心事。展飞想起了韩希，想到韩希时他心里有些莫名的难过。方琳在想是时候调整她的人生计划了。她决定离开蓝天航，在这个商品经济的时代，展飞远比蓝天航更有吸引力，另外她自己马上就要从北方大学毕业了，她不知道她还有什么必要跟蓝天航保持关系？

吃过饭后，方琳上了展飞的车，一起去了展飞的家。第二次来这里，方琳已经熟门熟路了。她拧亮了所有房间的灯，然后走向那个大阳台。她特别喜欢这个气派又惬意的大阳台，从这里她可以居高临下地俯瞰东城美丽的辉煌的夜景。展飞知道方琳心里在想什么，虽然方琳的脸上始终保持着很淡漠的表情。其实，展飞并不在乎方琳有什么样的反应，他根本就不想在她那里显摆什么。

“我先去洗个澡吧。”方琳朝展飞娇媚地一笑，她的表情生动起来。走出去两步，她又回过身来，很甜腻地问道：“要不要一起洗?”

“你先去吧。”展飞没多嘱咐什么，他知道方琳可以找到所有她想用的东西，她不会亏待自己的。

方琳洗澡的时候，展飞一个人在阳台上，点亮了阳台上的所有的蜡烛。阳台的四周散落着五颜六色的蜡烛，而且这些蜡烛都是漂在水里的，阳台的里面被巧妙地嵌了条环形水槽，蜡烛漂在上面，如繁星点点。这多姿多彩的蜡烛还混合了不同的花香，当它们燃烧的时候，可以散出发不同的香味，这个阳台便俨然成了花香四溢的百花园。展飞喜欢这样的情调。今天，他不是为方琳，他是为他自己点亮这些蜡烛的。男欢女爱总需要些情调。他记不清方琳是他带回来的第多少个女人了，开始时很刺激，后来就累了。

五彩的烛光在微风中摇曳着，辉映着外面那个灯火璀璨的世界。展飞突然间感到一阵晕眩，一种强烈的不安全感朝他袭来，这种不安全感已经不是第一次困扰他了。展飞有着很高的智商和情商，又有良好的背景和出众的外表，作为时代的佼佼者，他身上始终散发着耀眼的光芒。经过多年的打拼，他拥有了物质上的富足和令人艳羡的事业，在他应该志得意满的时候，他感到的却是一种让他如临深渊的不安全感。他知道这种不安全感来自何处，却无力阻挡它的侵袭。当道德底线被金钱的洪流冲垮，当财富的多少成为成功与否的最重要的标准，获取金钱的手段自然鱼目混杂，违规或违法行为渐渐被人们忽略不计或习以为常，展飞也有随波逐流的时候，并且随着这股强大的洪流渐行渐远，远离了当年的初衷。可是他心里始终有一个微弱而又执着的声音，在这个嘈杂的时代，穿越时间和空间，亲近着他的耳膜和心灵。展飞的人生规划始终是很明确的，他唯一的挣扎是在以金钱多少为标准的成功和以道德良善为底线这两者之间的取舍。因为有这样的挣扎，他很难做到不择手段。他的成功和光鲜之下，始终涌动着困惑、失落和自责，他也始终渴望做回最初的自己。不过即使在他最挣扎的时候，在外人眼里，他总是风度翩翩，精彩逼人。在感情方面也是魅力强大，自然会吸引很多的女性。他有英雄难过美人关的时候，也有逢场作戏和放纵自己的时候。但如同对待事业，他在感情上也是很明确的，也很执着痴迷。朝夕相处中，展飞对韩希的感情越来越深。展飞的生活中不缺女人的爱慕和追逐。这些女人只在他的生活中，不在他的生命中。韩希是唯一的例外。他在韩希那里找到了那个迷失了的自己。他对韩希的感情里，有他对一个女人的深深的迷恋，又有对他自己的期许和拯救。在他对生活越来越厌倦的时候，韩希成了他对生活重新燃起的热情。可是韩希是不属于他的，这么多年来，他这是第一次遭到女人的拒绝，而且这一次他是真的爱上了这个女人。

烛光还在美丽地飘舞着，婀娜多姿，千娇百媚，在这样的良辰美景里，展飞的心情却无可遏制地低落下去。

展飞打了个寒颤，他的整个身体收紧了。他伸出双臂想抱住自己的时候，一个温热的身体从他的后面覆盖住了他。方琳光滑的手臂缠绕着他，展飞闻到了湿热的玫瑰的芬芳。刚从飘着玫瑰花瓣的浴缸里出来的方琳，一丝不挂地贴在展飞的身上。一股灼热的气息，像根冒着烟的导火线，从展飞的后背开始，迅速点燃了他的全身。

展飞转过身来，抱住了方琳。方琳在展飞越来越粗重的喘息声中，撕扯下他身上的缠累，一尊精美的人体雕像裸露在她的面前。修长强健的双腿稍微岔开着，支撑着金戈铁马的伟岸。展飞常去健身房，身上的每块肌肉被运动器械和汗水打磨得神采飞扬。野性的刚毅透过光亮的肌肤强劲地吹弹出来，每块肌肉都张弛袒露着英挺又柔和的魅惑。蜿蜒起伏中，沸腾的血液如奔腾的江河冲撞着这具富有弹性的肉体，方琳的手指触碰到的，是血液狂野的呼啸。摇曳的烛光照在展飞的身上，让这具血性的肉体在幽暗中发出光来，又在磐石一般的刚硬上翻转出了无边的风情。那张棱角分明的脸在清晰与虚幻之间交替着，嘴角浮动着令人迷醉的光影。方琳被这尖利的温柔撕割成碎片，她扭动着饱满性感的肉体，酒醉般呻吟起来。她在展飞轻柔的手指和热烈的亲吻中燃烧起来，又随着四周的蜡烛融化着……那一刻，她愿意像蜡烛那样一点点地化成灰烬。

一夜云雨后，展飞还是决定让方琳搬到这里来。反正现在也是他的空窗期，有时候一个人回到家里，在满满当当的家具摆设间，他看到的只是空旷寂寥。方琳有她的可爱之处，至少，她的肉体是鲜活的。而且，她和他都没有日久天长的打算，不会为了结婚去谈恋爱，他们甚至都不用谈情说爱。现在很多的女孩子都放得开，可以很潇洒地跟男人们周旋。骨子里，展飞还是想做个有担当的男人，可是很多女孩或女人都不屑于此了，男人的责任感也就成了无足轻重的摆设。她们要的是一时的欢愉和物质上的满足，或者还有些别的企图，只要不谈感情，对展飞来说，这些都是可以轻易兑现的。也有些女孩还是想有个长久的依托，但是你不给，她们绝对不会强求。跟这个时代的女孩相处是轻松的，也是无所顾忌的，挥之不去的，却是一种难以言喻的遗憾和幻灭。在享受的同时，展飞也会有疑虑：这是社会的进步，还是一种无可挽回的失去？

方琳没有拒绝，这本来就在她的计划之中。她回到住处收拾自己的东西，准备离开跟蓝天航相守了多年的小巢。

方琳有条不紊地打点着自己的衣物，一缕头发遮住了她的眼睛。站在她背后的蓝天航叹了口气，问道："我不明白你为什么要搬离这里？"

方琳边收拾东西边说："没有什么原因，但这事儿早晚要发生，你不也这样认为吗？现在有了这么一个机会，有套很不错的房子，挺适合我的。"她停了片刻，又自我解嘲道："我是个实用主义者。"方琳本想向蓝天航描述下她即将搬去的地方的奢华，话到嘴边又被她咽了回去，毕竟跟蓝天航一起相守了几年，她不想去刺痛他的自尊；而且，蓝天航很可能对那套房子没有像她这样的热情，那她就是自讨没趣了。她还是想给蓝天航留下个不太坏的印象。

蓝天航问道:“你是不是爱上别人了?”

方琳说:“还没有,只是感觉不错。我还是我,可是在不同的男人那儿,我怎么会有那么大的不同?我羡慕那些风情万种的女人,现在我知道,我也可以风情万种,可是肯定不是在这儿。”

蓝天航的脸上抽动了一下。

方琳又说:“我知道我们之间没有爱情,你并不爱我,我也不能说我有多爱你。别怪我,我也不想这样,好像是我在利用男人,我也想好好谈场恋爱。”

蓝天航无所适从地站在那儿。他对方琳的情感是模糊的,那不是明确的爱情,他从来没想过跟她结婚,也许他们在一起待的时间更长一些,出于一种责任,或者方琳强烈要求跟他结婚,他有可能会走这一步。可他对方琳也不能说一点儿感情都没有,特别是一起生活了这么长时间。就是最不足惜最不认真的恋情,当它结束的时候,两个当事人,至少是其中的一个当事人,也会从中发现一些值得留恋的地方。冲动之下,蓝天航有些盲目地揽住方琳,恳求道:“不走好吗?我需要你。”

方琳推开他,说:“可我已经不需要你了。”

蓝天航不再说什么,直到方琳收拾好了所有的东西,他才问道:“要不要我送你过去?”

“不用,有朋友来接我,”方琳客气地说,“不过我今天只带走一部分东西,我还得来一趟,最后走的时候我会把钥匙留下来。”

方琳接着拨了她的手机,她只简单地说了一句话:“我这就下来,你把车开到楼下吧。”

方琳最后跟蓝天航说了声“再见”，然后拎了个手提箱和一个背包走出门去。

蓝天航听到方琳下楼的声音，有辆汽车开过来，又很快离去。他一直站在原地未动，他觉得非常的悲哀，不仅仅为方琳的突然离去，更是为他自己，为他这些年来在情感生活上的所作所为感到悲哀。他突然意识到，他连追求幸福的愿望都没有了。

5.

方琳骨子里是风情万种的，只是在有些沉闷和物质困乏的蓝天航那里，她不屑于展示她妖娆的一面。在展飞这里，她尽显她的妩媚风骚，让展飞一时沉迷其中。他之所以把目光投向方琳，跟韩希还是有些关系的。以他的阅历和老辣，他很容易看穿方琳的那些小把戏。虽然方琳的话里水分很多，他还是喜欢从她那里听到些韩希的故事。当然，方琳有她自己的魅力，她是一个长得很不错的年轻的女孩，人也算聪明，不是一杯白开水，只是方琳的心机和她的投怀送抱让他对她在开始的时候就有些厌倦，这也注定他们不会长久。

展飞不再去想感情上的事情，他把更多的精力放到工作上，花了很多心血帮韩希筹建音乐网站。

汪晴很快发现了展飞和方琳的异样，她认为展飞是为韩希跟方琳搞到了一起，但她不明白高傲睿智的展飞怎么会做出这么脑残的事情，会为感情影响到事业的发展。而她已经可以心无旁骛，全力发展她的事业。当展飞跟黎阳几乎完全中断联系的时候，汪晴跟黎阳的互动越来越多。汪晴并没有从她参与的几个投资中获得她所期望的回报，有的甚至出了问题，让她不得不全线出击。

陈娟还是不放心女儿，偷偷来到中国。

陈娟以前在北京工作过，有不少人想跟她聚一聚，可她在北京待不了几天，只能把聚会整合一下。韩希跟陈娟以前在银行的一个姓杨的同事凑到了一起，汪晴也跟着来了。

陈娟的那个同事已是行长了。杨行长订的饭馆，是家很高档的饭馆。杨行长说这顿饭他来请，陈娟以前对他的帮助很大，请客的事儿谁都别跟他抢。

吃饭闲聊时，杨行长说道："我最佩服陈姐说放下就放下了。当年我是陈姐的兵，她就比我大一岁，我还什么都不是呢，人家陈姐二十多岁就做到了信贷部主任。她特别能干，为银行创造了很多收益，人缘又好，上面的大头特器重她，前途无量。可她老公想去美国留学深造，这么好的工作，她就辞掉了。她不走的话，我这个行长的位置肯定是她的，说不定已当上总行的行长了。"

陈娟说："那都是将近二十年前的事儿了，早就不值一提。你比我出色多了。"

杨行长对陈娟说："我的那些本事都是你教的，可是有些东西，不是你不想传授给我，是我怎么也学不会的。业务上的东西能学会，德行方面的事情，得靠修行，也是天生的。就说这放下吧，我也想着放下很多事情，可我还是放不下。"

陈娟说：“你可不能放下，你现在重任在肩。”

杨行长又喝了口酒，喝了些酒后，他的谈兴更浓了，滔滔不绝地述说着陈娟当年的业绩。韩希和汪晴这才知道陈娟去美国之前曾在北京有过这么好的事业。韩希认识陈娟好多年了，从未听她说起过自己当年的辉煌，也许她自己觉得没什么可炫耀的，那只是她的工作，她只是尽最大努力做好了那份工作。陈娟在美国是个会计师，虽说也是个不错的工作，可相对于她当年的风光，现在做的工作还是太普通了。可她一直很淡泊平和，认真地工作，又是个贤妻良母，还为“含希”做了很多事情。如日中天的时候，她为了丈夫的事业，也去了彼岸的美国。当此岸又有了很好的机会，王欣一纠结于回到中国还是留在美国的时候，陈娟是淡定和务实的。她可以放下，也可以拒绝诱惑。无论是在中国还是在美国，她都可以踏踏实实地过日子，并且实实在在地打拼下一片天地。

汪晴的心里也起了波澜。在一二十年前，信贷部主任可是个肥缺，如果她坐在这样的位置上，绝对不可能放手离开。她替陈娟感到不值，去了美国，错过了人生最好的机会。不过当着杨行长的面，汪晴对陈娟赞不绝口，杨行长听得频频点头。

散场前，汪晴加了杨行长的微信，万一以后有事要找他呢。

第十章

此时此刻，韩希好像回到了那些朴素却温馨的日子。这一次陪她回去的，是展飞。他们在这里不期而遇，又好像是一次命中注定的相遇。展飞却轻微地叹了口气。当他终于可以跟她一起去做些两个人都想做也都认为有意义的事情时，他却不得不躲避她了。

1.

汪晴决定跟黎阳大干一场，同时也是背水一战。

汪晴约了展飞。

展飞先到了。这是一家很上档次的酒吧。展飞要了一杯红葡萄酒，独自在那里喝酒。虚无飘渺的音乐从很远的地方流泻过来。

汪晴走了进来，在酒吧里找到了展飞。

汪晴坐下后，展飞问道："为什么约在这里？办公室里不能谈吗？"

汪晴环顾了下四周，问道："还记得我们两个第一次来这里吗？那次我还以为你对我有意思。"

"我们就别假装叙旧了，你想让我做什么？"展飞没让汪晴继续说下去。

“长话短说，”汪晴不再绕弯子，直奔主题，“我有个哥们儿在银行管贷款，有一笔贷款想脱手，有九千万。恒点可以尽快成立个子公司，刚成立的子公司在财务上容易打马虎眼儿。我们把钱弄到那里去，再用这个子公司转移贷款，一半归恒点，一半归我，我那哥们儿的钱在我这一半中。事成之后，我不会少了你的好处费。”

展飞不置可否地笑了笑，然后说：“这子公司就是个空壳，这空城计是唱不长久的。”

汪晴说：“我们就没想唱那么久，那哥们已经办好了移民。我们要的就是短期效益，转移了钱，就赶紧把那个子公司关了。”

“你也办好了移民吗?”

“你够聪明。”汪晴没有否认。

“你不是刚回来吗?”

“我已经回来三年了。”

“你去美国吗?”

“这你就不用操心了。”

展飞意味深长地看了眼汪晴：“你和他都走人了，上边来查，恒点就得吃不了兜着走。”

汪晴笑了：“你还蛮有良心的嘛。上面真来查，那也是那个子公司的问题，找个冤大头去顶就是了，大不了再捎上我那哥们儿，可他那时候已经脚底抹油跑路了。再说了，上头怎么就会盯上恒点呢？现在经济案件这么多，不少贷款玩的就是圈钱的把戏，把一锅水全部搅浑，大家集体干坏事才最有安全感。”

展飞突然说："你那哥们是黎阳吧？"

汪晴不动声色地说："他叫什么跟这事儿没关系吧？"

展飞问道："你们怎么能肯定恒点愿意跟着你们混水摸鱼呢？"

汪晴胸有成竹地说道："恒点的摊子铺得太大了，资金上肯定会出问题，你肯定比我更清楚。不过恒点现在正被看好，容易拿到贷款，要不我们也不带恒点玩了。恒点需要资金，银行又看好恒点，这对我们来说是绝佳的机会。退一万步讲，真要是被上头盯上，那也不会是开始阶段发生的事情。你真打算在恒点干一辈子？"汪晴紧盯着展飞的眼睛。

展飞笑了笑："你倒很会玩呀。据说在美国待久了的人会变傻，你可不是。"

"有时候身在彼岸，才会看得更清楚，"汪晴说，"而且，我走了好几年，损失了太多的机会，我得勤快一点，勤能补拙。"

"你舍得走吗？"

"话不能这么说，想赚钱，是没有头的。可我也知道，出来混，都是要还的，该收手的时候不收，就很有可能覆水难收。不过走之前，我还想折腾折腾。"

展飞抿了口葡萄酒，问道："你做这事儿，只为钱吗？"

汪晴明白展飞话里的意思："还为什么？你以为我是因为嫉妒某人，想搞垮恒点吗？你若这样想，不是高估了她，就是低估了我。我只为钱。"

展飞又问了一个问题："你把钱看得这么重要，怎么会愿意跟我分呢？"

汪晴实话实说："只有你去找韩希，才有可能说服她。"

"这个子公司，你觉得谁合适？"展飞提到了具体的操作，这让汪晴心里一喜。

汪晴马上说出一个名字："林燃。"

展飞又笑了："我都没记仇，你还跟他过不去呀？"

汪晴却说："我只是觉得他合适，万一这是个机会，还帮了他了。"

"让我想想吧。"展飞又抿了一口红酒。

"我已经替你想好了，这种赚钱的机会，以后会越来越少。"汪晴急切起来。

展飞的眼睛里却是深不可测的死水。他轻轻摇晃着酒盏中剩下的红酒，说："我如果帮你做这件事，并不是为了钱。"

汪晴莫名其妙地看着展飞，展飞把目光投向别处，不再看她。

汪晴也要了杯红葡萄酒，那一刻，她想让自己安静一下，就这样跟展飞人手一杯酒，默默地坐上一会儿。但她还是安静不下来，她轻叹了口气，跟展飞说："我大概会休几天假，回来后，希望能从你这里听到好消息。"

"你去哪里？"展飞问道。

"奥尔巴尼。"汪晴说。

"你去那里干嘛？"展飞的目光转回汪晴，不解地看着她。

"离开三年了，就是想回去看看。"

2.

王艺彤回到北京，即将回美国。艺彤身上有了不小的变化，对中国的看法也有了改变。她的一些想法，是从小在这里长大的韩希以前没有想到的。王艺彤的行动和变化触动了韩希，她报了一个短期的志愿者项目，这是“含希”为她这样整天忙得昏天黑地的人们设计的。一个环保志愿者的位置，由很多人接连传递下去。每个人可能只能干上一两个星期，但有很多人参与，这个工作总能继续下去。

汪晴突然出现在奥尔巴尼。当汪晴出现在刘浩淼面前时，刘浩淼惊喜万分，但汪晴说她在这里只是短暂的停留。汪晴和刘浩淼一起度过的那几天是安静恬美的，好像所有不愉快的事情都没发生过。

他们一起去了那家乡村旅店，他们在那里一次次地做爱，两个身体难舍难分。他们也喜欢在清晨和黄昏的时候出去散步，汪晴说，这是最安宁的时刻。汪晴没有告诉刘浩淼，每当她忐忑不安的时候，她就会怀念他们在这里的简单安宁。她原来以为她跟黎阳是完全一样的人。他们臭味相投，都八面玲珑精明能干，也都善于捕捉和利用中国发展中的漏洞，他们联手搞出那笔贷款是一拍即合的事情。汪晴现在才知道，她跟黎阳还是有不一样的地方，她还不能像黎阳那样做到刀枪不入，她还有凄惶的时候。

“为什么不能留下来？”刘浩淼问汪晴。

“我不属于这里，我只是一个过客。”汪晴伤感地说。

刘浩淼说：“可你在这里能感受到安宁。”

“这里太安静了。”汪晴摇了摇头。她听到了自己的心跳声，不知是这里太安静了，还是她的心跳太快太剧烈了。

3.

回到北京后，第一天去恒点上班，汪晴先去了韩希的办公室，她想探探韩希的口风。

韩希在办公室里，汪晴进来后，坐到韩希的对面，说：“我从奥尔巴尼回来了。”

韩希摇摇头说：“你还是放不下他。”韩希猜想汪晴是为刘浩淼去的奥尔巴尼。

汪晴却说：“我只是去那里休了个假。”

“我过段时间也会休个假，”韩希说，“我报了一个短期的志愿者项目，就是含希设计的一个环保志愿者的位置。”

汪晴心里咯噔一下，看来韩希和恒点的状态还不错。“你还是不够忙呀，还有闲心做这。”

韩希开玩笑道：“那我去哪儿呢？也去奥尔巴尼吗？那里已经没人等我了。”

韩希接着很认真地问汪晴：“还有没有可能跟刘浩淼一起走下去？”

汪晴只好接着说下她自己的事情：“当年的我只有刘浩淼和奥尔巴尼，如果没有发生那些事情，我和他很有可能可以幸福地生活下去。而对今天的我来说，奥尔巴尼有一份爱情和恬淡的生活，在北京我已经有了自己的事业，刘浩淼还不足以让我放弃在中国的机会。”说到刘浩淼时汪晴不需要口是心非。

“那他可以回来呀。”

“他倒愿意考虑回到北京，但这里已经没有他的位置，他也不适合回来。他本来就是个按部就班的人，又在美国待了段时间，就只会按部就班了。我很难接受一个没有发展前途的落魄的男人。”

“你太患得患失了。”

“当一个人可以选择的时候，自然会有很多的权衡和考虑。不过跟他一起度过的那几天还是安静恬美的，每当我忐忑不安的时候，我就会怀念那里的简单安宁。”

韩希不解地看了眼汪晴：“那这里有什么事让你忐忑不安吗？”

汪晴一惊，马上否认道：“没有，一切都很好。”

韩希却说：“我自己有的时候也会怀念奥尔巴尼的安宁。现在恒点的摊子铺得太大，我不得不承受很大的压力。刚刚又发现了一些新的问题。”

汪晴坐直了身体，这正是她想听到的。

汪晴从韩希的办公室里走了出来，她看到走道里没有其他的人，直接去了展飞的办公室。展飞看到是汪晴，说：“你回来了？”

汪晴直接问道：“你还没跟韩希提那事儿？”

“再等等吧。”展飞有些心不在焉。

汪晴加重了语气说：“我刚从她那儿出来，恒点现在需要那

笔贷款。“

展飞没有回应。

汪晴多少能猜出展飞心里的顾虑，她很不客气地点了出来：“你还指望在她那儿洗白自己吗？你做过的那些事，她不会全知道，但肯定知道个大概。她是因为你做了违规的事情来的恒点，布莱克早就不信任你了，要不他怎么会让韩希取代了你的位置，这是韩希亲口对我说的。你大概能知道韩希不喜欢什么样的人吧，你能确信你是一个相反的人吗？很遗憾你在她眼里不是个那么正面的人物，她对你早就心知肚明。广博的事情发生后，她背着你做了调查，没有留给你任何余地。最近方琳又帮你搞出不少的动静，韩希能不知道吗？”

汪晴的一番剖析刺激了展飞，韩希曾经在他心中燃起的希望，愈加的渺茫起来。展飞相信韩希早已洞悉了他内心的阴暗，他在韩希那里已经不可能洗白自己，他的自我救赎也只能是一个妄想。而他跟方琳的纠缠也验证了汪晴对他的评判。方琳已经在恒点搞出了太多的动静，韩希肯定早有耳闻。展飞对自己从来没有这么失望过。

桌子上的电话响了起来，展飞看了眼号码。从展飞的表情上看，这个电话是韩希打来的。

汪晴说：“别错过机会了。”

展飞去了韩希的办公室。他进来的时候韩希竟然没听到，她正埋在各类的报表和材料中，紧张地搜寻着。

“你找我？”展飞问道。

韩希抬头看到了展飞，她有些生气地问道：“为什么不经我同意拿出五百万元去购买鼎元的股票？”

“我想在恒点我也有决定权。”展飞平静地回答道。

韩希愣了一下，但她很快冷静下来：“是的，我不否认这一点，但你应该知道鼎元现在出了麻烦。”

展飞解释说：“正因为我知道它出了麻烦我才认购它的股票，帮它起死回生。别忘了我们有五百多万元的资金在他们手上，如果他们破产了，我们的这笔钱也追不回来了。”

“那我们现在被鼎元套住了一千万元。”

“我调查过，他们刚刚收到了来自澳洲的两千多万元的货物订单，另外来自其他公司的订单也在陆陆续续到达。这就是说，鼎元完全有能力度过这个因更换产品所造成的经济难关。我们的一千万完全可以收回来，而且收回来的远不止这些，这只是一个时间问题。”

“可问题就在这里。我们的资金出现了亏空，而我们马上要再拨五百万到北方大学，有关设立恒点基金的消息都发布出去了。我们还拖欠红海公司几百万。”

展飞很沉稳地说：“我有办法补齐这个缺口。”

韩希有些不相信：“什么办法？”

展飞停顿了片刻，似乎在斟酌着这件事。韩希急切地看着他。

展飞终于开口道：“我可以搞到一笔贷款，从银行出来的正式的贷款，总共九千万，我们跟对方平分。恒点公司并不用出面，我们可以盘一个公司，或者成立一个子公司，通过这个公司把钱转到我们手上。”

韩希质疑道：“如果我们分出去一半的贷款，我们将来如何偿还这笔贷款？”

“那边之所以要这么高的分成，就是不打算让我们偿还了。”

“这怎么可能？”

“没有什么不可能的事情。现在的金融体系不够完善，很多贷款最后成了泼出去的水，恒点不想要，自然有别的公司愿意接手。如果我们错过了这个机会，我们还有什么办法填补我们资金上的空缺？”

“我总觉得靠这种办法敛财是不行的。”韩希的口气有些犹豫。

“这是当下的游戏规则，没有行不行，只有敢不敢。而且，我们只是接受了一笔贷款，这是合法的，有利于恒点的长期发展，短期内的资金周转是额外的回报。其中的一笔款项我们还将用于我们在北方大学的恒点基金，这也是我们对发展教育所做的贡献。”

韩希有些松口：“这个子公司是如何运作的？谁来负责这个子公司？”

展飞说：“我倒很愿意负责这个子公司，但最好不要让恒点的高层人员出来牵头。这个公司好像是恒点的输血器，但它又是相对独立的，可以承担法律责任。我们可以让林燃来做这件事，现在不是鼓励大学生创新创业吗？林燃也完全可以合法地成为法人代表。”

韩希直视着展飞：“这么说你已经在考虑做这件事了？”

展飞接住了韩希的目光："是的，在我发现恒点的资金出现问题时，我就开始想辙了，但最后要由你决定。"

韩希斟酌了片刻，说："还是让我再想想吧。"

展飞似乎并不着急："那好，我下个星期一开始休一个星期的假，等我回来后我们再谈吧。"

韩希说道："我之后也要休个假，正好接上你的。"

"也许等你回来后，已经有了其他的解决办法。"展飞看着韩希，他并不确定，他是希望韩希接受这个方案，还是最终拒绝这个方案。

4.

韩希一路奔波，来到那个"含希"环保点。

接待韩希的工作人员说："现在我带你去跟之前的那个志愿者见面，他明天一大早走，你们还有时间交接一下。"

韩希随着那人朝一个小屋走去。他们敲了门，有人来开门。出现在门口的是展飞，韩希和展飞惊讶地看着对方。

带韩希来的那个人走了后，韩希说："我没想到你会在这儿。"

展飞说："当初还是你介绍我来这个环保组织的。"

"我不知道你一直在做这件事。"韩希以为展飞当时只是答应了"含希"的委托，他那么忙，应该没有多少时间去做些具体的事情。连她自己都好长时间没为这个环保组织做事了，她几乎已经离开了"含希"。

"我没有一直在做，时断时续。"展飞说。

韩希还是很敬佩地看着展飞。展飞避开了韩希的目光。韩希扫了眼展飞的这个小屋。屋子很小，有一张小木床，还有一张脱了漆的木桌和一把椅子。一个旅行箱放在墙角，还有几个纸箱子散落在地上。一个箱子上放了几本书，有一本敞开着，反放在纸箱上，展飞应该正在看这本书。屋子里还有个烧火做饭的炉子，炉子旁堆了些煤球和劈柴。

展飞跟韩希说："你的那间房子就在旁边，我带你过去。"

那间房子紧挨着展飞的这间小屋。韩希用刚才的那个工作人员给她的钥匙开了门。屋子里的东西和摆设跟展飞那间差不多。

展飞把韩希要在这里做的工作跟她交接了一下，然后说："你先休息休息，我要离开一下，一两个小时后回来。你休息好后，我带你去实地看看。"

韩希问道："你要去哪里?"

展飞说："这里有所小学，我去给那里的孩子代一节课，很快就回来。"

"你去给小学生上课?"韩希再次惊讶地看着展飞，又问道："我能不能跟你一起去？我可以坐在下面听你讲课。"

"我不是一个好老师，你坐在下面我会紧张。"一向从容自信的展飞羞涩地一笑。

"每次员工大会你发言时，都很精彩。"

"可这不是开会。"

"还是给我一个机会吧。"韩希更想去了。

展飞只好说："那好吧。"

展飞带韩希去了那个小学校。学校很简陋，这点韩希并不意外。她在这里看到了不少很有朝气也很开心的孩子，这倒有些出乎她的意料。韩希很快又看到学校的门匾，上面是这所学校的名字——“含希小学”。韩希心里一阵激动，不会这么巧吧，难道……韩希扭头去看展飞，展飞没有注意到韩希探究的目光，他正快步走向他要去上课的教室。

他们提前到了，那些孩子们比他们到得还早，而且来上课的不光是孩子，还有一些大人。这堂课是中国地理。展飞带来一张中国地图，他让孩子们先在这张地图上找到了他们所在的小山村的大概位置，他在这个位置上画了一个圆点，然后从这小小的圆点开始，展飞声情并茂地描述了环绕在此的山川江河，矿源宝藏。从这个小山村辐射出来的圆圈越来越大，他们就这样从山村到海洋，跨过了全部九百六十多万平方公里的土地。之后，展飞又拿出一张空白的中国地图，他让孩子们上来，在这里画上他们现在还没有去过，但有一天他们会用他们的双脚丈量或用他们的双手建设的土地。孩子们蜂拥到讲台上，但很快自动排好了队，井然有序。他们一个个把自己最想去的地方标到了地图上，有城市，有名胜古迹，有高山，有江河湖海。展飞刚才向他们介绍中国的地理概貌时，他们已经在心里有了向往。他们多半可以很准确地标出他们想去的地方，不太确定时，他们就会问下展飞，展飞总是俯下身来，很温和地解答着孩子们的疑问。这些孩子想去的地方会有重叠，也不断出现新的名字，星星点点很快覆盖住了整张地图。韩希看着他们伸着他们的小手，带着他们的热爱和向往，一笔一划地画出了一张最美丽的中国地图。

做了这么多年的学生，从中国到美国，韩希听过无数堂课，她没有在这么简陋的教室里听过课，也是第一次听一个非专业的老师讲课，可这是她听到过的最好的一堂课。展飞还不能像蓝天航那样在讲台上挥洒自如，他没有技巧和经验，但真诚和热情是不需要技巧和经验的。当他倾心而为，满怀真诚和热情，一堂没有技巧的课，一个没有经验的老师，也能感染了所有的人。

韩希坐在教室的最后一排，定睛望着讲台上的展飞。白色的棉质衬衫，配一条黑色的长裤，这身装扮跟他讲的课一样简单朴素，却散发着朴素的华美，像一颗落在树叶上的水滴，折射出了七彩的光芒。也许这样的朴素，才能映照出阳光的灿烂和星空的璀璨。

下课以后，大家都不想离开。几个大人也走了过去，跟那些孩子一起，层层围住了展飞。他们热烈地说着什么，教室里流淌蒸腾着暖融融的气氛。韩希没有走过去，还是坐在最后面，静静地望着他们。她不能听清所有的话语，可坐在远处的她好像身在其中，她能感受到那些发自内心的赞美、感激和喜悦。

等人们全部散去，展飞走向韩希，笑着说："不好意思，在你面前献丑了。"

韩希也走向展飞，赞叹道："这是我听过的最好的一堂课，确切地说，是最让我感动的一堂课。"

"真的吗?"听到韩希的褒扬，展飞不想虚伪地谦虚一番，他说了声"谢谢"，又说道："我也被感动了，被这帮小孩子感动了。"

两个人一起往外走时，又经过那块写着"含希小学"的门匾。韩希感觉到，展飞跟这所小学还有着更深的关系。

韩希故意说："这么巧，这所学校叫含希小学。"

展飞没说什么，脸微微红了。

韩希更加确定了自己的猜测，她问展飞："这所小学是不是你捐助的？"

"我只是一个参与者，"展飞说，"我第一次来这里做环保志愿者，这里没有学校，孩子们要上学的话，要翻过一座山，到另外一个村子去上学。即使天气好的时候，这样的奔波也很辛苦，更不用说遇到刮风下雨下雪的恶劣天气了。我就想帮他们建一所学校，捐助了一笔钱。光有钱远远不够，这所小学能有今天的规模，是很多人努力和付出的结果。有的志愿者整年待在这里，我只是每年来这儿的时候给他们上一两节课，教他们语文和算术。地理课是新开的，希望能为这些山里的孩子打开一扇窗户，让他们了解外面的那个世界。"

韩希不知道该说些什么，说什么都不能很确切地表达出她此时的心情，她只是满怀敬意地看着展飞。

展飞被韩希看得不好意思起来，他淡淡地一笑，说："别把我想得那么高大上，这些事情并不只是为别人做的，也是为我自己做的，我们总得做些自认为有意义的事情。"

展飞又说："我喜欢这个名字。'含希'，饱含希望，跟你的名字谐音，我很高兴能用上这个名字。"

韩希的脸上飘出些红晕。不管展飞选用这个名字跟她有没有关联，她都觉得很亲切，也很感动。

"我遇到过一些做希望小学的人，"韩希说，"我还想过把环保和助办希望小学放到一起做，陈娟等人也觉得这是个不错的想法。可大家的时间和精力有限，多做一件事情，是一个很大的负担。我自己也只是说说而已，从没付诸过行动。加上现在很多人对希望小学有不少的诟病，大家也就不了了之了。可是我很佩服那些做了这件事的人，你是那个做了这件事的人。”

“没有什么事情是完美的，”展飞说，“有些事情，我们做了，结果并不一定如我们所愿，可是我们不做的话，肯定不会知道结果会怎样。所有的善意，都是一颗种子，播下的种子，不要指望它们都长成参天大树，就是能长出一棵小草，也比什么都没有好。我们若能播下些种子，就可以让别人得到收获。”

“我想你做这些事都是不图回报的，也没打算让别人知道。”韩希说。

展飞没有否认也没有承认，他只是说：“你为那个环保组织做事，不是也不图回报吗？”

韩希想起了上次展飞向她表白爱情前，若是让她知道了他做过的这些事，她对他可能会有另外的感觉。以展飞的智商和情商，他显然也知道这样做会帮他打动韩希，可他什么也没说。这次若不是偶然在这里碰到，韩希有可能永远看不到展飞的这一面。展飞也确实明白这一点，可他不想靠这种手段获得韩希的爱情。爱情应该是纯粹的，不该夹杂进其他的东西。展飞更希望韩希也能真正地爱上他，在爱上他之后，他们可以一起去做一些他们都想做的事情。

展飞又说：“也许做的时候没有想太多，其实我也有很多的收获。”

“那你收获了什么?”

“我收获了平安和喜乐。每次来到这里，我都能完全放松下来，安静下来。我可以忘掉所有我不愿意去想的事情，也可以不去做任何我不该做的事情。不在这里的时候，我做的一些事情，并不是对的事情，可我还是做了。别人只看到我为这个村子和这些孩子做了什么，其实他们给我的，远远超过了我给他们的。”

展飞望向远方。韩希似乎听明白了这句话，又似乎没完全明白。

展飞和韩希往前走时，遇到一些村民，都很热情地跟他们打招呼。

“他们好像都认识你，也都很喜欢你。”韩希对展飞说。

“我没来几次，他们就记住了我。这里的人特朴实，比我原来想象的还实在。”展飞停顿了一下，说:“你也会喜欢上这里。”

“我已经喜欢上这里了，以后还会再来。”韩希又建议道:“我们可以一起来。”

展飞不知可否地笑了笑。他当然很愿意跟韩希一起来这里，但自从他的生活中出现了方琳，又跟汪晴搞来的那笔贷款纠缠到一起，他有些不敢跟韩希走得太近。当他终于可以跟她一起去做些两个人都想做也都认为有意义的事情时，他却不得不躲避她了。展飞轻微地叹了口气。

两个人说着回到了他们的住处。展飞先开了他的屋门，拿了一些东西，包括那些煤球和劈柴，放进韩希的房间里。

“我明天就走了，你还要在这待一个星期，这些东西你可能用得上，用不完的可以留给下一个志愿者。”展飞接着又说:“现在呢，我得教会你点炉子。我们得用这个炉子烧出我们的晚饭。今天的晚饭我来做，我走了以后，你就得自己照顾自己了。你不会一个星期都不吃饭吧？”

“为什么不可以呢？”韩希笑道，“一个星期都不用吃饭，我就可以饿成林黛玉了。”

这时候传来了敲门声，有人在敲展飞的房门。展飞和韩希回到展飞的小屋，一个三十岁左右的妇女站在门口，她今天跟她的儿子一起去听的展飞的课，就坐在韩希的旁边。她给展飞和韩希送来一壶开水，两张烙饼和两个煮鸡蛋。紧接着那几个在路上碰见的村民，还有些学生的家长也陆陆续续地过来了。他们都带了些吃的东西，放下后就走了。这些纯朴善良的人们让韩希有些不知所措，心里一直被温暖着。

看着村民们送来的东西，韩希开玩笑道：“还想着一个星期不吃饭呢，这么多的东西，看来我的节食减肥计划得泡汤了。”

展飞也开玩笑道：“人家是送给我的，从明天开始，你还是可以实施你的节食计划。”

韩希心想，这些东西还真有可能是给展飞做的。村民们知道展飞明天要走了，他们以他们的方式来为展飞送行。

“快趁热吃吧。”展飞招呼道。他简单地收拾了一下，书桌便成了餐桌。两个人一个坐在床上，一个坐在椅子上，开始吃这顿丰盛的晚餐。村民们送来的都是粗茶淡饭，可什么样的美味佳肴能比这更有滋味更可口呢？韩希想起小时候一家人吃饭时的情景。每样菜里都有父母的心血，也都有家的味道。一家人围坐在一起，温情脉脉，所以她总觉得这世界上最好吃的都是些家常菜。此时此刻，她好像回到了那些朴素却温馨的日子。这一次陪她回去的，是展飞。他们在这儿不期而遇，又好像是一次命中注定的相遇。

吃过饭后，尽管很累了，韩希还是让展飞带她去环保点看看。展飞带韩希去看了几个垃圾堆放处，还有一个处理垃圾的小工厂。他们要帮助村民们更好地处理这些洋垃圾，尽可能留下些有用的东西，变废为宝，还要找到一些合适的地方清理掉那些百分之百的垃圾，特别是那些被有害物质污染过的垃圾，尽可能减少污染源。

“我们装配了这个焚化炉，”展飞指着他们面前的那个垃圾焚化炉说，“可是焚化炉也不一定能完全消灭掉有害物质，如果没有很好地连接上发电机组，或者温度控制得不好，一些致癌物质就会变成灰尘和废气飘散出来，给周遭的村民造成很大的伤害。”

展飞说到这语气沉重起来。他停顿了一下，又说道：“不过这两年已经有了不少的成效，我每次回来，都可以看到一些好的变化。当然，我还是更希望能停止进口洋垃圾，也希望能帮这里的村民们找到其他的致富途径。”

韩希想起那次在奥尔巴尼跟展飞和陈娟商讨“含希”的计划时，展飞就提出治理白色污染的一个根本的办法是彻底停止进口洋垃圾。今天她来到一个环保点，亲眼看到一个曾经山清水秀的地方被这些肮脏的垃圾摧残着，她才真正体会到展飞说的那些话的份量。

把韩希送回她的小屋后，展飞帮她生起了炉子。

“别这么麻烦了，这里不算冷。”韩希阻止道。

“到后半夜会冷的，我都习惯了，你可能不行，还是让你睡得舒服些吧。”展飞边说边麻利地生着炉子。“炉子生好后，还可以烤几个红薯。没人给你送饭的话，你有红薯吃，就饿不死了。”

韩希被展飞逗笑了。她笑道：“只怕我回北京前就胖成红薯了。”

小屋里很快有了炭火的味道。韩希看着展飞熟练地侍弄着炉子，这不像是展飞做的事情，但他又做得完美无缺无可挑剔。韩希没想到展飞身上还能有这样的烟火气。她没有提出帮什么忙，她怕破坏掉此时的安宁和最真实的浪漫，她想让这样的时间多走上一段，也让她多感受下展飞的恬淡平静。

一个星期后，韩希回到了北京。吃午饭时，她看到了展飞。韩希端着托盘走向展飞，展飞闪到了另外一张桌子旁，那桌只剩下一个座位了。

韩希没再往前走，就在旁边那一桌坐了下来。共同的志愿者的工作，让韩希体验到了她和展飞在恒点共事时从未有过的感受。她对展飞多了关注，可展飞好像在回避着她。

第十一章

展飞知道韩希的底线是什么，但他还不能确定她是否会逾越她的底线。在韩希一步步地接近了那个底线的时候，他还是觉得有些意外。他们刚刚有过一个美好的交集，那一切离他还很近，还没有超过二十四个小时。他有些冲动，想阻止这件由他开头的事情。他想让韩希知道，她对此事的疑虑不仅仅是这个诱饵存在的漏洞，还有可能是一个陷阱。但展飞的这个冲动是稍纵即逝的，他早就知道，商场上不谈感情，何况，他这次牵针引线的目的之一，就是想看韩希的反应。他只是不知道，当他看到韩希走过了她的底线的时候，他是应该感到欣慰，还是要感受更深层的幻灭？

1.

韩希如约来到北方大学，跟黄宗元校长敲定一些有关恒点基金的事宜。

黄校长还在会议室开会，韩希坐在他的办公室里，可以听到旁边的会议室的发言，大家畅所欲言，谈兴正浓："我们现在搞扩招，原来的一个系，一年招一百五十个本科生，现在这一个系派生出了六个学院，一年能招五六百人。招来这么多学生，总得把他们打发出去。每年的五月份，我倒是不用管本科生，可让我审阅的研究生的论文起码也得有几十篇，还要求几天内看完，写好评语。我把晨练取消了，爬起床来就开始看论文，一直看到深夜，看得我头晕眼花，腰酸背疼，也就看完几份，照这速度我哪能完成任务？第二天我就开始跳着看，跨越式前进，到最后两天，就只能看论文提要了，写评语就像进入了流水线，按照固定的评语模版写。我说出来不怕大家见笑，估计诸位跟我有大差不差的经历。”

会议室里传出一阵笑声，心照不宣的笑声。

另外一个人说道：“是啊，这看论文快赶上出苦力了，比出苦力的还苦，又是脑力劳动又是体力劳动，还累心，有时候不敷衍还真力不从心。可我们一松手，就有一些滥竽充数的混了过去。有些论文是七拼八凑，胡言乱语，还有一些抄袭之作。我碰到过一篇博士论文，二十万字，竟然有十七八万是抄来的。我要是追查此事会惹来一大堆的麻烦，放过他呢，对那些认真的好学生又实在不公平，所以还真不如全看论文提要，省心省力，还少生气，眼不见心不烦。”

又一个人说：“你别说，能把论文都按时敛上来就已经算是大功告成了。今年开题报告前，我们系的一个女研究生给我发了个电子邮件，说她写不出毕业论文，让我找人给她写，她直接给我这个系主任指派了任务。开始时我还以为她着急上火脑子出了问题，把她叫到我办公室谈了个把钟头，发现她思路很清晰，还理直气壮的。”

“那你接了这个活儿了？”有人问道。

那个系主任嘿嘿笑道：“请神容易送神难呢，不帮她写论文就打发不走她，你说我还能怎么做？”

“招来这么多学生肯定会良莠不齐，可是这些学生都是我们的财神爷啊。我看我们这里越来越像批发站了，批发本科生、硕士、博士，还搞着各种项目。质量不能全保证，但种类绝对齐全，一手交钱一手交货。”

这个人的一席话引得大家哄堂大笑，韩希却没笑起来。如果是在她还在美国或刚回国时听到这席话，她会觉得这人讲得挺幽默，她肯定会被逗笑的，现在她更多地感受到里面苦涩的东西。她知道这些人的言论代表了高校很多人的意见和看法。他们一方面渴望拥有金钱，渴望招进更多的学生，另一方面又怕为金钱所左右。他们还是希望能尽教师的职责，返璞归真，静下心来教书育人，当浮躁和铜臭冲击着大学校园时，他们的疑虑和焦躁是难免的。在对这些苦涩的东西的咀嚼中，她开始慢慢理解了蓝天航身上的那些变化和无奈，她自己不是也正处于进退维谷的两难中吗？

黄宗元这时候进了办公室。“对不起，让你久等了，本来早该散会了。”黄宗元边进门边向韩希解释着。

“没什么，我刚到。”韩希赶紧站了起来，跟黄校长握了下手。

两个人落座后，黄宗元很热情地说道：“今天请你来，主要请你看一下首届恒点基金的获奖名单，另外我们想跟你商定一下颁发恒点基金的日子。”

韩希接过名单，看过之后，微微皱了下眉头。

“黄校长，恕我冒昧，我想知道这里怎么会有贾国平的名字？我跟他是同行，虽然这几年我去经商了，但我一直关注着本专业的发展。据我所知，贾国平并没有做出什么具有创造性的理论研究或实践工作。”韩希提出了异议。

黄宗元解释道：“我看过贾国平的材料，这几年他承担了几个重大的科研项目，我们跟美国的一个重点合作项目也是由他牵头的。另外，他的管理工作做得也很出色。”

“恒点基金所嘉奖的范围并不包括管理人才。”

“这个我们知道。其实我们非常重视恒点基金的评定工作，为此我们还专门成立了一个评定委员会，是由各个系科的专家组成的。我们评定的原则就是公平性和合理性。当然，贾国平也有很多竞争对手，像你原来提到过的蓝天航，他确实很有特点，初审也通过了，但是专家委员会选择了贾国平。不过你既然提出异议，我可以建议他们重新审查一下，你看怎么样？”

韩希苦笑了一下，说：“我很希望学校能重新考虑一下，当然，我会尊重学校的意见。”

“太好了，那我们定一下颁奖日期吧。”

“这个由学校决定吧。”

“另外，剩下的五百万元基金……”黄宗元不得不提起了这个话题。

韩希怔忡了一下，说：“我们会尽快打到学校的账户上。”

黄宗元放松下来。“非常感谢。那我们定好日子再跟你协商一下。总之，我们很重视这个活动，在北方大学的校友中，你是第一个回校设立科研基金的人，它的意义非同凡响。我知道在美国毕业生捐赠母校的体系已经相当完善，我们还在起步阶段，你带了一个好头。”

“您过奖了。”

“就在学校便饭吧，我来安排一下。”

韩希推辞道：“谢谢，我还有其他事情，已经定好的。”

2.

离开北方大学后，韩希赶去参加恒点公司的新闻发布会。因为塞车韩希到得晚了点儿，刚进发布会现场就被请上了演讲台。好在韩希已经习惯了国内的赶场，在情绪酝酿上不再需要花什么时间，而且，她对公司的业务还很熟悉，今天要发布的，又是她期待已久的恒点音乐网的开通。

"……恒点公司决定开通音乐网站，是希望借助网络和技术上的优势，为每一个热爱音乐的人建造一个专属于自己的音乐王国。……音乐网站可以先以大众传播的模式为网友提供一些优秀的音乐作品，通过不断的积累和技术上的分析，我们可以掌握每一个固定用户的欣赏口味，帮助用户建造库存一个最适合他的口味的音乐台。……我们还可以帮助那些有共同爱好共同欣赏口味的人们在恒点音乐网上相遇相识，起到音乐和网络社交的作用，这是一个音乐网站，也是一个社交网站。……为了配合恒点音乐网的开通，我们引进了最先进的编曲软件和音乐管理软件，每一个来此冲浪的人，在建造自己的音乐王国的同时，还有机会成为一个很优秀的网络音乐制作人，他们的作品可以通过网络传播到世界各地，同时又可以大大丰富恒点音乐网的音乐库。而我们一直经营的音效卡，也将起到锦上添花的作用。我们的音效卡将大大提升电脑的音效品质，让网友欣赏到最佳品质的音乐。……我们还有一个长期的计划，音乐只是这个网站的一部分，或者说是先头部队。我们还将以音乐为起点，帮助网友们不断丰富他们的记忆，我们还会拓展到电影、文学、美术，照片，等等，以及与此相关的个人的书信、感言和情感故事。我们希望帮助网民们最大可能地记录下他们成长的足迹，记录下那些曾经拥有和未曾失去的梦想、激情和执着。这个网站会有很浓重的怀旧色彩，但怀旧不是为了回到过去，而是为了更丰富地活在今天，也更有底气地展望明天。过去的那些值得保存的美好的东西，是今天的一部分，也会是明天的一部分。”

……

展飞在台下屏气凝神地听着韩希的介绍。他是操作者之一，韩希刚才提到的很多东西，最初是他提出来的，他太过熟悉，这样的发布会本来对他已没什么新意而言，甚至有些枯燥，但是韩希的亲切诚恳和偶然露出的羞涩让有些索然无味的东西娓娓动听起来。当死板的商业运作有了情感的色彩，它就是有声有色朝气蓬勃的了。展飞专注地望着韩希，欣赏着她的一举一动一颦一笑，因为是在大庭广众之下，他是许多个听众中的一个，他不用避讳或隐藏什么，他可以长久地凝望着韩希。他的情绪被韩希激荡着，他又有了一个新的愿望。他不知道恒点的这个网站是否有可能连接起几代人的情感和故事，乘着歌声的翅膀，飞回梦想起步的地方。梦想开始的年代不同，但梦想在本质上是相同的。

坐在不远处的汪晴，似乎不经意地瞥了眼展飞。

恒点选了家上好的五星级酒店召开这次新闻发布会，还专门选在傍晚前举行，可以在这之后安排晚饭。新闻发布会结束后，是恒点公司的招待酒会。身着统一旗袍的服务员开始把热毛巾递给每个客人，精致的开胃小菜也陆续登场，然后是一道道让人眼花缭乱色香味俱佳的主菜。韩希刚回国时不太适应这种形式的新闻发布。她在美国时也参与组织过一些新闻发布会，主办方发布完新闻后，记者们就离场了，没有红包，没有宴会，一切都是省烦从简和公事公办的。她曾经为新闻发布的方式跟展飞争执过，最终是她入乡随俗了。

现在，韩希已经习惯于这种觥筹交错的排场。今晚她是全场关注的焦点，她穿梭于宾客中间，她的奕奕神采有点儿夸张，好像以此掩饰内心的疲惫。

“韩总，你们下一步有什么举措?”

“你怎么会想到设立恒点基金?”

“那天在电视上见到你，你比那些主持人都漂亮，你什么时候可以客串一把了。”

“现在在商界几乎没人不知道恒点了，当然，韩希的名字就更响亮了。”

……

不断有人问着各类问题或发表着溢美之辞，韩希朝认识或不认识的人们点头微笑着，欢快的气氛使她惭惭兴奋起来，可是她的眼睛里还是时不时地闪过一丝疲惫。只有一个人，展飞，注意到了她的心力交瘁。她那曾经清澈的双眸，若隐若现地飘浮着一些杂质。展飞有些难过，只有大半年的时间，那缕让他感到温暖的阳光，不再无遮无拦地倾泻出来。

3.

招待酒会结束后，韩希独自驱车回到自己的寓所。她把车停下后，出了汽车。另外一辆车几乎同时停靠下来，韩希以为看错了，从车里走出来的，是展飞。

韩希迷惑地望着展飞，脑子里是一片空白。

展飞走到韩希的面前，解释道："你今天看起来很累，我怕你有什么事，就跟在你后头。"

这么说，展飞一直尾随她来了这里。韩希开车时很少关注后面或旁边的车辆，特别是今天晚上，她开车时是恍惚的，她已经记不清她是如何离开招待酒会的，也记不清她是如何把车开回来的。

"谢谢，我还好。"韩希轻声说。

"那就好……那我走了，早点休息吧，明天公司见。"展飞说完转身离去。

"展飞，"韩希却叫住了他，"要不要……上去坐坐?"

展飞停下脚步，没有说什么，只是点了点头。

韩希的公寓展飞并不陌生，虽然韩希入住以后，他并未来这儿做过客。韩希回国前委托公司帮她租一套公寓，在几套可选择的公寓里，展飞最后选了这一套。这套公寓是开放式的，现代化的厨房和阳光充足的厅堂是连在一起的，中间没有阻隔，非常敞亮。展飞知道这些年在美国新盖的房子，多半采用这样的布局。这套公寓的位置也很好，离公司不远，又靠着一条商业街，女人们总是喜欢逛街。旁边还有一个街心花园，虽然不大，但总是多了个闹中取静的去处。韩希果然很喜欢这套公寓，可惜这片楼盘里没有待售的房子，要不她会考虑就在这里买套房子。因为喜欢住在这里，加上诸事繁忙，韩希把自己买房的事儿搁置下来。

韩希依旧不知道，这套公寓是展飞帮她选中的。

韩希把展飞带进屋来，请他坐在沙发上。

“想喝点什么？”韩希问展飞。

“有没有咖啡？”展飞问道。

“这个点喝咖啡，你今晚不想睡觉了？”韩希笑道。

“咖啡因对我不起多大作用，最多能稍微提提神。”展飞说。

韩希知道展飞已经很累了，她嘴上没说什么，心里对他今晚的保驾护航还是挺感激的。

“那我们都喝咖啡吧。”韩希说道，她突然想跟展飞好好地聊聊。

韩希去准备咖啡时，展飞先悄悄地关了手机，他这会儿不想被其他人打搅。关上手机后，他扫了眼屋子，目光落在汪晴曾浏览过的那组照片上。他的目光瞥过照片上的蓝天航，又落在旁边的书架上。他瞥见了普希金和叶赛宁的诗选，还有帕斯捷尔纳克的《日瓦戈医生》。

韩希端着咖啡壶走了过来。

展飞抽出一本帕斯捷尔纳克的诗集，没有打开，轻轻背诵道：“我想象我们的相遇，在一场隆重的死亡背面……我们在国境线上相遇，因此错过了这个呼啸着奔向终点的世界。而今夜，你是舞曲，世界是错误。”

韩希很是惊讶：“这是帕斯捷尔纳克的《你的名字是俄罗斯漫长的国境线》。”

展飞解释道：“我爷爷五十年代在莫斯科生活过，我曾陪他旧地重游。为了在路上跟他有东西聊，去之前我接触了一些俄罗斯的文学艺术，没想到自己也挺喜欢的。下个月有些老青年，我爷爷的同学和朋友会在北海聚会，他们每年都聚一次，你如果有兴趣，可以跟我去。”

韩希立刻答应下来：“我有兴趣，你爷爷会在那里吧？”

“他两年前去世了，每次都有人来不了了。他们也邀请这些人的儿女去，后来就是孙子辈的。我喜欢去那里，以前是陪爷爷去。”展飞有些黯然神伤。

韩希赶紧岔开话题，她问道：“你喜欢俄罗斯歌曲吗？”

“确切地说，这些歌属于我们的祖辈，可我喜欢。那歌声沉郁而真挚，舒缓而凝重，在最欢乐的歌声里也有淡淡的伤感，在最沉重的忧伤中也有热切的祈盼。”展飞动情地说。

韩希更加惊讶地望着展飞，展飞说的正是她的感受。她曾经迷恋过，或者说依旧迷恋着那些朴素而深沉的旋律，她也曾迷恋过诞生了这些歌曲的黑土地。在那片神奇的土地上，三套马车在茫茫雪原上奔驰，行猎的号角在晨雾缭绕的原野上回荡，即使是在荒山僻野，也有普希金的诗陪伴着热爱艺术的人们。这是韩希对俄罗斯的想象。读大学时，虽然不是韩希的专业，她还是在俄罗斯的文学作品上倾注了大量的时间，那纷扬广博的巨著把她带入苍茫而沉实的世界，力透纸背的文字用无言的沉默抚慰了她躁动的魂灵。俄罗斯的绘画也曾令她心驰神往，简洁的色彩背后，是浑厚沧桑的声音。还有那舒展的舞姿，惊人的抒情色彩和动人的温柔令人荡气回肠，朴实无华恰恰尽情展示了内在的底蕴。当然她最倾心的是俄罗斯气质，广博的忧郁，最应该造就伟大的艺术。她从没去过那里，但她早已熟悉了那里的风景，甚至是那里的气息，虽然真实的俄罗斯跟她心目中和向往中的俄罗斯肯定是有差别的。

展飞说："看样子你也喜欢。"

韩希莞尔一笑："如果我们两个都去恒点的音乐网站，我们会在茫茫人海中相遇，并且成为知己。"

展飞没有想到他和韩希有这么多相似的地方。他们在奥尔巴尼相遇，他们在北京重逢，他们竟然都喜欢俄罗斯的文学和艺术。

"要不要听些俄罗斯歌曲？我已经有段时间没听了，你来挑一盘吧。"韩希对展飞说，她指了指身后放CD的架子。展飞走过去翻看了一下，他有些意外地发现，这里竟然有不少俄罗斯歌曲和音乐的CD。展飞挑了盘CD。

"就听这个吧。"这是一盘俄罗斯歌曲怀念集。当展飞把CD递到韩希的手上时，他很深情地望了她一眼。

音响里开始传出那些他们早已熟悉的歌曲。韩希的整个身心很快沉浸在这些久违了的歌声中，她以为已经远离了的旋律，一旦响起，就可以这么快地把她带回到初次相遇的时光。她曾无数次地在那片黑土地上放牧着她的情思。在孤寂愁苦的寒冬之夜，她静静地守在壁炉边，看蜡烛的幽光摇曳闪烁；在万物复苏的田野上，她踏着淡青鲜嫩的松雪草，听春日的云雀在歌唱；在凉风习习的夏日的夜晚，如歌的行板回荡在微波荡漾的小河上，美丽而忧郁的星星亲吻着她潮湿的眼睛；在果实累累的金秋，高高的裸麦铺天盖地，与古老的土地分享着丰收的喜悦。韩希知道，那已经是一些不切实际的幻想，可那是她豆蔻年华时的情怀，含苞欲放时的艳阳。悠扬的歌声中她看到了什么？那铺满铃兰花的永远走不到头的小路？那回荡着克里姆林钟声的莫斯科河？还有那郁郁苍苍的森林和一望无际的草原，韩希的心中萌动着悠长的沉思，年轻的欢欣和向往又在她面前绽开花朵。

展飞心里涌荡着的，是跟韩希相似的风情心意。对展飞来说，俄罗斯已经不仅仅是俄罗斯，那并不只是一个地理概念或人文定义，俄罗斯对于展飞已经成为一种特定的象征，一种日积月累的沉淀。他对俄罗斯的依恋源自于精神上的追求，而且俄罗斯对他来说已经成为一种几乎脱离了俄罗斯本身的精神载体，那是一种被物质世界所舍弃的精神价值。这些年来，纷繁的生活已经让展飞越来越疏离了那些曾经是他生命中最沉实的内容，他越来越浮躁，也越来越无法沉静下来去感受那种他称之为俄罗斯气质的厚重。在这个夜晚，展飞好像猛然间从回荡在白桦和菩提间的竖琴声中惊醒过来。他听到了什么，那遥远却依旧清晰的声音；他也想起了什么，那曾经拥有和未曾失去的梦想。生命中，这种不期而遇的感动不会有多少次，而这样的感动又是跟他心爱的女人一起经历的。展飞心里想，也许这是他一生中唯一的一次了。

韩希把一杯煮好的咖啡递到展飞的手上，展飞却问道：“你这有酒吗？”

“有瓶红酒，我去给你拿。”韩希说。

“算了，我一会儿还得开车。”展飞阻止道。

“不要紧，我这还有个客房，你今晚可以住在这里。”韩希说着取来了红酒和酒杯，而且是两个酒杯。展飞打开酒瓶，把红酒倒进两个酒杯中。

展飞和韩希轻轻碰了下酒杯，各自啜饮起来。韩希觉得她跟眼前这个一起听歌的人亲近了许多，两个都喜欢俄罗斯的人，他们的心灵应该是相通的。

时光在悄无声息地流淌着，在那些熟悉的旋律的陪伴下，从跟俄罗斯有关的记忆开始，展飞和韩希津津有味地不断扯出些似水流年中的往事。有些往事是不足挂齿的，但那些细枝末节都是生动繁茂的，也是血气方刚的。在恒点公司和他们个人举步维艰之时，他们的谈话好像太不合时宜，他们的逍遥自在更像是刻意的逃避，可又确实不是在逃避，逃避不会让他们这么尽兴。这全身心的放松和投入，是心气所致，也是积压了许久的阴郁的迸发。好像是一个消失了许多年的老友突然回到了他们的中间，或者他们就是彼此的那个消失了多年的老友，带着温暖的有些调皮的微笑，回到了他们的身边。外边那个世界的明争暗斗，他们无谓的奋斗和挣扎，他们不愿接受的改变，还有，他们已经获得的让人艳羡的名和利，都在这淡淡的微笑中消失了踪影。那一刻，他们有些莫名又很激动地找到了感觉，很真实很自我的感觉，让他们卸下了所有的包袱，畅所欲言，无所顾忌。他们有时候彼此提醒和补充，有时候又像是在不需要听众的自言自语。在偶尔的停顿中，韩希想，这样的清闲自在多好，为什么要把自己搞得那么累，不能简单快乐地活着？展飞的拐弯是跟恒点有关的。他在想，恒点今天开通的那个网站，如果能给人这样的轻松和释放，那也就不枉它的存在了。那是那个晚上，展飞和韩希的思绪里，唯一跟恒点有牵连的东西。

那一个晚上，天高云淡，月朗风清。

夜已很深了，两个人也终于说累了，是那种酥软到骨头里的疲倦。韩希进了自己的卧房，倒在自己的床上就沉沉地睡了过去。展飞去了客房，没有马上睡着。他好像还有些意犹未尽，又是躺在一张陌生的床上，而且，旁边的房间里，是近在咫尺的诱惑，也让他辗转反侧。

展飞最终还是安静了下来，心平气和地睡了过去。这个没有情色的夜晚，是美好的，也是圆满的。

第二天旭日临窗时，韩希和展飞都起了床，出了各自的房间。韩希已经换洗过了，展飞冲了个澡，只是还穿着昨天的那身衣服。两个人的气色都很好。

展飞想起韩希提过的早市，说："要不要去个早市，还能赶个尾巴。"

"好呵，"韩希说，"正好我们可以去那里吃个早饭。"

展飞开车带着韩希去了个早市。停好车后，他们找了个还在营业的早点铺，两个人要了豆浆油条和麻酱烧饼。吃过之后，在走回汽车的时候，展飞看到卖冰糖葫芦的，就去买了两串。他没问韩希要不要，就直接把一串冰糖葫芦递到了韩希的手上。韩希接过来，娇艳欲滴的红色，在早晨的阳光中，泛着喜庆的光泽。

走在街上吃着冰糖葫芦的展飞和韩希，很像是一对上班前一起出来逛早市的默契的夫妻。快到停车的地方时，韩希又看到卖拨浪鼓的。“你看，拨浪鼓，我想买一个。”韩希兴奋地说，这是小时候玩过的玩意儿，长大后竟然再没见过，大概是她不再留意这些东西了。韩希挑了个拨浪鼓，木身羊皮面，鼓身漆成跟冰糖葫芦一样的红色。剩下的那一小段路，韩希一手拿着还没吃完的冰糖葫芦，一手转动着拨浪鼓的鼓柄，叮咚清脆的鼓声和韩希开心的笑声此起彼伏着，撩拨着展飞的耳膜。

展飞开车把韩希送回她的住处。这次他没有下车，他知道韩希更愿意自己开车去公司。“一会儿见!”韩希边说边下了车，又朝展飞挥了挥手。

4.

展飞再次见到韩希，是同一天的上午，在韩希的办公室里。韩希打电话请他过来一下，两个人见面后，都没有提及昨晚和今早的事情，这让展飞觉得，那一切好像是不真实的。他在韩希那里的停留，两个人的不设防的交谈，共同的快乐，彼此慰籍的温暖，对展飞来说，都有些如梦似幻的味道。在迷醉和清醒之间，就那么一闪而过，如烟花一般，绚烂地闪过。当他再次仰望夜空时，他却什么都看不见了，可是那份美好确实是存在的。

进了这间办公室，韩希还静静地回味了一番。在她的回味中，那些明心见性的碰撞是恬淡温存的，就像今天早上，两个人手上拿着冰糖葫芦，走在车水马龙的街上，心里是安静祥和的。若不是接到北方大学校长办公室的一个落实基金的电话，韩希很希望多走上一会儿，让那个美好的过程，在心里多停留一会儿。

“我在考虑启动子公司，接受那笔贷款，”韩希开门见山道，“汪晴一会儿就过来，我们得决定下这件事情。”

展飞愣了一下，他们这么快就回到了现实的纷争中。

韩希、展飞和汪晴围坐在沙发上，韩希的表情很严肃。

韩希用比她平时说话明显快了的语速说道：“我刚才已经介绍了这笔贷款的来龙去脉，其他几位高层人员都在外地，因为这件事比较紧急，可能需要我们三个尽快做决定，是否接受这笔贷款。”

汪晴说：“我虽然不了解这笔贷款的详细细节，但听起来有很大的可行性，是个机会，为什么不要呢？”

一向雷厉风行的展飞却犹豫起来：“或许我们可以等一等，看看在外面的几笔资金能否回来。”

汪晴提醒道：“恒点基金的颁布会近在眼前，我们应该，也必须如期举行，这关乎恒点的声誉。”

韩希感激地看了眼汪晴。

展飞说：“我可以从我的私人账户上把剩余的钱打给他们。”

韩希和汪晴都颇感意外地看着展飞。

汪晴气愤地对展飞说：“你觉得这样可行吗？韩希会接受吗？”

韩希赶紧说：“谢谢展总的好意，但我不能这样做。另外，我们还需要更多的资金去填补其他的漏洞。”

展飞看着韩希，问：“那你决定了吗？”

“我会投赞成票，”韩希轻叹了口气，“我想不出更好的办法。”

汪晴附和道：“这种时候，我肯定会支持韩希。”

展飞有些意外。有时候，他想看到韩希还会走多远，他知道她的底线是什么，但他还不能确定她是否可以逾越她的底线。在韩希一步步地接近了那个底线的时候，他还是觉得有些意外。他们刚刚有过一个美好的交集，那一切离他还很近，还没有超过二十四个小时。他有些冲动，想阻止这件由他开头的事情。他想告诉韩希这件事的来龙去脉，这件事跟广博的事情在本质上没有任何的区别。他想让韩希知道，她对此事的疑虑不仅仅是这个诱饵存在的漏洞，还有可能是一个陷阱。但展飞的这个冲动是稍纵即逝的，他早就知道，商场上不谈感情，何况，他这次牵针引线的目的之一，就是想看韩希的反应。他只是不知道，当他看到韩希走过了她的底线的时候，他是应该感到欣慰呢，还是要感受更深层的幻灭？

这是他现在不愿去多想的。

展飞站了起来，说道：“好吧，那就这样定了，我去落实具体的事情。”

韩希找来了林燃，跟林燃谈了成立子公司的事情。

听明白了韩希的意思后，林燃表态道：“我很感谢恒点公司和您对我的信任，我会尽力把这家子公司的业务做好。”

韩希嘱咐道：“别影响了你的学业，而且，这家公司我们不会做得太长。”

“这正合我的心意，这段时间我一直在考虑，毕业后是不是回老家待上一段时间，或许一两年吧。”林燃说。

“你打算去那做什么?”

“我希望能帮我的家乡清理掉白色污染，现在还只是个想法，我不知道能不能实现。我的女朋友肯定会反对。不过当我冒出这个念头时，心里觉得挺美好的。我产生这种想法，或多或少受了您的影响。”

“我的影响?”韩希有些诧异，“如果真是这样，我觉得很惭愧，因为我自己并没有做到这一点。”

林燃很认真地说:“那让我来为您实现这个梦想吧。”

韩希被感动了，眼角有些发涩，她突然说:“你可以不去做那家公司。”

“不，您既然有了这样的考虑，一定是需要我这样做。”林燃义无反顾地说。

林燃走后，韩希马上给展飞打了个电话。韩希不无担心地问道:“展飞，你能确保这样做万无一失吗?”

展飞回答道:“在商场上从来就没有万无一失的时候。”

韩希说:“我恳求你疏通好各个环节，尽量不出问题。”

展飞迟疑了一下，说:“好吧。”

韩希放下话筒，茫然若失。她站起来，踱到窗户前，望着窗外。阳光照在她苍白的脸上，使她显得有些憔悴。

5.

车水马龙的环路上，韩希边开车边听正在播放的新闻。

一条新闻吸引了她：“北方大学的副教授蓝天航经过多年的潜心研究，研发出一个可以造福于许多领域的数据模型，他的研究成果在世界顶级刊物发表后，已在美国、德国等很多国家引发了广泛的关注……”

韩希兴奋地听着，拿过手机，蓝天航的号码跳了出来。

韩希平息了一下自己的呼吸，又把手机放了回去。

韩希急匆匆地赶到北海，来参加展飞说的那个老青年的聚会。展飞已经在这里等她了。

一波清水边，轻轻摇曳的垂柳下，熙熙攘攘地坐了近百个人。他们来自全国各地，当年血气方刚的年轻人，好多人都在八十岁左右了，其间还夹杂着一些像展飞和韩希这样的晚辈。所有的人都喜气洋洋，每个人的脸上都荡漾着年轻的欢笑。岁月如梭，青春却在这一刻回到了他们的中间。

有一个小黑板，被围在众人的中间。黑板上写着几行字：

自古逢秋悲寂寥，我言秋日胜春朝。
晴空一鹤排云上，便引诗情到碧霄。

四周没有其他的装点，没有飞舞的彩条，没有红色的横幅，但历尽沧桑后的重逢，是人间最美的景象。很多人执手相看无语，也有很多人热烈地倾诉着。

主持人举起一个系着红丝带的小喇叭，挥动了一下，示意大家活动开始。四周顿时安静下来。主持人深深地吸了口气，宏亮的声音开始回荡在人群中："同学们，朋友们，今天我们又聚集在一起，这已是我们五十五年后的重逢。今天，我们的心是年轻的，而且跟五十五年前一样火热。五十多年前，我们立下了无数的豪言壮语，但生活并不像我们当年想象的那样五彩缤纷。在这半个多世纪里，我们遇到过很多不顺心的事情，我们倦怠过，抱怨过，但我们所有的人都没有停止过工作，有不少人在退休以后没有颐养天年，继续为国家贡献着自己的力量。当我们想起当年的理想，我们依然心潮澎湃。虽然我们从事的都是很平凡的工作，但我们为我们的事业实实在在一点一滴地贡献了几十年，这已经超越了任何豪言壮语。今天，我们这些老青年可以毫无愧色地回到我们当年抒发理想的地方，因为我们已经用行动实现了我们的理想。"

主持人的语气变得沉重起来："老师们，同学们，今天本来还应该有更多的人坐在这里，可他们永远也来不了了。我们又有几位同学告别了人世，但我相信他们还活在我们心中。今天，当我来到这里时，我好像听到了他们的脚步声，看到了他们的笑脸。他们活着的时候都很清贫，但他们死而无憾，因为他们清清白白认认真真地度过了自己的一生，他们为社会创造了财富，他们同样实现了当年的理想。"

人群中又响起了长久的掌声，韩希的眼睛湿润了。

主持人继续说下去："还有一些人虽然没有到场，但他们的心却和今天的聚会紧紧相连。远在美国的葛继辉和在澳大利亚定居的肖燕玲都发来了贺电。胡汝康因为重病在身不能到场，他派他的儿子做代表参加我们的聚会，在这里我代表全班同学祝胡汝康早日康复。而远在广西的黄培中寄来一封长信，他因为老伴瘫痪在床，家里离不开人，不能来参加我们的聚会。他说他非常怀念母校，非常想念老师们，同学们，他恳求我们一起唱一首当年我们经常唱的歌，《动荡的青年时代之歌》，他点名要由我们班的金嗓子罗瑞英领唱，他说他虽然身在广西，但他一定能听到我们的歌声。"

罗瑞英站了起来，她早已是做奶奶的人了，但此时此刻她的脸上洋溢着酣畅淋漓的青春朝气。

我们有个平凡的愿望，
它时刻燃烧在心头，
这是我们终生的理想，
让祖国繁荣富强。
看风雪茫茫，
天空闪耀星光，
我的心向我召唤，
奔向动荡的远方
……

激越昂扬的歌声久久回荡着，那歌曲中焕发的蓬勃生气很快感染了展飞和韩希，一种久违了的情感令他们有些难以自持。那些演唱者们意气风发、全身心投入的情形更令他们感动，他们也跟着哼唱起来，为着一种陌生而渴望的引力，满怀期待，在不可名状的感觉中，心驰神往……

开场之后，大家自由活动。

韩希对展飞说："谢谢你邀请我来参加这个聚会，真的很感人。他们经历了那么多的风雨，却还有这样的心态。"

展飞感叹道："以前总觉得他们那一代是不幸的，后来才发现我对他们那代人缺乏理解，他们那代人有信仰，有精神支柱，也懂得珍惜和感恩，有了这几点，人才能活得扎实，没这几点，物质生活再丰富，你也是不快乐的。"

"所以你愿意来，不仅仅是为了陪你的爷爷。"

"是呀，我在一帮比自己年长几十岁的老青年那里，感受到了青春的朝气。跟一些充满朝气的人在一起，我好像也多了些朝气。"

"希望你明年也能带上我，我也需要这样的朝气。"

展飞和韩希相视一笑，很多的心思，都在这心领神会的一笑中了。

周围的很多人正沉浸在久别重逢后的喜悦中，他们的欢声笑语让展飞意识到他们是来参加聚会的。他想起了什么，对韩希说："我想给你介绍个人，罗毅成老师，我爷爷最好的朋友，这次他从新疆赶来的。"

展飞带着韩希在人群中找到了罗毅成。罗老师很是消瘦憔悴，但心情很好。他看到展飞，兴奋地招呼道：“小飞，很高兴你今天能来。”

展飞把韩希介绍给罗毅成：“我今天还带了个人来，韩希，是我的同事。”

接着他又对韩希说：“这就是罗老师。”

韩希问候道：“罗老师，您好！”

“谢谢你们来给我们助兴、打气！”罗毅成爽朗地笑道，还跟韩希握了下手。

“来，我们去旁边坐坐，可以好好聊聊。”罗毅成招呼展飞和韩希，又跟刚才正跟他聊天的一位老人说：“老同学，我过会儿再跟你聊。”

三个人就在旁边的石栏边找了个坐的地方。罗毅成坐在他自带的小马扎上，展飞和韩希席地而坐。

韩希问道：“罗老师，展飞说您从新疆来，您一直在新疆工作吗？”

“是啊，我一直在那里，五十五年了。”罗毅成说。

“罗老师大学毕业时自愿要求去大西北工作，他把自己的青春和热血，智慧和才能都贡献给了大西北。”展飞补充道。

“哇，五十五年！”韩希感叹了一声，“您当年是如何做出这个决定的？”

“怎么说呢，这个决定也不是轻易做出的，有一个过程。”罗毅成停顿了片刻，又环顾下四周，说，“你们可能想不到，这里就是我的梦开始的地方。”

“您是说北海？”韩希问道。

“是的，北海。其实每一个人都有梦开始的地方，只是很多人后来不做梦了，也就忘了梦开始的地方。我并不是一个浪漫的人，却一直忘不了年轻时的梦想。我很高兴，能在有生之年再回到这里。”罗毅成的语气里带了些伤感。

韩希感觉到了那些伤感，她安慰道：“罗老师，您可以常回到这里。如果您在北京没有家人，我和展飞都可以陪您来这里。”韩希看了眼展飞，展飞点了点头。

“谢谢，谢谢，”罗毅成说，“不过，任何事情，总会有最后一次。我这次来北京，除了参加同学聚会，还去了医院。我想知道我究竟还能在这个世界上活多久，我得了肝癌，已经到了晚期，也就是说，我的生命已经被判了死刑。我决定放弃手术，我不想让最后的时光留在病房里，我想回到大西北，还有很多事情没有做完，我可能做不完所有的事情了，但至少可以完成其中的一部分。”

清畅的空气和喜闹的气氛霎那间凝固了。“罗老师，您该留在北京治疗。”展飞的声音有些嘶哑，他想起了他爷爷离去时的日子。

“没什么，”罗毅成淡然地摆了下手，“生老病死，人之常情。我已过八十，活得够长的了。在告别人世之前，还能跟当年的那些伙伴们一起来趟北海，还能有机会见到想见的人，我没什么可抱怨的。本来这次聚会没有安排北海的活动，是我到组织者那里申请的。”

“您为什么这么喜欢北海？您刚才说，这里是您的梦想开始的地方。”韩希还是把话题留在北海上，她不想去追问罗毅成的病情，关心和同情的结果有可能适得其反，在这个时候，她想罗老师可能更想聊聊这个让他念念不忘的地方。

“我最留恋的是这里的气氛和情景，以及发生在这样的情景和气氛中的一些事情，让年轻时的我情不自禁地想做些什么，我去大西北的梦想就是那么自然而然地出现的。”

“那是一些怎样的事情呢?”

“其实都是一些很普通的事情，听起来很普通的事情。那时候过团队生活，我们那些人喜欢跑到北海去，我们一边划船，一边唱那首歌，你大概知道那首歌。”

“《让我们荡起双桨》?”

“对，就是这首歌。”罗毅成说到这里，轻轻哼唱了几句。

“您就是在这首歌的旋律中，开始了您的梦想，决定去大西北的吗?”展飞问道。

“也不能这么说，就一首歌不太可能改变我的一生。这首歌是少先队员们先唱起来的，我那时候是个团员，也比他们年长，有了些更深层次的思考。但有些东西是相通的，是一致的，就是那种精气神儿，就是这首歌里表现出的那种朝气。我怀念那种朝气，五十多年过去了，还有着很强的生命力，我也怀念那时候的风气，还有，当年的那些一起唱歌的朝气蓬勃的伙伴们。”

“他们很多人今天都来了这里。”韩希说。

“是的，我觉得很幸福很满足，不少人都来了，而且，她也来了。”

“她?”展飞和韩希异口同声地问道。

“她当时跟我在一个团小组，所以我们常常一起来北海，她很喜欢唱这首歌，《让我们荡起双桨》。她的歌声美妙动听，我总是陶醉其中，我喜欢上了她，确切地说，我爱上了她，可是我并没有向她表白。”

“为什么?”

“因为我也就是在那个时候决定大学毕业后去大西北，而她是家里的独生女，我不想让她面临这样的选择，我知道让她选择离开自己的父母是件很痛苦的事情，而且，大西北的生活很艰苦，我不想让她吃那份苦。”

“她知道您喜欢，或者说您爱她吗?”韩希问。

“应该不知道，我很好地掩藏了这份情感，我知道后来她对我也有好感，我就更加刻意地回避她。”

“可是您一直没有忘记她，甚至，一直爱着她。”

“是的，因为这份感情我一直没有结婚，如果跟一个人结了婚，可我心里还想着另外一个人，这样对她不公平。”

“那么，当年您为了理想，放弃了一份实际上您一辈子都割舍不了的爱情，您后悔过吗?”

“说不后悔是假的，特别是在遇到挫折的时候。当年，我决定去大西北的时候，我真像一只小船，张着饱满的帆，无所顾忌地驶向大海。那时候，我真的以为海阔凭鱼跃，天高任鸟飞，怎能料想到，漫漫人生路，原本是曲曲折折、坑坑洼洼的，一不小心，还会掉进深沟险壑中。在遇到不幸的时候，我会偷偷地想她，想我们一起在北海划船的情景。她扎着两条粗粗的辫子，一双大眼睛纯净无邪，脸上洒满了阳光。我的耳边也会一遍遍地响起我们一起唱过的歌。在歌声中，在回忆中，我又找回了信心，重新燃烧起希望和激情。我想她在我的生命中所起的作用，已经超过了一切，她陪伴我度过了无数个最艰难、甚至是最绝望的日子。”

韩希的目光转向了旁边的人群，默默地在每一个上了年纪的女士脸上掠过。韩希不知道哪一个人是罗老师的她，如果她能知道这份埋藏了半个多世纪的爱情，她会有怎样的感动？

“您想不想把这一切当面告诉她？再跟她一起划次船，一起唱歌？”韩希的眼睛又一次湿润了。

“我当然想了，可我不会去做。我没有权利和资格去打扰她的生活，她的老伴还在，他们有孩子，我希望她有幸福美好的生活，即便她的生活中早已没有了我。”

“如果您可以重活一次，您会做怎样的选择？”

“我还是会选择去大西北，我知道这条路上充满了缺憾，我再做选择的时候，可能不会像第一次那样义无反顾，但我还是会做同样的选择。恰恰是她的美好，她的纯净，给了我追求理想的动力和信心。恰恰是因为她，我渴望成为一个理想主义者，一个英雄，我不想过碌碌无为的生活。对你们这些年轻人，我鼓励你们追求理想，但不要放弃爱情，爱情可以让你们的理想更加的美好。如果你心里有一个你爱着的人，就早点告诉他（她）吧。”罗毅成说到这，意味深长地看着展飞和韩希。

展飞低下了头，韩希的脸微微的红了。

“好了，年轻人，别老在这陪我了，”罗毅成爽朗地说，“这么好的天气，去租条船，到湖上放松放松吧。”

展飞和韩希去租了条小船，展飞划动双桨，小船渐渐驶离了岸边。坐在岸上的罗毅成离他们渐渐远了，韩希在人群中寻觅着他的身影。

“罗老师让我感到很亲切，不像是今天才认识，”韩希说，“听到他不久于人世，我心里很难过，我也为他的爱情遗憾。”

展飞停止划动船桨，把船桨放到船上，任小船随风飘荡。微波荡漾的湖水慵懒地舒展在阳光下，明媚而安详，展飞的心里却翻滚着苦涩的波涛。他跟他爷爷的感情很深，所以他很少让自己去想他的爷爷已不在人世。爷爷最好的朋友也即将离去，这让他不得不去揭开心里的那个伤疤，再次去体验失去至爱亲人的苦痛。他也为那份永远不会有结果的爱情难过。他从他爷爷那里听到过一些罗毅成的故事，知道罗毅成爱过一个人，今天亲耳听罗毅成自己讲述这个故事，展飞被这个故事感动的时候，又能感觉到一种覆水难收的无助。谁不渴望一份没有遗憾的爱情，可是太多的爱情有着太多的遗憾。明明知道不会在一起，还是很深地爱着她，这是怎样的幸福，又是怎样的无奈。他爱的那个人就在他的面前，他们的膝盖抵在一起，他能感觉到她身体的温热，她嘴里呼出的热气跟和煦的微风一起吹拂在他的脸上，他们离得这么近，他却要逼迫自己放下这份感情。可是，他可以为她放下一切，唯独放不下对她的爱情。他会一直爱着她，但未来的路，他还是不能与她同行。

韩希没有觉察到展飞的伤感，她说：“不知道我们的音乐网站能不能请罗老师做一期节目，从《让我们荡起双桨》开始，那么坎坷的经历那么丰富的情感，竟然可以用一首歌串联起来。”

“我们可以问问罗老师，我不知道在他病重的时候能不能去打扰他，但如果这也是他的一个心愿……他一直没有告白的机会，他一直刻意地掩藏着那份刻骨铭心的爱情……”展飞没有说下去，他突然间觉得很难过，扭头望向远处的白塔，努力掩饰平复着风起潮涌的心绪。

韩希再次望向岸边的人群，罗毅成已完全消失在人群中。韩希感叹道：“现在的人们可能不会相信这样的理想和爱情了。”

展飞的目光从白塔转向韩希，他用很肯定的语气说：“我相信，我有过那样的理想，不是说也要去大西北或某个地方，也不是去做一件具体的事情，但我有过感动，我相信那是一样的理想，一样的抱负和情怀，只是我远不如他，他能坚持下去，坚持了几十年。我也相信他的爱情，因为我体验过这样的爱情，也许这样的爱情还在我的心里。”

韩希的心里触电般颤动了一下。她想说些什么，对展飞说些什么，又不知从何说起。展飞上次向她表白的时候，她还没有爱上他，可现在的她对展飞有了深深的依恋，她只是还不能确定，这是不是爱情。上次在“含希”环保点跟展飞不期而遇，他给了她很多不同的感受。在她家里跟展飞一起度过的那个夜晚，也给了她很多不期而至的惊喜。两个人的交织碰撞，带了些电闪雷鸣的激烈，落下的，是一场倾盆大雨，酣畅淋漓，也短暂急促。现在韩希觉得展飞更像是一场绵绵细雨，是由来已久的早已渗透在土地里的润泽，是散不尽的烟岚云岫，漫天漫地，弥山遍野。

韩希还在万千思绪中纠缠的时候，展飞似乎已经释然了。

他爱她，才不想让他的爱成为她的负担。他还会爱着她，但不会去期许另外的结果了。

湖上的小船越来越多，有不少划船的是来参加聚会的人，互相经过时，有人朝展飞和韩希挥挥手。展飞想起还在岸上的罗毅成老师，觉得应该陪他一起荡桨在北海上。

“我们去接上罗老师吧，很想多陪陪他。”展飞说着拿起了两支船桨。

“对，应该陪他一起划次船。”韩希从展飞的手上拿过一支船桨，说，“我们一起划吧。”

韩希并排坐到展飞的身边，两个人一起划动双桨。

小船向岸边驶去。阵阵凉风吹过，韩希身上翻滚的热浪和刚才激荡的心绪渐渐平息下来，这让她越发感觉到坐在她一旁的展飞的身体上传出的温热的气息。

6.

蓝天航主动给韩希打了电话，说是想请韩希吃顿饭。两个人约了恒点旁边的一家饭馆。

点完菜后，韩希微笑着看着蓝天航，问道：“为什么要请我吃饭？”

蓝天航羞涩地一笑，说：“你都回来一年多了，还没为你接风呢。”

“我更想借这顿饭，先祝贺你。”韩希端起茶杯，轻轻碰了下蓝天航手中的茶杯：“我们以茶代酒吧。”

蓝天航问道："祝贺我什么？"

韩希说："我在收音机里听到了你的好消息，真的很为你高兴，本来想打电话祝贺的，又怕打扰你，你现在一定很忙。"

蓝天航说："你知道吗？我的研究出成果后，我第一个想告诉的人，就是你。"

韩希笑道："这么说我们都想过打这个电话，可都没打。"

韩希再次跟蓝天航碰了下茶杯，郑重地说："恭喜你，你是凭自己的才能、坚持和成果获得了别人的肯定。"

蓝天航也很郑重地说："谢谢你的支持，你是最能看到我的长处的人，也是对我非常重要的一个人。"

"真的吗？我以为你并不在乎我，"韩希很坦诚地说，"每次我约你，你多半会找理由拒绝。也许是我太自私了，你有方琳，你有你自己的生活，我不该太多地打扰你。"

"这跟方琳没有关系，其实我们分开已经有段时间了，她离开了我，可能这对我和她都是件好事。"蓝天航自我解嘲地笑了笑，"即使有方琳在，我们还是可以成为好朋友。我没有接受你的一些邀请，只是因为我个人的原因。"

蓝天航继续说道："你约我做的很多事情，我总提不起精神。譬如去听音乐会，可我已经静不下心来去感受它们了。正因为有些东西曾深深地打动过我，我现在才想远离它们。"

"你以前不是这样的，是不是当年的变故，让你今天变得这么……"

"这么麻木这么冷漠这么行尸走肉？"

"没你说的那么严重。"

蓝天航很诚恳地说：“即使什么都没发生过，我很可能也是今天这个样子。当然，如果你没有离开这里，没有离开好几年，你也许就觉得今天的我是很真实的，也是很正常的。你在一个那么务实的国家待了好多年，倒变得越发单纯越发简单了。”

韩希说：“美国是个很务实的国家，但她最打动我的，恰恰是她的理想主义。或许是我太理想化了，这会让我无所适从。其实，在很多事情面前，我是无能为力的。很多我想做好的事情，并没有真正做好。我学会了妥协，譬如恒点基金的获奖名单中，我至今认为不应该有贾国平的名字，可我还是接受了这个结果。”

蓝天航劝解道：“不管怎么说，你做了一件很有意义的事情，而且，贾国平也做了不少事情。我得承认，他在不少方面强过我，他的管理能力很强，我们搞的是集体项目，需要有个人协调好各类关系；贾国平还很善于把自己所掌握的知识用到节骨眼上，如果你无法把你所学到的东西转化成生产力，那你有再多的知识也没什么用。”

韩希很是欣慰：“你真的这样认为吗？”

蓝天航很认真地说：“真的，所以我这次去美国交流学习，希望能提升下自己的协调能力。”

韩希一惊：“你要去美国了吗？”

“我收到美国几所顶尖大学的邀请，还没决定去哪，我想为林燃争取去一所好大学读博士的全额奖学金。”

“太好了，这样林燃就多了一个选择，他知道这件事吗？”

“还没跟他说，等我这边有了确切的消息后再告诉他吧。这段时间就该有眉目了。”

韩希的情绪突然有些低落："你说这顿饭是给我接风的，怎么更像是给你送行呢？"

"我一时半会儿走不了，而且，走了还会回来。"蓝天航说着抬腕看了下手表，说："好像还来得及，今晚有场音乐会，你会喜欢的。"

韩希很遗憾地说："今天怕是去不了了，我还得回办公室，本来都不打算吃晚饭的。"

"别太累了。"蓝天航不无担忧地看着韩希。

韩希感激地笑了笑。

第十二章

韩希的心头又刀割般疼痛起来，像那次展飞在全体大会上做检讨时，她就感觉到了这样的疼痛。原来她早就爱上了他，从第一次为他感到心疼，她就爱上了他。可是那时候她以为她放不下的是蓝天航。爱是没有理由的心疼，何况她有这么多为他心疼的理由。

已经过去了很多年，很难再回到原点了，但有很多东西还是一样的，再往下走很多年，甚至几十年，还会是一样的。所以我们才能一次次地离开，又一次次地回到这里。

1.

跟蓝天航道别后，韩希马上赶回了公司。

恒点公司表面上一切正常，但韩希还是感觉到了山雨欲来的危机感。夜幕已经降临，外面已是繁星点点，白天人来人往的办公楼里这时显得有些空旷。韩希独自一人坐在电脑前紧张地操作着，那笔贷款带来的问题越来越明显，由此也牵扯到恒点成立的由林燃负责的子公司。也许在开始的时候韩希就意识到了这一点，只是没想到有这么严重，而且她一直怀着一种侥幸心理希望一切都没超出法律的约束。而现在她发现她犯了一个巨大的错误，并且有可能是一个无法弥补的错误。

韩希停了下来，疲惫地靠在椅背上，眼神儿空洞而焦虑，略显瘦弱的身影被裹在暗淡的光线里，这使她显得更加的无助。

她端起桌子上那杯早已冷却了的浓茶，一口气喝了下去。在咖啡因的作用下，她的思维清晰了一些，可是她依然想不出个所以然来，她的头绪和心思依照挣扎在那个无法跳出的死角里。

韩希决定去跟林燃谈谈。她刚才从饭馆回来时看见过林燃，不知道他现在还在不在。韩希走到林燃的办公室前，从房门下的一缕光线上，她判断办公室里还有人。门是虚掩着的，韩希推开了房门。这间十多个人共享的工作间这时显得有些空旷。电视是开着的，恒点的每间办公室里都配有一个大屏幕的电视，但很少有人去看电视，这时候却有一个人在紧盯着电视画面，从背影上看，这是林燃。林燃一动不动地站在那里，没有听见有人走了进来。

韩希止住了脚步，也把目光投向了电视，直觉告诉她，此时的林燃不想被人打搅。这是一期描述农民工生活的电视节目，很快吸引住了韩希的注意力。电视画面转到一个建筑工地上，韩希有些心痛地看着那些正在劳作的农民工们。在美国时，除了“含希”的工作，她也参与过希望工程海外捐助项目，曾对农民工的生活做过一些调查，那个项目资助的，很多是农民工的孩子。上次去“含希”的环保点，她也见到过展飞给那些农村的孩子上课，其中有些也是农民工的孩子。韩希对农民工的生活并不陌生，她渴望看到这些农民工和他们的孩子们过上好一些的生活。韩希一时忘了她来这间办公室的原因，聚精会神全身心地跟着电视走进了那个她熟悉又陌生的人群。

这是她的父老乡亲，跟她同宗同祖同一血脉的父老乡亲。也许他们倾其一生都没穿过锦衣华服，他们也不懂时尚和潮流，可是那些精美的服饰都出自他们的双手，他们一针一线地勾画出一个缤纷的世界。他们也没见识过觥筹交错钟鸣鼎食的排场，可是所有的美食都来自他们辛勤的劳作，在别人品尝佳肴的时候，他们在用粗茶淡饭养育着自己的婴孩。他们还是城市里流动的人群，当城市里的人们搬进了他们所建造的房屋的时候，他们又背起行囊，涌向另外一座城市。他们也从来没有享用过舒适的名车，他们蜷缩在拥挤颠簸的车箱里，他们甚至可以徒步而行，只要远方有个建设中的工地在等着他们，只要他们艰辛的劳作可以换回卑微的回报，他们就可以满怀期待地踏上远途。他们哺育了共和国的生命和繁荣，没有他们的茹苦含辛，中国经济的腾飞永远只能是一个空洞的口号。可是，庆功宴上没有他们的踪影，漂亮的祝酒辞里也没有他们的名字，他们衣着寒酸，不善言辞，额角上还滚动着污浊的汗水，他们怎么可以登上大雅之堂？连他们自己都不知道，他们也是辉煌的一部分，甚至是最辉煌的那一部分。他们没有时间和精力为生活抱怨和悲伤，他们依然习惯于这样的生活，披星戴月不辞辛苦，沐雨栉风风尘仆仆。

韩希的心里沉甸甸的。经济的持续高速发展也造就了成千上万的亿万富豪，可是，还有那么多的人在过着截然不同的生活。多少人与他们朝夕相处，却忽略了他们的存在；多少人享用着他们的福祉，却漠视着他们的奉献；多少人因为他们而拥有权位和财富，却很少顾及他们生命的安危与尊严。可是，他们依然没有学会计较和抱怨，他们依然含辛茹苦，任劳任怨；他们的脸上依然跳动着太阳的光泽；他们的善良而温暖的目光，依然可以击碎所有的悲苦忧伤。

节目已到了尾声，主持人深沉的声音在回荡着:“我们该怎样感激和庆幸他们的安贫乐道，慷慨宽容？他们没有豪言壮语，可他们却有擎天柱地拔山超海的气势；他们没有深知灼见，可那些高瞻远瞩的神机妙策最终要靠他们变成现实。他们可以依然甘贫守志，但我们不能因为他们不懂索取，就心安理得地侵吞他们的所有；我们不能因为他们的沉默，就飞扬跋扈盛气凌人。他们立足于荜门蓬户中，他们疏于才学，但他们同样是共和国的基石和栋梁。失去了对他们的尊重和感激，就失去了一个民族的良心和灵魂。让我们以德报德，把灵魂还给肉体，让良心支撑起生命，为辛勤耕耘的父老乡亲，为寸草春晖，为沛雨甘霖般的恩泽，献上我们真诚的感激和回报。”

电视上跳出了一行行编导人员的名单，林燃按了下手中的遥控器，关上了电视。他扭过头来，看到了站在后面的不知什么时候进来的韩希。他们一时无语，这一刻，他们更愿意一个人静静地呆着。

韩希先走了过去，来到林燃的身旁，她拍了拍林燃的肩膀，示意他一起坐下来。

“我是一个农民工的儿子。”林燃说，眼睛看着地面。

韩希只知道林燃是从一个山村来的，这是他们聊天时林燃告诉她的。韩希没有说什么，她可以看出来，林燃有更多的话要说。

“我的父亲很聪明，”林燃继续说下去，“可是读完初中以后，家里没钱供他，他只能回家务农。有了我以后，他最大的愿望是让我读完高中，甚至可以上大学。他相信知识可以改变命运。他带着我来到了北京，那年我八岁，我们有些老乡在这里打工。我父亲觉得在这里可以多挣点钱，最重要的是，他想让我在这里受教育。”

“你的父亲还在北京吗？”韩希轻声问道。

林燃没有马上回答，他低下头，沉默了片刻，才说道：“他已经去世了，我希望他现在是在天堂里。”林燃抬起头，朝上望了望，接着说下去：“他得了尿毒症，我们没钱治病。我第一次知道，对很多事情，包括我的父亲的身体和生命，我都是无能为力的。”

林燃说到这哽咽起来。韩希的心抽得很紧，却不知该说些什么，所有的安慰的话都是苍白的，她只是坐在一边，默默地陪着林燃。

“在父亲还能动的时候，我带他回了家乡。他喜欢北京，在要离开这个世界的时候，他还是更想回到自己家里。”林燃深深地喘了口气，好像这样可以帮他说完想说的话。“我那时候快要高考了，我的户口不在北京，我也得回老家参加高考。对我来说这倒是个机会，父亲临终前我可以陪在他的身边。”

“你的父亲等到你上大学了吗？”韩希问。

“没有。他想多活几天，可他尽了他最大的努力，还是没等到我参加高考。他走的时候很平静，也很欣慰，他说他知道我会考上大学的，我会考回北京。我没有辜负他的期望，我是我们村出来的第一个大学生，还来了北京。人们都羡慕我，因为我有了离开穷乡僻壤的机会，可我却觉得很难过。”林燃的脸上浮现出悲哀的神色，在他讲到上大学这件本该让他快乐些的事情时，他的脸上却浮现着一缕悲哀。

“我来到了北京，”林燃继续说道，“我的成绩总是数一数二，我还坚持勤工俭学，我用打工的钱还上了乡亲们给我的钱。他们没说让我还，可他们挣钱不容易，我不能要他们的钱。我一直很努力，老师们都很喜欢我，可总有些同学跟我过不去。我知道无论我多努力，我还是低人一等。伤心的时候，我很想家，我想回去，跟周围的人过一样的生活。可我回去的话，有一天，若我的孩子想走出来，他还是低人一等。那会儿我才真正明白了父亲当年在这里打工的艰难。我明白了这些的时候，我就更加怀念他。想他的时候，我就跑到当年他盖楼的地方。现在都是高楼大厦了，他在那儿的时候，还都是些建筑工地。恒点公司的这幢大厦，也是父亲盖过的。”

“你是说我们这栋楼?”韩希很是意外。

“就是这栋楼，这是我父亲盖过的第一栋楼。那段时间，正是我们在北京最难的时候，可是工头却拖欠了八个月的工钱。不仅是我父亲的工钱，还有几个他带过来的老乡的工钱。父亲被逼得走投无路，他爬上了刚刚搭建出的顶楼，以死相求。他爬上去之前没有告诉我他要做什么。他带我去了一家小饭馆，我们平时是不去饭馆吃饭的，哪怕很小很普通的饭馆，所以我特别高兴。父亲给我要了一大碗牛肉拉面，他自己什么都没要，就坐在我的旁边，看着我吃。我只吃了一半，告诉父亲我吃饱了，父亲就吃了剩下的一半。父亲也吃上了饭馆里的牛肉拉面，我就更开心了。离开那家饭馆后，父亲把我送回我们住的地方，就是那个只有一个床位的地方。他指了指床下放的一个编织袋，告诉我，我们的东西都在这里，然后他就走了。我再见到他的时候，他就站在顶楼上了。是一个同乡的叔叔把我带到工地上，他让我求父亲不要跳下来。我一遍遍地哭求着，后来嗓子里已经发不出声音了。那年我十岁，我感觉天在塌下来。在父亲的一只脚踏上了最边沿的时候，我昏了过去。等我睁开眼时，父亲已经在我身边了，他紧紧地搂着我。他讨回了工钱，所有人的工钱。看我醒了过来，他扑通跪在地上，给周围的人磕了个头，还一遍遍地说着，对不起，对不起，给大家添乱了。我死命地拽着父亲的衣角，我怕再失去父亲。现在，在这个地方，我有时候会有一种幻觉，我看见父亲朝我走了过来，跟那次一样，父亲差点没了，但最后是失而复得。”

林燃平静地叙述着，他不再哽咽，好像是在讲述一件跟他无关的事情，或者是一件不曾在他的记忆中留下伤痕的事情。韩希的眼角流出了泪水，她能感觉到，在林燃的平静中蕴含着近似残酷的冷峻和抗争后却又不得不放弃的无奈。她也明白了为什么林燃这么想进入恒点，这么看重他在这里的一切，不仅仅是恒点可以为他提供一个发展的平台。他回到这里，也是为了找寻一个已经不在了的人和失落了的希望。也许有的时候，他认为他找到了，至少，这里可以给他一些亲切感。这里有他的父亲的足迹，一个卑微的农民工的带着血汗的足迹。

林燃停下了叙述，如释重负地吁了口气。那些跟随了他很久的悲伤和惶惑，从那扇打开了的窗户里流泻出去。这种全身心的袒露，更像是来自灵魂的歌唱，他此时感受到的是从未有过的轻松。他不曾把这一切讲给别人听，就是他的母亲，还有他的女朋友田姚，他也不敢向她们倾诉这些悲伤。他怕她们不懂，那只会加重他的苦难。他知道韩希能懂这一切。她的沉默，她眼睛里的悲伤，她脸上的泪水，都在安抚着林燃的诉说。

“谢谢你听我讲这些。”林燃感激地看了眼韩希，他一向用“您”来称呼韩希，这次他却用了“你”。

“是我该对你说声谢谢。”韩希的脸上是更多的感激。林燃能把他心灵上的伤痕展露给她，那对她该是怎样的信任和依赖？她猜想林燃能把这一切告诉她，可能并不是因为她正巧撞上他在这里看那期讲农民工的电视节目。

林燃也想告诉韩希，他为什么会把这一切告诉她，他的语气明显沉重起来：“我放了学，也没有别的地方可去，有时候我就跑到父亲干活的工地上，找个可以坐的地方，一边做作业一边等父亲。他收工以后我们一起回我们的住处。从工地到住处很远，我们得坐公共汽车。有一次我们遇上一个抱孩子的妇女。那个男孩大概有三岁了，他妈妈抱着他很吃力。父亲和我赶紧站起来让座，那个妈妈只是冷冷地说：不坐。那个男孩却吵着要做，他妈妈朝他吼道：坐什么坐，你不嫌脏不怕得病啊？父亲难过地低下了头，他没说什么，也不敢再坐下，到了下一站，他带我下了车，剩下的路我们是走回去的。从那以后，我们再坐公车，我们都是找个角落站着，就是有空座位，我们也不敢坐，怕把座位弄脏了。父亲的衣服上总是沾着石灰、油漆和汗水，我知道有些人躲着我们，可我知道你不会嫌我们脏，如果我们给你让座，你会坐下来，你还会说声谢谢。”

林燃说到这里哭了起来，开始时他还努力控制着他的哭泣，后来他不再压抑自己，毫无遮拦无所顾忌地宣泄着自己的情绪和情感。韩希站起来，走到林燃的身边，拥抱住林燃，轻轻拍着他的后背。林燃的肩膀剧烈地抖动着，无助得像个婴孩。太长的时间里，他一个人在黑暗中爬行，此时他看到了家的光亮。他知道在韩希这里，他跟其他人是一样的，是平等的。他甚至感受到那种在他的成长中一直缺席的母爱。这种母爱对他来说是陌生的，可是一经出现，就无比的熟悉和亲切。现在他可以在韩希的怀里尽情地哭泣，他想向她倾诉所有的委屈，他也需要她的智慧、引导、爱护和她能够带来的希望，他可以放下他所有的自卑和自尊，默默地跟随她。

一种深入骨髓的苦涩，穿透了韩希的整个身心。从她开始参与慈善工作，她的心一直与那些弱势群体在一起。她以为她已深知他们的苦痛，现在她才明白，她触摸到的，可能只是那些苦痛的边缘。她不敢相信林燃年轻的生命里，已经承受了这么多的生命之重，一个人的故事里就有了这么多的沧桑。更让她感到揪心的是，她本该担负着拯救的使命而来，林燃这么情深意长地向她敞开心扉，也是因为他相信韩希愿意、也能够带他走出这些苦难。她愿意为他打开一扇窗户，让阳光倾泻进来；她能够为他撑起一片天地，让他躲避风雨。可是她真的这样做了吗？她现在要把这个所剩无几向她走来的孩子带向何处呢？

韩希再次想起由那笔贷款引发的漏洞，她是为这件事来找林燃的。当林燃的故事和她的担忧纠结在一起的时候，她发现她已经到了无路可退的悬崖边上。她从来没有这么害怕过，她多希望她能有重新开始的机会。如果可以重新来过，她会丢弃她的贪心和骄傲，她会走稳放慢她的每一步，让恒点在一个正常的速度上和一个力所能及的范围内发展，这或许可以避免财政上的漏洞，她也就有更多的力量去抵御那笔贷款的诱惑，也就不会让林燃牵扯进来。她不再需要那些被夸大了的成就和无谓的赞美，当一个人绝望的时候，她最渴望的是问心无愧的平安和平静淡泊的日子。而现在她只能祈盼着绝处逢生。当一个人只能抱着侥幸的心理等待别人的疏忽的时候，她的精神和心灵上已经是千疮百孔了。

韩希已是泪流满面，为林燃所经受的苦难，也为自己正在经受的心灵之痛。

等待着他们的，会是什么呢？

2.

各种压力之下，韩希憔悴了许多。汪晴心情很复杂，她说服韩希，放下所有的工作，出去好好放松一下。

那一天风和日丽，韩希和汪晴难得逍遥自在地享受着生活中的美好。她们是亲密无间的，在外人眼里，在她们共同的默契和心意中，她们是情投意合的可以一生一世的朋友。那一天汪晴一次次地回忆起她们两个在奥尔巴尼的日子，韩希笑话汪晴人还年轻，怎么这么喜欢追忆往事。汪晴说，这段时间，她觉得自己苍老了许多。

跟韩希道别后，汪晴来到上次跟展飞见面的酒吧，在那里等展飞。

展飞进来后，看到了汪晴。展飞走过去，坐到了汪晴的身边，并且给自己要了一杯威士忌。

“怎么样，这钱赚得爽吧？”汪晴得意地说，“一个急着找下家，一个等米下锅，这就是商机。我们呢，助人为乐。”

“别什么商机了。”

“管它是什么呢，有钱赚就行。我只是没想到，你在关键时刻差点掉链子。我再提醒你一次，最后一次提醒你，别把个人感情带到生意中。”

展飞看了眼汪晴：“最后一次？什么意思？”

汪晴微微一笑：“没什么意思，我只是有些念旧。”

汪晴说着把一个保险箱推给展飞，她压低声音说：“这里有五百万，给你的。”

展飞又把保险箱推给汪晴。

汪晴不解其意，试探着问：“是不是嫌少了？还是送我的？”

展飞把玩着手中的酒盏，说：“随你怎么想。我不是说了吗？我帮你做这事，不是为了钱。”

汪晴问道：“那你为什么？你脑子进水了？”

“我也不知道。”展飞把酒盏放到吧台上，转身离去。

汪晴愣愣地望着展飞的背影。

“展飞。”汪晴叫住展飞。

展飞停住脚步，转过身来：“什么？”

“你多保重！”汪晴的眼睛里涌出一层泪水。

展飞突然意识到什么。

展飞看着汪晴，说：“你也多保重。”

汪晴淡淡地一笑，脸上又恢复了一贯的冷静和理智。

几天之后，正在外面跟客户见面的展飞收到韩希打来的电话，让他尽快赶回恒点，在汪晴的办公室见面。

展飞疾步走近汪晴的办公室时，韩希和几个员工正在紧张地交谈着。

韩希看到展飞，急切地说：“汪晴失踪了，怎么也联系不上她，我们已经报告给公安局。”

展飞问道：“为什么要找公安局？”

韩希说：“我们不知道她出了什么事。”

有个员工急急地跑来，气喘吁吁地说：“韩总，展总，刚才海关回复了我们，汪晴已经在几天前离开中国了。”

韩希惊慌失措地转向展飞，展飞避开了她的目光。

3.

疲惫不堪的林燃回到自己的寝室，他的一个室友正在往背包里装东西，学校刚刚放暑假，他正在收拾回家的东西。他看见林燃，有些不自然地问道：“林燃，你这两天到哪里去了？”

林燃搪塞道：“我那个公司出了点儿问题。”

他的室友同情地望着林燃。

林燃挤出点儿笑容，故作轻松道：“没什么大不了的，我有办法应付。”

他的室友吞吞吐吐地说：“不是这件事，你……你可能被学校开除了，拿不到你的毕业证书和学位证书，昨天宣布的这件事。蓝天航老师来找过你。”

林燃面如死灰，他转过身去，不想让他的室友看见他的表情。

“你先坐下喘口气，天无绝人之路，总会有办法。”他的室友站在他背后安慰道。

林燃感激地点点头，然后头也不回地走出了宿舍。

林燃漫无目的地走在宁静而充满朝气的校园里。他前面走着几个跟他年龄相仿的学生，他们边走边交谈着：

“我今年暑假不能回去了，明年要考研究生，我得在这复习。”

“我也不能走了，找到个小公司去实习，趁暑假挣点儿小钱吧。”

“这么长的假期，我想去云南看看。”

“我可得回家，我妈想死我了。”

“你们女孩子就知道想家。哎，你回来之前发个微信，我去车站接你。”

“不对呵，怎么就接她一个？”

“你们回来我都接。”

……

林燃怅然地跟在他们身后，嘻嘻哈哈的笑声在他耳边回荡着。他知道他跟他们已经不一样了，他已经不属于这个校园。这些近在眼前的让他感到亲切的画面，很快就会虚化成没有色彩的背景。

从今天到明天，可以拉出这么长的距离，无法跨越的距离。

林燃很晚才回到自己的宿舍，他看到田姚正坐在他的床上。田姚已经在这里等了他很久。另外一个男生看见林燃回来了，有意躲了出去。

田姚还没说话，就先嘤嘤地哭了起来。林燃发现田姚明显的消瘦了。田姚抽泣着说：“当初我不该老想着让你挣钱，是我害了你……”

林燃走到田姚跟前，帮她捋了捋头发，说：“别哭了，这跟你没有关系，都是我自己想做的。”

田姚哭得更伤心了，她把脑袋靠在了林燃的肩膀上，抽泣着说：“我想告诉你，你对我来说很重要，比钱重要。”

林燃紧紧地搂住了田姚，嘴上却说：“忘了我吧，我祝你幸福，你肯定会幸福的。”他知道是放手的时候了。穷人向上的路已经没有几条，加上知识的贬值，他再少了那一纸文凭，他对田姚的任何承诺都成了空谈，他甚至无颜去想那些承诺。

田姚没有说什么。她喜欢物质上的东西，但她并不是拜金女；她本性善良，也不势力，她可以爱上农民工的儿子林燃。不过在这个年代，她也不可能不实际一些。

一段爱情，就这样走到了两个人都不敢再往下走的一天。

这是他们两个的初恋，他们从来没爱得死去活来过，各种现实的问题也让他们的爱情像只风雨飘摇中的小船。在要分手的时候，他们才发现，他们是很爱对方的，相对于那些少了真诚多了算计的男女关系，他们还是实实在在地爱过一场的。

田姚也紧紧地抱住了林燃。他们听到的，是从另外一个胸腔里传出的心跳；他们感觉到的，也是那个跟自己相依相拥的人的体温。能彼此拥有是甜蜜的，能天长地久是幸福的，哪怕平平淡淡地度过这一生，只要两个人能在一起，也是幸福的。

林燃放开了田姚，他知道他们已经没有天长地久了。

“去吃点东西吧，你一定饿了。”林燃心疼地看着田姚憔悴的失去了光泽的面庞。

“我不想吃……吃不下……我还是走吧。”田姚恋恋不舍地看了眼林燃，然后朝门口走去。

林燃站在原地，一动不动地站在原地。

田姚走到了门口，她拉开门，转过身来，对林燃说：“下辈子记得早点来娶我。”说完她就哭着跑开了。

林燃的心里咯噔了一下。他又木然地站了片刻，然后走到他的床边，倒在床上。很浓重的睡意伴随着黑暗朝他袭来，他比任何时候都害怕错过这样的睡意。他没再起来，只是顺手拉了个被角搭在身上。很快他完全缩进了被子中，沉沉地昏睡了过去。他听见自己的鼾声在黑暗中穿行。

这一夜林燃都没做什么梦。等他醒来的时候，太阳已在天空中明晃晃地照着。他看了下手表，已经快十点了。屋子里很安静，只有他一个人，他不知道他的两个室友是否回来过。对于昨天的记忆，只剩下一场让他无知无觉的梦。是逃避，也是解脱。发生了太多的事情，他已经没有了理清头绪的愿望。但他知道今天他会做哪几件事情，这是昨天他一个人在校园里徘徊的时候就想好要做的事情。

他要先去趟银行。这大半年在恒点的工作，还是帮他攒了些钱。今天，他要花掉他所有的积蓄。他要去趟LV的专卖店。国贸商城的那家LV旗舰店，他路过几次，可从没敢进去过。今天他要去那里为田姚买个LV的皮包，他许诺过的LV的皮包。以前，想到要花那么多的钱买个包，他会有种犯罪感，他心里总是有些抵触，可今天他是心甘情愿的。他不能兑现他对田姚的其它的承诺了，至少他可以兑现其中的一个。田姚和他在一起的时候，他一无所有，而她给他的，是一个女孩子最美好的青春年华。如果能为田姚买一件她想要的东西，他心里会好受一些，多一些安慰少一些遗憾。他希望田姚收到这份礼物时能很开心，在没有了他的日子里依旧开心。至于是什么能给田姚带来快乐，是他还是物质上的东西，他已经不想去深究了。

他还想给他的妈妈寄些钱，他跟母亲一直有些生分，但她毕竟是他的母亲。

他还想留下些钱，不会有太多的钱供他支配，但他还是想匀出点钱，捐给北方大学。他今天还得找到这样的办公室，专门受理校友的捐赠。想到今天有这么多的事情要做，林燃来了精神。他迅速地洗漱了一番，穿戴整齐。今天对他来说会是无比忙碌的。

4.

为林燃的事情，韩希专门来到北方大学，期望能得到黄宗元校长的帮助。幸好黄校长在自己的办公室里，韩希敲门进来。

“黄校长，我冒昧地跑来打搅您。”韩希说。

黄宗元一看是韩希，很热情地起身道："坐，快请坐，你可是贵客。"

韩希略一停顿，便开门见山道："我这次来，是为林燃的事情。"

"林燃？"黄宗元一头雾水。"他是管理学院的学生，今年毕业，最近被北方大学开除了。"韩希解释道。

"哦，你说的是那个林燃呵。怎么，你认识他？"黄宗元有些纳闷。

"他在恒点公司打工，我很欣赏他的才华。"韩希说到这，喘了口气，然后急促地请求道："黄校长，学校能不能重新考虑下这件事？"

"是他请你来的吗？"

"不是，这两天我一直在找他，但没找到。事情搞到这一步，我应该负很大的责任，他因为帮我做事，影响了学业。"

"其实你没必要怪罪自己，像他这样的学生，不去恒点公司找事做，也会去其他公司的。我们并不反对学生自食其力，但他们只能从事跟自己的专业相关的实践活动，而且绝对不能影响基本的学业。林燃后来常常无辜旷课，造成了很坏的影响。在我们已做出开除他的决定之后，发现他还有更恶劣的行为。前天，检察部门派人到学校来调查他非法成立公司的事情。"

韩希不自觉地站了起来："非法成立公司？"

"是的，而且他牵扯进一桩贷款案之中，现在几千万元的贷款不知去向了。哦，你请坐。"

韩希发觉自己失态了，她坐下来，努力克制着自己，但还是无法掩饰内心的不平静。

“林燃知道这件事吗?”韩希问道。

“检察部门已找他谈过了，他现在还没有提供出任何线索，我们将协助检察人员详细调查这件事。”

“这件事情跟恒点公司，跟我有关，不该让林燃承担责任。”韩希急切地解释道，然后她哀求地看着黄宗元:“黄校长，能不能请学校重新考虑对林燃的处理?”

“这个……”黄宗元面露难色。

“黄校长，求求您，给林燃一条生路!”韩希的眼睛里溢满了泪水。她从来没像这样求过人，当她说出了这样的一句话，她和黄宗元都呆愣在那里。

正在这时候，韩希的手机响了起来，她想把手机关上。

黄宗元说:“你先接吧。”

韩希拿起手机，里面传出蓝天航急促的声音:“林燃出了车祸……”

韩希迅速离开了北方大学，心急如焚地赶到了医院。在急救室门口，她看到了蓝天航。

“他……他怎么样了?”韩希气喘吁吁地问。

“还没有最后结果，可能……不太妙。”蓝天航表情凝重。

韩希站立不稳，蓝天航把她扶到旁边的椅子上。

坐在椅子上的韩希喃喃自语着:“怎么回事?怎么回事?他一定是神思恍惚，才出了车祸。”

“也许他当时头脑很清醒。刚才公安局的人调查了开车的司机和旁边的目击者，已基本肯定，这不是司机的过失……”蓝天航想他应该把事实告诉韩希，就是他想瞒，也瞒不了几天。

韩希惊恐地睁大了眼睛：“你是说……他是自杀？”

蓝天航轻轻点了下头。

韩希浑身瘫软，她的面色死人般惨白。

急救室的门开了，蓝天航和韩希一起涌到门口，医生从里面走了出来。

蓝天航急急地问：“大夫，他怎么样了？”

医生摇了摇头：“你们进去吧。”

林燃直挺挺地躺在那里，已生若游丝，他费力地看清了面前的两张面孔，那是蓝天航和韩希，韩希的眼睛是红肿的。

蓝天航急切地说着：“你最喜欢的那所大学已经接受你去读博了，还给了你最高的全额奖学金，我这两天一直在找你，就是想告诉你这个好消息……”

林燃艰难地蠕动着双唇，但什么也没说出来，他只留下一个淡淡的微笑，就永远地闭上了眼睛。

医护人员走了进来，请蓝天航和韩希离开病房。

蓝天航和韩希呆坐在门外的长椅上，他们看着林燃的遗体被推出急救室，穿过长长的走廊，走向太平间。

好半天，两个人都沉默无语。蓝天航感觉到韩希的身体在颤抖，他伸出手，揽住韩希。韩希疲惫地把头靠在蓝天航的肩上。

“我先送你回家吧，”蓝天航轻声说，“剩下的事情我来处理。”

韩希深深地吸了口气，又慢慢地呼了出来。她离开了蓝天航的臂膀，说：“我要先回趟公司，不要担心我，如果有可能，能不能帮我找一下林燃家的地址?”

蓝天航点了点头，但他还是不无担心地看着韩希离开了医院。

、

韩希气冲冲地回到恒点公司，她没有敲门，直接进了展飞的办公室。

展飞正在打电话，他赶紧挂上了电话，并且不自觉地站了起来。

韩希冷冷地逼视着他:“你知道吗，林燃死了，他是自杀的。”

展飞的身子抖动了一下，但他很快恢复了镇静，说:“这件事已经结束了。”

“不,”韩希一字一句地说,“这件事不可能就这样不了了之，恒点公司要对这件事负全部的责任，还有我自己，也应该受到追究。”

展飞惊了一下，然后很坚决地说:“这件事跟你没有关系，用不着你去承担。”

“怎么可能跟我没有关系?我最后一次在这里见到林燃，他告诉我，我们的这栋办公楼，是他父亲和其他农民工的血泪之作。为了讨回工头所欠的工钱，他父亲曾在这里以死相求。那一天我才明白他为什么这么想进恒点。他回到这里，也是为了找寻一个已经不在了的人和失落了的希望。那天他讲了很多，他相信我愿意并且能够带他走出那些苦难，可我做了什么?”韩希哽咽起来。

展飞震惊地听着韩希的诉说，又心痛地看着她泪流满面。

“对不起……”展飞把一盒纸巾递到韩希面前。他伸出手，想把哭泣着的韩希揽进他的怀里，手伸出来了，又停在半空中。

韩希用纸巾擦干脸上的泪水，头也不回地走了。

展飞僵立在那里，他突然挥拳砸在写字台的玻璃板上，殷红的血顿时飞溅出来。他低哑着声音怒吼道：“展飞，你都干了什么？”

5.

蓝天航和韩希约好在一家茶馆见面。先到的蓝天航要了一壶龙井茶，韩希最喜欢的龙井。茶水还未上来，韩希也赶到了。才几天的工夫，她消瘦了许多，蓝天航心里隐隐作痛起来。

韩希坐下后，蓝天航递给韩希一张纸条：“这是你要的林燃家的地址。”

韩希展开纸条，说道：“是个小山村，那里的夜晚一定很宁静。林燃跟我说起过，他很想回到那里，我想他最后想说的也是这句话。”

“这或许是受了你的影响。”蓝天航说。

韩希苦笑一下，“我很惭愧，到了后来，我想我很令他失望，不光令他失望，也令我自己失望。检察部门在调查那项贷款案，虽然我对其中的细节并不清楚，但我从开始的时候就感觉出了其中的漏洞，我没制止，反而纵容了此事。不能说我是利欲熏心，但我在整个运作过程中确实过多地考虑了恒点公司，或者说我个人的名利，那时候恒点基金急需用钱……是我害了林燃。”

“我相信，你若发现这是一种犯罪行为，你不会做下去的。”

“不能说我一点感觉都没有，我只是没想到会有这么严重。”韩希垂下了眼睑，轻轻摇动着手中的茶杯。

蓝天航没有想到韩希可以把心里最黯淡的那一部分坦露给他，韩希的真实和信任让他感动，也让他更加地为她心痛。担忧和心痛在他心里纠缠着，让他如坐针毡，整个脸也有些扭曲了。

韩希抬起头时正好看到蓝天航的表情，她宽慰他道：“别为我担心，刚开始时我乱了方寸，不过现在好多了，至少有了一个平常的心态。”韩希有意转移了话题：“忘了问你，你去美国的事情办好了吗？”

蓝天航说：“办好了，但我或许会改变主意。”

“为什么？”韩希不解地看着蓝天航。

蓝天航突然握住韩希的手，很郑重地说：“如果你愿意，我想留下来陪你。即使你失去了一切，你还有我。”

蓝天航的承诺让韩希百感交集。她让自己的手留在蓝天航的手里，她的手被温暖着，她的心也被温暖着。

“我想留下来陪你。”蓝天航重复了一遍。

他们互相凝望着，这时候说什么都是多余的。他们曾经完全放弃了，还没真正开始就放弃了。在韩希离去的这些年里，蓝天航在一步步地妥胁，韩希就是在他无路可退的时候回来的。她回来了，也是他峰回路转的时候。刚回来时，韩希志得意满，唯一的缺憾，是她以为她已经完全失去了他，她未曾期望，在她跌入深谷的时候，却看到了他为她撑起的那片蓝天。

韩希感激地望着蓝天航，但她还是说：“不要改变主意了，我现在很怀念在美国的那几年，你去那里也会有收获的。”

蓝天航说：“看来我当年没有挽留你是对的。”

“你想过挽留我吗？”这是困扰了韩希很多年的一个问题。

蓝天航说：“那时候一个很优秀的美国男人也爱上了你，可以在美国给你一个美好富足的生活，而这样的生活是我永远无法给予你的。为了你的幸福，我选择了放手。”

韩希惊讶地看着蓝天航：“这是我们当年最后分手的真正原因吗？”

蓝天航避开了韩希的目光：“应该是吧。”

“我还以为是论文的事情，姚主任告诉了我这件事。”

“那只是一个起因。”

韩希把自己的手从蓝天航的手里抽了出来，她难过地说：“我不敢相信你对幸福的理解跟我会有这么大的差异。我们是在同样的文化背景下长大的，有着相同的欢笑和苦痛，还有着刻骨铭心的感情，那样的心心相印生死相依，在当年都不能让你做出相反的决定吗？”

蓝天航无言以对。

田姚得知了林燃的死讯，她的好朋友跑来她的住处安慰她。

有人来送东西，是一个精致的纸箱。田姚疑惑地打开纸箱，看到一个崭新的LV皮包。

田姚的朋友惊叫道：“是LV耶，谁送给你的？”

田姚突然大哭起来。

田姚的朋友误解了田姚：“别这么激动好吗？”

田姚哭着说："是难过。"

"为什么？这么漂亮这么贵重的包包。"

"你要喜欢就拿走吧。"

"真的假的？"

"真的，但不要让我再看到它。"

田姚的朋友明白了什么，她搂住田姚，跟着田姚一起哭起来，边哭边说："你还是带着它去美国吧，就像是他在陪你。"

田姚也哭着说："他说过两年后会去美国找我，他怎么能说话不算数呢？"

6.

方琳从睡梦中醒来，晚上睡在她身边的展飞不在那儿。天还没亮透，方琳看了下时间，展飞不该这么早就起床了。展飞原来有早起去健身房的习惯，但自从恒点参与的贷款出了问题，汪晴出逃林燃自杀后，展飞再也没去过健身房。他这段时间一直心事重重。

方琳下了床，披了件外衣，走出卧室。睡眼朦胧的方琳在朦胧的晨色中，看到展飞站在阳台上。方琳走了过去，展飞听到了方琳的脚步声，没有转过头来，依旧眺望着远方。

"你站这儿干什么？"方琳问道。

"看着太阳一点点升了起来。"展飞平淡地说。

方琳也往远处眺望了一下，没有看到太阳，林立的高楼，挡住了天际线。不过方琳完全醒了过来，心情很好，她说："又是新的一天，太阳升了起来，我们也该有个崭新的开始了。”

展飞没有搭理方琳。

方琳扬起头，跃跃欲试地说：“看来我该粉墨登场了。”

展飞有点儿不解：“你说什么？”

“韩希翻了船，这回需要我在恒点公司大显身手了。”虽然方琳只在恒点公司参与过一个临时项目，但凭着跟展飞的关系，她自觉她也是个能在恒点呼风唤雨的人，而且她一直在等一个合适的机会正式进入恒点。

展飞冷笑了一下，方琳显然没注意到展飞的这个表情，继续说道：“她那一套在中国已经行不通了。她活得太沉重，从历史的垃圾堆里捡回一个大包袱，却当成了宝贝，还自以为是，一点儿都不现实。而我可以轻装上阵，未来的中国将属于我这样的人。”

“我原来还有些担心你，看来那些担心是多余的，”展飞说，“你应该去一个更好的地方，大展宏图，恒点不适合你这样的才俊。还有，你得搬离这里了，我打算卖掉这个房子。”

“为什么？”方琳惊住了。

“我需要一笔钱，去还恒点欠的贷款。”

方琳明白过来，还是问道：“这跟你有什么关系？”

展飞反问了一句：“这跟你有什么关系？”

展飞说着转身离去，走出了两步，他停了下来，背对着方琳说：“我昨天往你的账户里打了二十万元，在你谋得高就前，这些钱应该够你用的。”

方琳嚷道：“你发什么神经？”

展飞没再理她，换好衣服，开门离去。

7.

汪晴揣着去往另外一个国家的护照，在美国转机时，她临时改签了机票，飞往奥尔巴尼。

汪晴总是这样突然出现在刘浩淼的面前，这次还是短暂的停留。汪晴一直心神不定，刘浩淼猜测她在北京遇到了什么事情，偷偷给韩希打了电话，询问情况。出于种种原因，韩希没有把这边发生的事情告诉刘浩淼，她只是让刘浩淼尽可能让汪晴在他那里多呆几天。

韩希决定把这件事告诉展飞。她匆忙赶回公司，疾步走向展飞的办公室时，两个检察部门的人员正好从里面走了出来。韩希正想叫住他们，展飞不由分说地把韩希推进屋去，他独自把两个人送下楼去。十几分钟后，展飞平静地走了回来。

韩希看到展飞，说："我刚接到刘浩渺的电话，汪晴现在在他那里，在奥尔巴尼。"

"刘浩淼是谁？"展飞从没听说过这个人。

韩希在斟酌着该说些什么。

"到这种时候了，你还不能跟我说得更清楚一些吗？"

"刘浩淼是汪晴在奥尔巴尼时的男朋友，"韩希说道，"但其实那时候他有太太，叫吴曼，汪晴因为跟吴曼发生了肢体冲突闹上了法庭，加上她当时正面临着身份问题……"

"我早就感觉出她回北京一定是有隐情的。"

“我知道汪晴在吴曼这件事上做得不对，可我不忍心看着她这么悲惨地离开美国，我去找布莱克，希望能在恒点为她安排一个位置。”

“布莱克不同意，你就来找我了。”展飞摇了摇头。

韩希愧疚地看着展飞：“对不起……我们现在该怎么办？刘浩淼说汪晴两天前到了他那里，一直心神不定。刘浩淼猜测她在北京遇到了什么事情，偷偷给我打了电话，询问情况。我没有把这边发生的事情告诉他，只是让他尽可能让汪晴在他那里多待几天。”

展飞问道：“你想把这报告给有关部门抓捕她吗？”

韩希犹豫着说：“我不知道。”

展飞想了想，说：“可能来不及了，她应该不会在奥尔巴尼停多长时间，而且，汪晴是你的朋友，至少曾经是，汪晴应该受到惩罚，但如果是因为你的行动汪晴被抓捕，你心里会很痛苦。”

韩希只是看着展飞，没有否认。

展飞停顿了一下，又说：“让她走吧，从此她再也无法回到中国，她只能隐名埋姓，即使她手上有再多的钱，她还是会像一个孤魂野鬼那样流离失所，这对她已经是很大的惩罚了。而这里的一切，我会去承担。”展飞心里明白，如果选择放汪晴一马，他就要为此承担更多的罪责。

韩希马上说：“那也应该我来承担。”

展飞面无表情地对韩希说：“这事跟你没关系，恒点公司所有违法的事情都是我做的，跟你无关。”

“如果说那些事不是我一个人做的话，至少也是我们两个人做的，合同上是我签的字。”

“是我蒙骗了你，你签字的时候蒙在鼓里。请尊重事实吧。”

韩希不解地望着展飞，问道：“你为什么要这样做?”

展飞仍然是面无表情：“事情既然有了结果，就没有机会追究起因和过程了。这些年，在生意场上摸爬滚打，我有了这样的处世原则。如果我想得到什么，我就一定要达到我的目的，在很多人眼里我都是一个成功者，可是有什么人能了解我内心的凄惶呢?”

“我知道你的那种感受。”韩希轻轻地叹了口气。

展飞固执地摇了摇头：“不，你没有身陷其中，你就不可能完全地了解那种感受。可是你曾有可能改变我，我爱上了你，我在你身上找回了原来的我，我不想再像现在这样走下去。可你拒绝了我，我想是你洞悉了我内心的阴暗，你也不可能原谅我做过的那些事。”

“可我从来没有那样看待你，直到今天，我也没有认为你是一个阴暗的人。”韩希说的是她内心的真实感受。

“那你想过没有，我为什么要把你拉进这个贷款案？这一次，我不是为了钱，钱对我来说已经没有什么诱惑了。我想让你也走进这个欲罢不能身不由己的怪圈，无法摆脱名利的诱惑。我想让你也失去你赖以生存的精神支柱，让你尝尝绝望的滋味。”

韩希苦笑道：“那你如愿以偿了。那段时间，我从来没有那么害怕过。我发现了那笔贷款的问题，那天晚上，我是因为这件事情去找林燃的。当林燃的故事和我的担忧纠结在一起的时候，我发现我已经到了无路可退的地步。当一个人只能抱着侥幸心理等待别人的疏忽的时候，那会是怎样的煎熬?”

展飞也苦笑道：“所以我并没有如愿以偿。我也以为我达到目的了，可那让我更加痛苦。因为我并不愿意让你承受这些煎熬和绝望，我最大的愿望，是我们两个可以一起，过问心无愧的平安快乐的生活。”

展飞说到这里，嘴角浮现出一缕温暖的笑意。韩希心有所动地看着展飞，她看见展飞向前伸了伸右手，指尖滑过她的发际。

展飞平静地说：“贷款案已经水落石出了。”

韩希说：“我喜欢你的这种担当，可是……”

展飞制止了她，说：“你如果跟我经历过同样的痛苦，你应该能理解，也会成全我想走出这种痛苦的愿望。而且，我承受的还不是一个人的痛苦。”

韩希似乎明白展飞的意思，但她还是把疑惑的目光投向展飞。

“我还在承受着你的痛苦，我带给你的痛苦。对我来说，这是更大的痛苦。”展飞停顿了一下，温柔却坚决地说：“我必须去承担这一切。”

韩希一动不动地站在那儿，动情地看着展飞。展飞还想再说些什么，可是什么都没说，他丢下韩希，默默地走出门去。

韩希想叫住他，她张了张嘴，没有声音。韩希跌坐在展飞的转椅上。面前的办公桌一尘不染，各种材料整齐地叠放着。韩希记起自己极少到这间办公室来。她的目光落在桌子正中央，一张镶嵌在白金相框里的照片在棕色的桌面上十分醒目。这是韩希刚回北京时，恒点公司几个决策人物在会议室的合影，展飞站在韩希的身旁。

韩希拿起照片，仔细端详着。

不出展飞所料，惶惶不可终日的汪晴很快就离开了奥尔巴尼。汪晴知道，这是最后的告别，无论是跟这座城市，还是跟面前这个爱着她的男人。她头也不回地走了，不是她不想回头，她只是不想让刘浩淼看到她满脸的泪水。

8.

布莱克为恒点的事情专门来到北京。韩希来到布莱克入住的酒店。一进酒店她就朝咖啡座走去，很快看到了布莱克。布莱克也看见了韩希，他放下正在喝的咖啡，站了起来，朝韩希招了招手。韩希来到布莱克的身旁，两个人拥抱了一下。

“能见到你真高兴。”韩希说。

“我也很高兴见到你，希，你的状态不错，这让我更加高兴了。”布莱克快活地说。

尽管恒点公司的问题还未解决，韩希已经先让自己平静下来，而且她身上有了一种经历了风浪后的恬静和豁达。布莱克倒是因为旅途的疲惫而显得有些苍老。韩希知道布莱克公务繁忙，他为恒点的事情专门飞来北京，这让她既感动，又过意不去。

“谢谢你，布莱克，谢谢你为恒点的事情赶到这里。”韩希说。

“希，你知道，我不是为恒点，或者说为我的投资而来，我是为你而来的。”布莱克纠正道，接着他又补充说：“作为你的朋友，我应该来这里，如果我们两个换个位置，你也会这样做的，不是吗?”

“是。”韩希肯定地点了点头。

坐下来后，韩希很认真地说:“布莱克，我要向你和皮特道歉，我给恒点惹了这么大的麻烦。”

布莱克说:“那我也要向你道歉，也许我不该劝说你接手恒点。”

韩希却说:“不，我现在更觉得恒点对我来说是个很好的机会，我只是进入角色慢了些，最近才真正找到了感觉，在这个位置上的感觉。”

“那太好了，如果我没有理解错，你已经适应了这边的生活，用你的话说，是此岸的生活。”

“一年多以前，我回到北京，我以为我回来了，其实我才刚回来。”

布莱克定睛看着韩希，问道:“那你还愿意让恒点成为你的起点吗?我和皮特都希望能跟你继续合作。”

韩希迟疑了一下:“谢谢你们对我的信任，我想从恒点离开一段时间，但我确实还想回到这里。”

“任何时候，我们都欢迎你回来，”布莱克说，“希望展飞也能回来，我对他有了些新的看法。出了事以后，他能承担一切后果，我很赞赏他的这种担当。”

“我也欣赏他这一点，”韩希说，“我能够成熟起来，完全从彼岸回归此岸，跟他有很大的关系。他做了一些不该做的事情，但他在更多的时候流露出的还是一股正气。他没有失去的责任感、担当的勇气和没有泯灭的择善而行的道德修养，决定了他必定会成为浊流中的一股清流。其实在当今的中国有不少像展飞这样的人，正是因为这一类人的自我拯救，道德底线才没有因为高速发展而沦丧，中国在物质发展的同时，才收获了精神上的不断成熟。”

“你对展飞的评价很高呀，不过很中肯。我也很为中国有很多像展飞这样的人高兴。没有什么人是完美的，也没有任何发展机制是完美的，但努力地往好的方向改变就是不完美中的完美。”布莱克说。

韩希接着问道：“你还好吧？”

“我跟她订婚了。”布莱克把这个消息告诉了韩希。

韩希由衷地说：“太好了，看样子我们都有了一个新的开始。”

布莱克说：“生活总是要继续的，我们为什么不朝好的方向努力呢？”

韩希和布莱克会心地一笑。

“如果你觉得方便，我想明天去下恒点。”布莱克想到了工作的事情。

韩希也有这个打算，她说：“当然，我们已经做了一些补救工作，也有一些新的安排，特别是人员上的，都需要你来审核和定夺。”

布莱克欣慰地说：“这样很好，出了问题，我们应该做的，就是一起去解决这些问题。”

韩希说：“但愿你能在这多住几天，除了恒点，我可以陪你四处转转，看看北京的新变化。”

布莱克热烈地回应道："这是个好主意，就像我第一次来北京，你为我做翻译。"

韩希笑着承诺道："不过这次可是免费的。"

想到跟布莱克的第一次见面，韩希有些感慨，很多她未曾预料的事情，已经成了遥远的往事。

9.

蓝天航离开北京之前，韩希还是决定去送送他。他们一起去了北方大学。

八月的夜晚，已经没有了乏人的燥热，飘荡着奇异的花香的空气，反倒令人心旷神怡。蓝天航和韩希并肩走在校园里，斑驳的树影与清朗的夜空在他们的头顶交错着，影影绰绰的枝叶中，偶而闪过一两颗明亮的星星。

蓝天航对韩希说："你能来，太好了。那天你走后，我以为你再也不想见我了。"

韩希坦言："那一天我对你确实很失望，可是事后冷静下来，当我站在你的位置去回放这件事时，我理解了你的苦衷和苦心，虽然我还是不能接受你当年的想法。"

"如果是在今天，我很可能做出另外的决定。很多的事情，是在很多的经历和沉淀后才会慢慢明白。我不配再去奢求你的爱情，但我真的不想失去你这个朋友。"蓝天航知道自己曾经有过太多的顾虑，他的顾虑来自于他的内心，也来自于周遭的环境。他本是在为别人考虑，结果却适得其反，这让他失去了韩希的爱情。特别是在韩希经历了风雨后，她更加不会接受瞻前顾后的爱情。蓝天航也意识到他对待感情的态度一直是模糊不清的，无论是跟韩希，还是跟方琳，他都没有处理好。当他终于挣脱束缚活出自我的时候，他要告诉韩希他最真实的感受。他很在乎她，他希望她还愿意做他的朋友，一生一世的朋友。友情也是弥足珍贵的。

韩希说："我觉得很幸运，经历了很多事情后，我们可以成为很好的朋友。"

蓝天航笑道："以前没有想过，我们可以成为很好的朋友。"蓝天航的笑里夹杂了一些苦涩。

"是不是觉得这样也很美好？"韩希的心里是安宁的，她感觉到了这样的美好。

"是很美好。"蓝天航觉得这样的美好里还是有些遗憾的。

他们走到了他们初次相遇的那栋教学办公楼前。蓝天航轻声问道："进去看看吗？"

"就在外面看看吧。"韩希的声音也很轻。

"快开学了，学生们快该返校了。"蓝天航说。

"那时候这里会很热闹。我喜欢校园里的夜晚，生气勃勃。所有的教室灯火通明，路上也是人来人往，篮球场上还会有学生挑灯夜战。"

蓝天航依依不舍地说："要走了，突然觉得这里的一切都让人留恋。这些年来，我也遇到过一些机会，可以让我离开北方大学，多挣些钱，享受更物质化的生活，但不知为什么，我还是留了下来。我想我去了美国，会很怀念这里。"

“我倒很希望你能好好地享受在美国的生活。那是一个很美好的国家，我喜欢它的简单和大气，那是一种骨子里带出来的气质，你无需花费太多的时间，无需走太多的地方，你就可以感觉到那种气质，以及这种气质的魅力和份量。”韩希很由衷地说道。

“你回来以后，有没有想念过美国？”蓝天航问韩希。

“当然想过，特别是有几次，我觉得有些事情做起来太难了，那时候我很怀念在美国的那种单纯的生活。”韩希坦言道。

“你想过重回美国吗？”

“我很想回去看看，但不会留在那里。不是因为那里不好，只是因为这里有我选择的生活。而且，我不想让自己在此岸彼岸之间摇摆不定。”

“摇摆不定？你能说得具体一些吗？”

“怎么说呢，我发现很多人有彼岸情结，像我自己，在美国时，我怀念中国，现在在中国，又会想念美国。我们容易被彼岸的东西所吸引，我们也会对彼岸的东西期望过高，当彼岸成了此岸时，你可能就没有了正常的心态，你会对生活在这里的人，还有你自己，寄予太多的希望。我现在在学着生活在此处，我做了这样的决定，就应该在这里好好地生活，珍惜这片土地才能给我的感动和成熟。”

“所以你才希望我能好好珍惜这次去美国的机会。”

“是呀，我很感激美国给我的一切，我也很庆幸自己有一段在美国的生活经历，但我还是有不少的遗憾，不是美国给我的遗憾，是我对我自己的遗憾。你去了那里，就该好好享受在那里的每一天，多学一些别人的长处，多感受下那里的风土人情，有一天回来时，就少了很多遗憾。”

蓝天航没想到一向感性的韩希现在有了很多理性的思维，她已经完全不是多年前那个喜欢感情用事的女孩子。他喜欢她身上的这个变化，他也知道，她是在经历了坎坷和成长后，才能有这样的成熟和心态。

韩希又说：“我就不去机场送你了。我很快会去林燃的故乡，去那里看看。我跟我在美国做过志愿者的那家慈善机构联系过，我自己也有一笔存款，我希望能在那里建一个环保点，也希望能让自己在那里安静下来。”

“你问我要林燃家的地址时，我就猜你会去那里，我只是没想到这么快。”

“也许是太慢了。我刚回国的时候，就应该去这样的一个地方待上一段时间。可是当布莱克给我另外一个机会时，我选择了恒点。当初决定回国，还是有很多自我的东西。我尽可能把公司做大做好，好像只有这样才能显示我对这片土地的热爱，后来我才明白我那样做，更多的是为了个人的虚荣。”

“你是优秀的，自然会站在一个更高的地方。”

“其实我跟周围的人一样普通。也许有时候我还不如那些看似普通的人，因为他们有一个普通的心态，他们可以把他们在这里的耕耘和奉献看成是理所当然的事情。”

“你不也是这样想的吗？”

“至少有一段时间我不是这样的。”

“我能想象，在你归于平和淡泊之前，一定经历了很多。”

“我想我还没有完全安静下来，这也是我为什么想去那里看看，做些具体的事情。”

“我们都要离开一段时间，等我们都回来后，我们可以一起再来这里。”

“好呀。走在这里，不知道已经过去了很多年。”韩希感叹道。

“已经过去了很多年，很难再回到原点了，但有很多东西还是一样的，再往下走很多年，甚至几十年，还会是一样的。”蓝天航内心的涌动渐渐平静下来。

韩希说：“所以我们才能一次次地离开，又一次次地回到这里。”

溶溶的月光下，蓝天航和韩希的背影消失在宁静的校园中。

10.

蓝天航回到家里，发现家里有人，竟然是方琳。

方琳解释道：“我来还钥匙。”方琳说着把钥匙放到身旁的桌子上。

蓝天航看到方琳面容憔悴，还是问了一句：“你还好吧？”

方琳摇了摇头，犹豫了一下，问道：“我正在找房子，还有工作，有没有可能，先在这里住一下？”

蓝天航看着方琳，想拒绝她，又有些于心不忍。“我很快要去美国，你先住这吧，多一些时间，可以找个合适的地方。”

方琳问道：“你会留在美国吗？”

蓝天航很肯定地说：“我会回来的。”

方琳又问："我们还有可能吗？"

"我们已经走出来了，就没必要再回去了。你说的是对的，我们之间没有爱情，我们都应该开始新的生活了。"

"是因为韩希吗？现在你的那个情敌进去了，你有很好的机会。"

"我和韩希的恋情在多年前就结束了，我们现在是很好的朋友，这也许是最好的结果。"

蓝天航边说边把洗漱用品和一套干净的衣服放进背包里。

"你要去哪里？"方琳问道。

蓝天航说："我先找个地方住，明天我会回来收拾东西。"

方琳不再吭声，静静地坐下，等到蓝天航离开以后，她才站了起来，挨个儿地方走了一遍。这里的一切都还是原来的样子，熟悉中透着一股亲切。

方琳停下了脚步，捂住脸，泪水从她的指缝中流淌出来。

11.

韩希来到拘留所，展飞因贷款案被羁押在此。

坐在韩希对面的展飞是平静的，如果没有身边的这个环境，韩希会觉得这次的见面跟以前无数次的见面没什么不同。他们面对面地坐着，可他们都在回避着对方的目光，这个细节让韩希意识到，此时此景与往常的有多么的不同。

展飞在避开韩希的目光的瞬间，看到了韩希戴的项链。这是他送给韩希的那条项链。展飞不太关注女人们的饰物，但这条项链是他精心挑选的，他当时甚至想象过韩希戴上这条项链的样子。现在韩希就戴着这条项链，坐在他的面前。

展飞说："你戴着很漂亮。"

"谢谢，我很喜欢它。"韩希用手轻轻抚摸了一下脖颈上的项链。

"你喜欢就好，算作是一个朋友的祝福吧。"展飞微微一笑，他的目光不再游移。

韩希点了点头，她温柔地望着展飞，说："展飞，我们都在等着你回到恒点，恒点需要你。"

"你原谅了我？"展飞问道。

"并不都是你的错，"韩希说，"我们经历了很多，也做过问心有愧的事，但现在，我们都可以坦然面对生活了。"

"进到这种地方来，肯定不是好事，但如果我能真正反省一下，或许能把坏事变成好事。"展飞停顿了一下，接着说道，"这么多年里我都没停下来过，没静下来过，拥有的东西是越来越多，可厌倦感也越来越强。厌倦比癌症还可怕，不光可以吞噬你的身体，还可以磨掉你对生活的热情。在我重获自由的时候，我希望能过另外一种生活。"

韩希说："我也试着开始另外一种生活，简单，平实，却又是实实在在和满怀热情的。我要离开一段时间，去林燃的家乡，在那里建一个环保点。"

"我希望能跟你一起去做这件事情，希望以后还有机会。"

"会有机会的，"韩希说，"不过我也希望永远都不再有这样的机会。你知道吗，国家刚出台了政策，正式向洋垃圾发出了禁令，停止进口废塑料、未分类的废纸、废纺织原料等二十多种洋垃圾。”

展飞欣慰地一笑。

韩希说：“但我们可以一起去那所含希小学给孩子们上课，我可以教他们唱歌跳舞，还有画画。”

“我不知道你还有这么多的本事。”展飞又笑了一下，接着问道：“你什么时候回来？”

韩希说：“我现在还不知道，如果有可能，我希望能跟你一起回来。我愿意跟你一起开始新的生活，你的存在对我很重要。”

展飞愣了一下，没有明白韩希的意思。

韩希抚摸着脖子上的项链，说：“我希望这里的祝福，不仅仅出于一个朋友，你心里还有送我这条项链的初衷吗？”

展飞说：“当然有，永远都不会改变。可你已经找回了你的幸福，我嫉妒过，但现在，我真的祝愿你们幸福。”

“你是说蓝天航吗？我也疑惑过，我对他是种什么样的感情。回来以后，我也努力回到他的生活中。可我慢慢明白，我想从他身上找回的，并不是爱情，他想从我这里找回的，可能也是另外的东西。二十出头的时候，我不是因为爱情，嫁给了一个男人，现在的我应该足够成熟了，我不想重复以前的错误。我还是很在乎他，是对一个知心朋友的在乎，但我知道，那里面已经没有爱情了。”

韩希倾慕蓝天航的才华、热忱、执着和正直，他们曾经比翼齐飞过，有过很多美好甜蜜的日子。可是他们在对待感情的态度和对爱情的期许上有很大的差异，经历了很多事情后她才明白了这一点。当年他们有在一起的机会时，即使没有论文事件和布莱克的追求，他们可能也很难天长地久。

“这也是一种很美好的感情，”展飞说，“我相信你们在彼此的生命中都是不可取代的。友情是另外一种幸福，那我祝福你们的友情。”

“你对我们两个的祝福是什么呢？”韩希定睛望着展飞。

展飞完全明白了韩希的意思。他说：“我怎么可能不向往跟你的爱情呢？可我现在什么都没有了，还待在这种地方。”

韩希说：“我不在乎那些身外之物。”

展飞说：“我失去的不仅仅是身外之物，还有最重要的东西。”

“我们失去了同样的东西，我愿意跟你一起找回它们，两个人会比一个人强大，两个人一起，更有可能找回它们。”韩希说着，向展飞伸出了手。

在来拘留所之前，韩希就做了这个决定。她越来越意识到，她跟展飞在本质上对感情有着相同的追求，也有过相似的迷失和挣扎，曾经拥有和未曾失去的梦想、激情和执着，又让他们在精神层面上慢慢走近。横在他们之间的那条沟壑越来越窄，展飞对贷款案的担当，彻底激发出了她对展飞的爱情。蓝天航和布莱克都没有像展飞这样在心灵深处打动了她。展飞不是完美的，做过愧对良心违背初衷的事情，但他有着一个男人的情义、担当和勇气，表面上他刚毅、冷峻，心底却有很柔软的地方，韩希迷恋着这样的男人。当蓝天航站在名誉的巅峰，而展飞跌入人生的低谷时，她的感情，却从彼岸的蓝天航，转向此岸的展飞。狂风暴雨之后，她爱上了那个可以风雨同舟的人。

展飞犹豫了一下，也伸出手，紧紧地握住了韩希的手。自信和自负的他可以为他所爱的女人在全体大会上做检讨，也可以在恒点出事以后出来承担一切，不再让韩希受到伤害。他在感情上不会顾虑重重。在他失去了一切但韩希终于走向他的时候，他敢于接受这份他期待已久的爱情，他相信他和韩希可以共同开始崭新的生活。

展飞郑重地说："我答应你，有一天，我们一起开始新的生活。"

泪水不知不觉中从韩希的脸上流淌下来，因为幸福，也因为心疼。韩希的心头又疼痛起来，像那次展飞在全体大会上做检讨时，她就感觉到了这样的疼痛，先是一阵尖利的疼痛，又迅速地弥漫开来，让她的整个身心都浸泡在疼痛中。原来她早就爱上了他，从第一次为他感到心疼，她就爱上了他，可是那时候她以为她放不下的是蓝天航。

爱是没有理由的心疼，何况她有这么多为他心疼的理由。

很多的记忆一瞬间涌向韩希，最后化作面前这个清晰的面庞。她很想抱住展飞，可她无能为力，她只能为他心疼。一样的心疼，只是这次更强烈，又一层层包裹住她，她无法挣脱出来。

展飞也有一个强烈的冲动，他想紧紧地抱住韩希。他已经等了很久，遥遥无期的等待，让他不敢再有盼望。现在他等的人就在他的面前，并且告诉他，她也爱上了他。可他还是不能拥抱住她，还要继续等下去。

探视的时间到了，韩希不得不离开。起身前，她又静静地望了眼展飞，展飞也望着她。他们互相笑了一下，很多的话很细密的心思，都在这苦涩又甜蜜的一笑中了。他们知道，他们的心已经在一起了。展飞从来没有像现在这样，愿意把自己的心融化在另外一个人的心里。韩希听到了展飞的心跳，是在她的胸腔里，强劲有力，又缠绕着万般柔情。

12.

自从去中国的“含希”做过志愿者后，每次陈娟家里再有跟“含希”有关的聚会时，只要有时间，王艺彤都会主动参加。她还会根据自己的经历和经验，提出些很好的建议。

王艺彤要考虑上大学的事情了，她跟父母有一个很认真的交谈。虽然她不用现在就定下专业，但她已经有了明确的选择，她想主修国际关系和中文。她说她既是美国人，也是中国人，她的梦想是为两个国家的友好做些事情。女儿的成熟，让陈娟和王欣一都很欣慰。

北京机场。蓝天航办好出关手续，往里走的时候，他看到了田姚。

田姚茫然无助地站在那儿，她背着林燃给她买的那个皮包，她的手指时不时在上面摩挲一下。

蓝天航朝田姚走去，田姚也看到了蓝天航。

田姚开口道：“蓝老师，您也是去美国吗？”

蓝天航说：“是呀，我去波士顿，你去哪儿？”

田姚说："我要去奥尔巴尼。"

"那是座很美的城市。"奥尔巴尼曾是蓝天航最向往最惦念的地方。

"您去过吗?"田姚疑惑地看着蓝天航。

"没有去过，但在几年前，我好像真的去过那儿。"蓝天航动情地说。

田姚不无担心地说："听说那里的冬天很冷，我不是那么想去。"

蓝天航鼓励道："打起精神来，希望你去美国后，不仅学到知识，还能更加地独立，独立地做出决定，独立地面对自己的未来。"

田姚还是无助地站在那儿，一脸的茫然。

蓝天航飞往美国的时候，韩希上了南去的火车。下了火车后，韩希又转乘一辆破旧的大巴。她靠在颠簸的椅背上，安然睡去。睡梦中的韩希被一阵歌声唤醒，她听到了《我和我的祖国》，这是蓝天航喜欢的那首歌，是她在奥尔巴尼听到的那首歌，也是她和展飞、林燃曾经在音乐厅里听到过的那首歌。韩希张望了一下，这歌声好像是从车上的某个人的手机里传出来的。韩希看不到的地方，那个人正在拨弄着手里的手机，他上的是恒点的音乐网站。韩希重新把头靠在椅背上，静静地望着窗外安宁明秀的田野。她在心里默默地随着那歌声一起轻声歌唱，"我歌唱每一座高山，我歌唱每一条河，袅袅炊烟，小小村落，路上一道辙……"

温暖的阳光透过布满灰尘的车窗照在韩希的身上，她戴着的那条展飞送给她的项链，在阳光下折射出七彩的光芒。

清澈浩渺的蓝天下，层峦叠嶂；明媚静谧的野花，漫山遍野……

责任编辑:宫　共
封面设计:徐　晖

图书在版编目(CIP)数据

此岸,彼岸/章珺 著. -北京:东方出版社,2013.12
(2018 年 4 月重印)
ISBN 978-7-5060-7025-6

Ⅰ. ①此…　Ⅱ. ①章…　Ⅲ. ①长篇小说-中国-当代
Ⅳ. ①I247.5

中国版本图书馆 CIP 数据核字(2013)第 279418 号

此岸,彼岸
CIAN BIAN

章　珺　著

東方出版社 出版发行
(100706　北京市东城区隆福寺街 99 号)

北京汇林印务有限公司印刷　新华书店经销

2013 年 12 月第 1 版　2018 年 4 月北京第 2 次印刷
开本:880 毫米×1230 毫米 1/32　印张:11.75　字数:260 千字

ISBN 978-7-5060-7025-6　定价:36.00 元

邮购地址 100706　北京市东城区隆福寺街 99 号
人民东方图书销售中心　电话 (010)65250042　65289539